母の小言

秋野沙夜子
Akino Sayoko

コールサック社

母の小言　目次

Ⅰ　母の小言

Ⅱ　百円のブローチ

母の小言

秋野沙夜子

Ⅰ　母の小言

猫の化身

私の家族は東京大空襲の強制疎開で千葉県四街道《よつかいどう》、茨城県結城《ゆうき》、そして現在も居住している栃木県小山《おやま》へと転居を余儀なくされた。そんな事情で、その頃住んでいた小山の家も借家だった。間取りは六畳・三畳・二畳の畳の部屋と三畳ほどの台所がついていた。駅までは大人の足で徒歩三分ほど、商店街までも二分とかからず、小学校までは五、六分という便利なところだった。そのため結婚して親から離れるまでのほぼ二十年間をそこで暮らしていた。

私には年子の兄がいて、小学校の三年生ぐらいまではよく面倒を見てくれ、どこへ行くにも一緒だったので、知らない人から「双子」と言われることが多かった。そんな時兄は「僕がおにいちゃん」と憮然として言うのだった。ところが小学校三年の夏ごろから、急に兄の態度が変わった。ある日二人で親戚の家へ行った帰りに「これからは一緒に歩かないから、お前は三夜通りから行け」と言って、自分は常に通る一本鉄道線路寄りの近道へと行ってしまった。ついてくるなと言われ一人置き去りにされた悲しさで、泣き泣き商店街を歩いて帰った。

さらに知ったかぶりをして、色々と私を試す質問をしては、私が答えられないと馬鹿にするようになった。それが悔しくて泣くと、子煩悩だが頑固だった父が「また喧嘩をして、うるさい」といって兄と私に拳骨をする。すると私はさらに泣くのでまた叱られる。

そこで、泣こうと喚こうと何をしても、叱られない場所はないかと思いめぐらし、押し入れなら声が籠るので大丈夫だろうと思った。偶々家族が出かけていて一人になったとき、悪い人が来たら居留守をつかおうと思い、押し入れに入ると意外に居心地が良かった。

押し入れは間口一間奥行半間あり二段になっていた。欄間のないぶん上段の天井は高く、布団をしまってもその上に人が一人寝るだけのゆとりはあった。ここに入って居れば泣いても喚いても外にはあまり聞こえない。だから父に叱られることはないだろうと思い、泣きたいとき、腹の立つとき、寂しいとき、一人になって落ち着きたいときには、押し入れに入り自分だけの世界に浸るようになった。

押し入れの中は、日が差さず外気も入らないので、夏は涼しく、冬は暖かく微かに人の声が聞こえ、布団からは家族の温もりが伝わり寂しくない。一〇センチも開けておけば日も差し込むので本が読める。引き戸一枚を通した薄暗い狭い空間は、他に煩わされることなく、孤独を楽しみながら、自分を癒す時間を過ごせる結構な居場所となった。

ここ三十年ほどの間に、かれこれ猫を五匹ほど飼ったが、どの猫も家に慣れると必ず押し入れに入り、布団の上で寝ているのである。それを見ると私は猫の化身かと思ったりもするのだ。

押し入れ生活は、高校生になり汽車での通学や勉強で忙しくなり、兄と喧嘩もしなくなったので終わった。だが情緒の不安定な多感な時期を包み込み、落ち着きを与えてくれた居場所としての押し入れを今でも懐かしく思うのだ。哺乳類のほとんどは、母体のなかで外部からの攻撃や飢えから守られ、厳しい外界の生活に耐えられるよう準備をして、この世に生まれてくるのだろう。あの薄暗い誰にも邪魔されない空間は、母親の胎内に近いものがある。猫も私も押し入れに母胎を感じ安心できる空間としていたのだと思う。いくつになっても押し入れで悠々と寝ている猫を見ると、うらやましく思うのである。

起きて半畳、寝て一畳の押し入れは思春期の私の心の成長を支えてくれた貴重な場所である。この押し入れという日本独特の空間を考え出した先人の知恵に感心すると同時に感謝もするのである。近年は畳の部屋は少なくなりクローゼットが一般的な収納スペースとなってきているが、私は今も畳にマットレスを敷き、毛布や布団を掛けて寝ている。そこで朝晩布団の出し入れに押し入れの世話になっている。

起きて半畳、寝て一畳の押し入れは二度と戻らない青春の思い出の場所である。

貧者の一灯

1　半分のコッペパン

昭和二十三（一九四八）年に疎開先の茨城県の町にある小学校へ入学した。生まれてから二歳八か月を浅草で暮らし、その後東京空襲の直前に千葉県四街道の小高い丘の上の親戚の家に疎開した。ところが房総沖に連合軍の軍艦が停泊し始め、茨城県の結城町へと二度目の疎開になった。

「戦後七十二年」というテレビでのインタビューをみていたとき、連合軍の士官だったという老人が語っていたところによると、「戦略は房総半島のどこかに寄港し、首都東京までを行軍する計画だったが、上空からの偵察結果、思ったよりも距離があり、行軍中に空撃に遭うだろうから首都東京を空から攻撃するということになり、東京大空襲になった」ということだった。

その憂き目を見た私の家族は、千葉から茨城へとなったのであるが、それこそ東京大空襲で全てを焼かれ、そのうえ二度の疎開で何もかも失ってしまったのだ。入学式に着る服など無く、また新しい服を買おうにも物資不足で売っていなかったようである。そこで母は自分の帯を解き、洋裁をしていた知り合いの娘さんに頼み私のワンピースを仕立ててもらったのである。母はもともと和裁をしていたので、帯もかなり良いものだった。黒地に臙脂《えんじ》と茶系統の色の縞模様の帯地だった。私にとっては、それまでのロンパーツや吊りスカートと違い、大人っぽい感じがしてとっても気に入っていた。嬉しくって嬉しくって、喜んで入学式に着て行ったのである。

ところが、校庭に並んでいると、若い女教師と中年の女教師が並んでいる私の脇に来た。すると若い教師が「この子朝鮮人」ともう一人の教師に言ったのである。その時私はすごい屈辱感を覚えたのである。その頃は日韓併合時の感情が大人の間にはびこっており、朝鮮は日本の属国という感覚が強く、軽蔑の目で見ていたのである。母の帯地で作ったワンピースはその頃の日本の田舎では、見かけない奇妙な服に見えたのであろう。その時からその教師をいやあな人と感じ、大嫌いになった。幸いたった一か月後（五月六日）、父の都合で栃木県小山町（現市）へ転校となり、その大嫌いな教師と別れることができた。

転校する数日前に給食用（脱脂粉乳）の食器購入の注文があったので、希望し料金を払ったが、それが手元に届く前に転校となった。

一つ年上の兄の担任は、わざわざ引っ越し先の小山まで届けてくださったにもかかわらず、私の担任であった若い女教師は音沙汰なしだった。人の噂ではその女教師は地元の結構裕福な家柄の出身という。兄の中年の女教師は、東京からの疎開者でさほど豊かではなかったようだ。疎開者は疎開者同士貧しさを味わっていることが分かるから、たった一個の食器を持って、汽車に乗って訪ねてきてくださったのだ。たった一個の食器といえども、料金は払ったのだから相手の手に届けるのが当然と思うのだがついに届かなかった。いったいあの私のものになったはずの食器はどうなったのだろうと今も思うのである。

転校後、給食の時、兄は私に自分に届いた食器を持たせ、自分は陶製のご飯茶碗を持って行っていた。兄の胸中を今思うと妹思いだったんだなと感謝するのである。

ところで、転校先の小山では担任が三十代と思われる男の先生だった。転校した一か月後、六月三日に学級委員の選挙があった。どうしたことか転校してたった一か月の私が委員長になってしまった。その時担任は私の顔を覗き込み「大丈夫かな、出来るかな」と言ったのである。その時私はまたもや先生が嫌いになったのである。「出来るかな」と言われたとき、馬鹿にされたような気がしたのだ。

今思うと三月生まれの痩せた小さな（六十人学級で女子三十人中、前から十番目程）転校生では無理ではないかと心配だったのだろうと思うのである。もし私がそのとき教師だったら、やっぱり心配するだろうなと思うのだが、なんと気の強い子だったのだろうと思うのだ。ところが、ある日の出来事をきっかけに、その先生を尊敬するようになった。

二年生になって週に一日か二日か忘れたが、五時間授業の日があり、給食は脱脂粉乳のみで各自家から弁当を持ってゆくのであった。とにかく食糧不足で米も配給制であった。後に私が大人になってからのことであるが、母は「おまえとお兄ちゃんにお弁当を持たせるとお釜の底には、さつま芋しか残らなかった。」と言っていた。米はわずかしか配給されないから、さつま芋や麦を混ぜたり、粟《あわ》や稗《ひえ》を混ぜて量を増やしていた。それでも弁当を持って行けるのは良いほうで、持って来られない人もいた。中でもいつも持ってこられず、お弁当の時は一人校庭で遊んでいる男の子がいた。

ある日先生はその子を呼んで、「お利口だからお使いできるかな」とパン券（これもコメの代わりに配給された）を渡して、学校の近くのパン屋へ使いにいかせた。その男の子がパンを買って先生の所へ持ってゆくと、「お使いできていい子だなー」と言い机の引き出しから菜っ切り包丁を取り出し、コッペパンを二つに切り、一方をその子に渡し「はいお駄賃」と言ったのである。それを見て途端に先生が好きになり、子供心にも優しい先生だなと思い尊敬したのである。

五十歳の時に、半世紀を生き抜いた記念に小学校のクラス会を開こうということになり、地元に住む何人かが幹事として集まった。その席で先生を呼ぼうということになり、一年から六年までの担任の話が出た。私がそこであの時のパンの話をすると、一人の男性が「俺もあの時パンが食いたかったぞ。でも俺は麦飯弁当を持っていたから、まあいいかと思ったけど、優しい先生だったなー」と言った。すると、いつも私と催し物などを誘い合って見に行っていた友人が「あんたら何でそんなこと覚えてるのよ」と笑いながら言ったのだ。

その時、そうかこの人は家が豊かだったので何も感じなかったんだと気づいた。「なんでそんなこと」と言われたとき、あの時の先生も私も疎開者、麦飯弁当の男の子は農家の長男だったが、父親を亡くし、親戚に手伝ってもらって、小学生の頃から農作業をして田畑を守ってきた。豊かな生活をしていたとは思えない状態だった。それだから先生の行動に人情味を感じたのだろうと思うのである。

先生は私たちを担任した後東京へ戻った。私が母校の教師になって何年か後、同じ学校に勤めた職員たちの集まりがあり、そこで先生と再会した。三十年以上経っていたが、フルネームで呼んでくださったので、ますます尊敬した。東京に戻った先生は東京でも教師をし、校長や指導主事を務めたと話された。その後先生と賀状の交換が何年か続いたがぷっつりと返信が来なくなった。たぶんお亡くなりになったのだろうと思っている。

ところであの時コッペパンのお使いをした男の子は、三十年後私が担任していた隣のクラスに彼の男の子が在席していたので、保護者会や学校行事で何回か顔を合せたが、子供思いの好い父親になっていた。先生が健在だったら、彼が良いお父さんになっていることを伝えられたのにと残念である。

あの一年の入学式で出会った若いお嬢さん先生やパンのいきさつを全く覚えていない友人を見ると、富む者には貧しい者の気持ちは分からないのだと思ったのである。貧者には貧者への思いやり、同感できる心があるのだとしみじみ感じた次第である。貧すれば貧者の気持ちが分かるが、富者が貧者の気持ちを理解するのは簡単ではないようだ。何事もただ頭で分かっているつもりでいても、実際に体験してみないと本当の気持ちは理解し難いのではないかと思う。同情と共感の違いをカウンセリングで学んだが、貧者に同情し憐れむことは容易であるが、共感し何らかの行動を起こし良い方向に進んで行けるようにすることは簡単ではない。

「貧すれば敏、富すれば鈍」

富者になれなくても、心は富でいたいものである。

2　一平方メートルの幸せ

私がまだ現役の小学校教師であった時の話である。ある女の子の父親が軽い罪を犯し服役してしまった。その家庭は事情があって母親は一緒に暮らしておらず、女の子二人だけで暮らすはめになってしまった。姉中学生、妹小学四年生の二人が父親の帰りを待っていた。

父親が刑期を終えて家に戻ってくると姉は不登校になっており、妹は一日も休まず登校していた。それを知った父親が中学校へクレームをつけたという。そこで中学校から私の勤める小学校の校長へ「父親が怒って来たので、小学校でも注意するように」との電話があったということだった。そこで校長が校内放送で私を呼び出し、注意するように忠告したのである。するとそのすぐ後に父親から私を名指し電話が入った。校長、教頭、教務の三人は顔を見合わせ、そらきたとばかり聞き耳を立て、何が起こるか不安そうに私と父親の会話に聞き入っていた。

ところが私が電話に出ると、父親はしきりに私にお礼を言うので、私も落ち着いて明るい声で対応した。先の三人はあっけにとられ不思議そうに顔を見合わせていた。電話が終わると「噂と違うな」校長は二人に言って、狐につままれたような顔をしていた。

私が電話口で父親に、「二人とも一生懸命しっかりとお留守番していましたよ」と言うと、父親は「私がこんな人間なので先生には本当にお世話になりました」としきりに恐縮しお礼を言ったのであった。

それはそうだろう。中学校は不登校になっても放っておいた。その子は自分のクラスではなかったが、その時、担任が産時休暇中だったので、短大を出たばっかりの臨時採用の女教師が受け持っていた。担任に世間の噂で父親の件が伝わり、私に相談してきたのである。学年主任だった私は、若い教師に任すわけには行かないと思い、家庭訪問をした。案の定食事もままならぬようだった。小学生は学校の給食でなんとか済ませていたが、中学校は給食があったのかなかったのか分からないが、食事のことで学校へ行けない理由があったのだろうと思うのである。

まずは食事をなんとかできるようにせねばならないと思い、翌日、米、味噌、卵、今は忘れてしまったが、みそ汁の具と梅干し等を持って訪問し、二人で助け合って食事の支度をするよう話し、お父さんの帰りを待とうねと励ましてきた。

だから、父親が私に因縁をつけるわけはないだろう。校長たちには、私のしたことは一切言わずにその場を去ったので、クレームをつけなかった訳は、私だけしか知らない。

教師の中には、貧困家庭の子や片親の子を蔑み、手を差し伸べるどころか担任したがらない人もいる。それはとんでもないことで、児童生徒を守るという点で如何なものかと思う。いかなる子も学校という場では、差がつかないよう配慮するのも教師の役目と思うのである。

教職員の中には、待遇改善給料上げろと当然のように言うものもいるが、教師よりももっと安い給料で過ごしている人や片親家庭で仕事にも支障をきたしている親たちもいる。それを考えると教師の給料がいくら安いからといっても、着るものや食べ物、化粧品など贅沢をしなければ、そこそこの生活はできると思うのである。困っている家庭がないかということに、常に目を向け少しでも援助するべきであろうと思うのである。

私の経験としてもう一つ、教師としてどうかなと思うことがあった。大学を出て最初に中学二年を担任し、翌年続けて三年を担任し、高校へと送った。その時に受け持った女の子が、高校に入って間もなく不登校になったと母親から相談を受けたのである。朝は家を出るのだが、学校には来ていないと、学校から連絡があったということだった。

そこで私は高校の担任と会い、話を聞こうとしたのだが、学校が嫌ならば無理に来なくてもいいんですよ、中退をしたい生徒は止めませんと、全く素っ気なく取り付く島もないのである。これはだめだ、本人に会って話し合わねばと思い、学校の帰りを待ち伏せたが、私の姿を見ると逃げてしまうのである。私の勤務先の校長に訳を話し放課後張り込む許可を取った。一週間ほど張り込んだが失敗したので、駅近くの喫茶店で彼女が通るのを待って、後ろから声をかけて喫茶店に連れ込み話を聞いてみた。

すると学校も勉強も嫌なのではなく、二歳上の兄を大学に行かせるため、自分が退学すれば兄の大学の月謝が出せるだろうとのことだった。そのことを母親に話すと、毎晩長男の大学進学のことで、もめていたとのことであった。本人と一つ上の姉、二つ上の兄と三人の月謝だけでも大変であったが、大学となれば高校よりもお金がかかるのでどうするか、話し合っていたとのことだった。母親は兄が大学へ行けるようになんとか考えるから心配しないようにと言うので、それを彼女に伝えると、安心し登校するようになり無事に卒業した。

その後、無事就職し勤務先の上司に誠実な優しい性格が認められ、良き伴侶を世話してもらい幸せに暮らしている。同窓会で行き会ったとき、伴侶はもとより嫁ぎ先の家族みんなが優しい人たちでとっても幸せですと、中学生の頃には見られなかった笑顔で話してくれた。

理由も聞かずに「止めたければ止めていいんですよ」と言った高校の女教師に疑念を抱き、高校の教師をしている友人にその話をすると、辞めたい生徒は引き止めないということだった。訳も聞かずに辞めたければ辞めろと言う教師、登校できない生徒を放っておき父親が抗議してくるから気をつけろと言う校長、コッペパンの話を「何でそんなことを覚えてるの」と言った友人、「この子朝鮮人」と言った女教師、そうなっている原因を考えずに相手を勝手に決めつけ、自分の行動を省みない場合が多い。私も多分あっただろうと思うが、相手がその時どんな状況に置かれていてそうなったのか、思いめぐらすゆとりを持って対処するようにしたいと思っている。

困っていない人は、自分が困っていなければ良いのであって、相手を理解しようと思うゆとりがないのであろう。自分のいる一平方メートル以内が幸せならばそれで良いのである。私はそれを『一平方メートルの幸せ』と呼んでいる。

「困っている子に手を差し伸べる」それを私に焼き付けてくださったのは、小学校一年二年と担任してくださった、あの男の先生だったと思っている。あのパンの光景は今でも忘れることの出来ない思い出として、また教訓として私の脳裏から離れることはない。

本当に困っている人を、助けることができる人というのは、自分が育ってきた過程でそれを見せてくれた先輩つまり親、教師、隣人、友人等身近な人がいて、その人々を見習い、自然と身に付けていくのであろう。
貧者を見ても何も感じない人、もっとひどい場合は馬鹿にしたり排斥したりする人がいることは否定できない。それらの人々は、悲しいかなそれまで生きてきた過程で恩恵を感じさせられる人との出会いがなかったのであろう。貧しさ弱さは自らの境遇にもいつ起こるか分からない。そんな時に見捨てられず助けてくれる人があれば嬉しいことだ。

いまだに後悔している出来事がある。終戦間もない昭和二十一年か二十二年、四歳か五歳の時、私の家族五人と伯母の六人が上野公園でおにぎりを食べていた、そこへ九歳か十歳ぐらいの男の子（その頃浮浪児と呼ばれ戦災で親を失い公園で野宿をしていた子供たち）が寄ってきて、私におにぎりをくれと手を出すのである。叔母が「半分あげなさい」と言ったのでしぶしぶ半分あげようとしたら、母が「全部あげなさい」と言った。その頃白米のおにぎりは、私にとってもいつも食べられる物でなかったし、食い意地のはっていた私は遂に半分しかあげなかった。何と可哀そうなことをしたのだろうと後悔している。その時は幼く自分のものを失うことが嫌だったのだ。あの子たちはどうしているだろう。「鐘の鳴る丘」に救われていれば良いが、と思っている。

今、私自身は弱者へわずかばかりの支援と思い「難民を助ける会」「国境なき医師団」「ユニセフ」に入ったり、朝日新聞で募集する災害時の寄金など、わずかながら支援をさせてもらっている。

富者になれなくとも、「貧者の一灯」で自分ができる範囲で続けて行こうと思っている。

「貧すれば鈍、富すれば鈍」

富めば富むほど欲が出てくることがあるようだが、欲をかかずに弱者へ施すことの思いやりの心を忘れず生きていきたいものである。

母の小言

明治末生まれの母は明るくさっぱりした人で、人当たりの好い人だった。八百屋さんでも米屋さんでも魚屋さんでも、明るい人だねと言っていた。東京生まれの東京育ちで空襲による強制疎開まで、下町に住んでいたので、疎開には抵抗があったようだ。だが持ち前の明るさとくよくよしない性格は、疎開先でも人当たりの良さを発揮し憎まれずに過ごせたようである。

他人の悪口を言ったり、他人にいやな顔をすることはなかった。昭和二十年代末頃戦争で国自体が貧しかった頃は、乞食と言われ物乞いをするみすぼらしい男性が、しばしば家にやってきた。そんな時、母はいつも朝炊いた冷ごはんでおにぎりを作って食べさせたり、貧しい中から僅かな金銭を渡したりしていた。ある日その物乞いの人が、竹の皮に包まれたお赤飯を「奥さんにいつもお世話になっているから、田舎のほうを回っていたらお祭りで貰ったから」と持ってきたのである。母は嬉しそうにお礼を言って受け取ったが、物乞いさんが帰ってしまうと「せっかくだからいただいたが、不衛生そうだから捨てよう」と捨ててしまった。相手を追い返さずに有難そうにいただいてから捨てた母を見て、小学校低学年だった私は、食べたいのに勿体ないと恨めしかったが、母の人情を知り、感心もしたのだった。

私が新婚の頃、やはり同じように物乞いの人が来たとき、おにぎりとみそ汁をあげたら何度も何度もお辞儀をして帰ったことがあった。その時、いつも私たちに大変親切にしてくださっていた隣人が、物乞いを怒鳴って水をかけ追い返す様子を見て、何とも言えない嫌悪感を抱いてしまった。私にしてみれば、誰でも母がしたように見知らぬ物乞いさんに物を与えるのは、当然と思っていたので、隣人の変わりように驚いたのである。

そのような母は時々私たち子供に、信じていいのか悪いのか迷ってしまうことを言うのであった。

それを世間では迷信とか格言というらしい。満更嘘とも言えないのだが、子供にいうことを聴かせるために使っていた。最も頻繁に使っていたのが「親の小言と霧雨は当たらぬようであたる」と「親の小言と茄子の花千に一つの無駄がない」であった。例えば季節の変わり目の寒い朝、昼間暖かくなるだろうと上着を着ずに家を出ようとすると、母は上着を着て行きなさいと言うのだが、いうことを聞かないと「親の小言と……」が出てくる。当たる時と、当たらない時があるが大方当たるのだ。叱らずにいうことを聴かせる常套手段であった。また「安物買いの銭失い」もよく言われた。「安かろう悪かろう」もよく言っていた。特に食品を買うときに言っていた。今の世では如何に安くてよい物を手に入れるかを自慢する風潮があるが、私は母を信じているきらいがあるらしく、同じ品物なら高いほうを買ってしまう傾向がある。

小学校中学年までは、母の迷信をそんなことは嘘だと言って兄と陰で笑っていたが、今になってみると、あながち嘘でもないと思うこともある。その一つに「仏さまには、椿、バラ、紫陽花は供えない」ということを聞かされていた。菩提寺の写経に参加していた時に、住職にそのことを訊いたら、「お釈迦様は心の広い方ですから、お供えされる物は何でも、受け入れます」とおっしゃった。ところが後日、供花のためにバラを切っていたら棘が指に刺さり痛い思いをした。また椿が庭に咲くのでそれを切って供えたが、がくを残して無残にもぽっとんと落ちてしまい、味気なかった。紫陽花を供えようとしたら、花が大きくて一輪でいっぱいになり、他の花の邪魔をしてしまう。そうかそういうことだったのか、と納得した。墓地で転ぶと三年しか生きられない、というのも今は納得している。墓地はかつては敷石だったので転びやすく、石なので転べば怪我をしやすいだろう。また先祖のお参りにどかどか行くのも他の参拝者に迷惑をかける。だから静かに歩き他人に迷惑を掛けないような配慮を自然にさせていたのだろうと思うのである。

最も母を馬鹿にして、兄とこそこそ話していた迷信がある。それは初午の朝はお茶を淹れない、ということである。そこで母はお茶を淹れずにコーヒーを出すのだった。そして言うのだった。

「初午の朝は火を使わない。なぜなら振袖火事で江戸の町が大火事になったから」と。八百屋お七の時代の話をする。何ともおかしい話だが、思うに二月と言えば火事の多い時期であり、火のもとに十分注意をするように、「火」の始末を喚起するための戒めではと思うのだ。しかしコーヒーに使うお湯を沸かすために起こす火は良いらしいのだ。何とも矛盾した理屈であり、兄と陰で笑っていた。

また玄関の敷居は父親の頭と同じだから、踏んではいけない。と躾けられたが、その時は変なことを言うと馬鹿にしていた。しかし年を取って足元が覚束なくなった今、わかるようになった。つまり敷居でつまずき転ばないようにとの注意である。腰を圧迫骨折し入院していた時、同室の媼《おうな》が家を出ようとして玄関先で転び、足首を骨折したと言っていた。玄関の敷居につまずいたとのことだった。なるほどと思ったのである。歩く時も以前のように足が上がっていないことに気づき、脚力の衰えを感じる。いまの我が家には玄関に敷居はないが、上がり框《かまち》で「どっこいしょ」と言っている自分に気が付く。敷居があったら跨ぐにも気をつけねばならない歳になったかと思うと、この言葉も戒めと思うのである。

また畳の縁を踏むと父から叱られたが、茶道の稽古の折に同じことを言われなぜなのか、私なりに考えてみたら、歩き方が美しく見える歩幅であった。畳の横幅を歩くとき二歩半で歩くと縁を踏まずに歩ける。最近テレビの何かの番組で、畳の縁を踏んではいけないというのは、武士の世に畳の縁から曲者が刀を突くことがあるので用心していたからと言っていた。しかし今の時代それはないでしょう、と思ったら上等な縁は高価なので踏まないようにするのだそうだ。これも納得できる。畳は便利である。ごろっと横になり転寝するには、最適である。いちいち寝室のベッドまで行って転寝はないだろう。今は畳屋さんが少なくなったので、畳替えもまめには出来ないが、新しい畳は井草の香がしてさわやかである。新しい畳も縁を踏まずに歩けば、わずかに足の裏が上がり畳を擦ることはなく長持ちするのだ。

こう考えると親の言っていたことは、みんな一理があると思えるのである。歳を重ね生活経験も多くなってくると、先人が体験の中から気づいた事々を後世に伝えてゆくことは大切であると知った。今では、迷信と言って馬鹿にする前に、それがどんな意味を伝えているか考えるようにしている。迷信は嘘ではないのである。母もあの世でそれ見なさいといつもの笑顔で見ているだろう。

迷信を信じるか信じないか迷ったときは信じることにしようと思うのである。

II

百円のブローチ

百円のブローチ

戦中に東京で生まれた私は、東京空襲の直前に東京を追われ二度の疎開をした。最初は千葉県四街道《よつかいどう》の小高い丘の上に建つ母の姉の嫁ぎ先だった。それもつかの間房総沖に連合艦隊の軍艦が停泊するようになり、四街道も危険が迫り茨城県の結城《ゆうき》町へと二度目の疎開をした。そんなことで友達もなく、女の子と接する機会もなく、兄と双子のようにつれだって遊んでいたので、女の子らしさを身に付けず成長した。

成人して子供ができてからもほとんど化粧せず、服装にも無頓着でワイシャツにキュロットスカートやスラックスで通していた。そんなわたしを見て育った長女が、お友達のお母さんのように偶《たま》には、おしゃれをしてほしいと思ったのだろうか。小学校一年の遠足の時に、あるお土産を買ってきてくれたのだ。幼稚園のときは、保護者付き添いのバス旅行しか経験していなかったので、初めての付き添いなしの遠足でこづかいも二百円という今までにない体験だった。それまで一日五十円のこづかいをもらって、近所の友達のお母さんに付き添われ、駄菓子屋で自分が食べるお菓子を買うだけだった。ところが、常の四倍ものこづかいを持って、お土産屋さんで買い物をするのだから娘にとっては嬉しいことだったであろう。

その頃私は共稼ぎで、娘二人を私の親に預け朝夕送り迎えをしていた。その日も仕事の帰りに娘二人を迎えに行くと、長女が「今日遠足でママにお土産買ってきたよ」と小さな紙袋をくれた。せっかくのお土産だと思い、すぐその場で開けてみると中には銀色の花のブローチが入っていた。真鍮《しんちゅう》か何かで出来ているブローチだった。たった二百円のこづかいの半分もさいて買ってきてくれたかと思うと嬉しくて、その場で胸に着けると、下の子が「ママ可愛いよ」と言うので、取るわけにもゆかず、そのまま着けて帰った。

翌日もしゃれっけのない私は、昨日と同じ服装で職場に行ったのである。その頃私は長女の通う小学校の教師で六年生を担任していた。いつものごと教室に行き朝の会でのあいさつを終え、顔を上げると、男の子たちが顔を見合わせてニコニコしているのである。「どうしたの、何かあった」と言うと、私の胸を指して嬉しそうにするのだった。中ほどの席のリーダー格の男の子が「それさ、昨日子供が遠足で太平山から買ってきたんでしょう」というのである。

するとと「俺も一年の遠足で母ちゃんに買ったんだよな」とあちこちから俺も俺もと声があがり、男子のほとんどが買ったというのである。そして「でもさ、母ちゃんさ、すぐ外しちゃったんだよな」と悔しそうに一人の子が言うと、ほかの子が「先生それをずうっと着けていなよ」と言うのである。玩具とは知らずにせっかく買ってきたのに、すぐに外されてしまった悲しさ、悔しさがあったのだろう。親にしてみれば嬉しいが、真鍮の玩具では外は歩けない。だから外してしまったのだろうと思った。母が喜ぶだろうと思って買ってきた子供の心情を思うと外すわけには行かないと思い、それなら毎日つけていようと思ったが、何せ玩具なので外では着けて歩けない。そこで職場にいるときだけ着けることにした。

だが二週間足らずでブローチの花と安全ピンが離れてしまい、着けられなくなった。それをクラスの子供たちに話すと、「はっはっは、玩具だもんな」と笑うのである。そこで「ところが修学旅行の小遣いは二千円だけど、お母さんにネックレスかな」とふざけて言うと「羊羹《ようかん》だよ、二千円では偽物しか買えないからね。近所のおばさん達とお茶を飲むときのお茶菓子さ」と言うのである。なるほどと思うと同時に、五年間という学校生活での子供たちの成長を感じさせられた瞬間だった。母親と自分との関係が、母依存から成長するにつれて母との距離をとり、母の日常を客観的に捉えて土産を選ぶという相手を思う気持ちが育って行く過程が見られた。

今、娘は親から離れて暮らしているが、独身の頃は帰省のたびに木彫りの置物やブローチを買ってきた。しかし、しゃれっけのない私には猫に小判と知ったらしく、結婚後は帰省の際はもっぱら北海道産のワインや海産物を土産に持ってきて、我々夫婦と晩酌を楽しむようになった。さらに暑中休暇と年末年始の休みを利用し、国内外の旅行を計画してくれるので、年に二度ほどともに旅行し各地の名産物や風習に接したりと楽しませてくれる。ここのところ、コロナ騒動で旅行どころか帰省もままならずいるが、早くコロナが収まり一緒に旅行したり飲んだりして楽しめる日が来ないかと願っている。

たかが百円のブローチといえどもそれは子供の心の成長過程における貴重なお土産なのだ。お土産とは値段ではなくそれを与えてくれる人が、その時相手に対してどんな気持ちを表しているかを知らせる意味を含んでいる物であると思うのである。

（二〇一七年記）

スーパーマンは自転車で

通勤には常に国道四号線を使っていたが、その日はいつもより渋滞が激しかったので、この調子でダラダラ走っていたら遅刻してしまう、四号線と並行して走っている農道に出れば、遅刻せずに済むと思い、思川《おもいがわ》の橋を渡り農道を行くことにした。最初のうちは渋滞もなく、スムーズにゆき、しめしめなんとうまいことを思いついたのだろうとほくそ笑んでいた。

ところが、農道へ出る前に渡らねばならない橋は木製で普通乗用車二台がやっとすれ違える幅しかない。天候の好い日は順調に走れるが、その朝は前日の雨が凍って滑りやすくなっていた。そんなことを知らずに、国道と同じ感覚で走ってしまったのだ。橋にさしかかるとハンドルが左へ左へと寄って行ってしまう。あわてて右へ戻そうとしたが、ついに車の左前輪が橋から脱輪してしまった。橋に欄干が設置されていないことまでは、頭が働かなかったのだ。幸い右のドアから脱出し、後続車や対向車に助けを求めて窓ガラスを四、五台叩けど、一向に降りてくれる気配はない。

途方にくれて橋の上を行ったり来たりしていると、対抗側から外国の男性二人が自転車で通りかかった。二人は私の車の後ろに自転車を止めると、二人でなにか話し合っていた。外国語なので私には全く通じない、ただぼーと突っ立っている私には目もくれず、車の前と後ろに回り、バンパーの下に腕を入れると、掛け声をかけて車を持ち上げ橋の上に戻したのだ。

私は驚きと嬉しさでひたすら「サンキュウ、サンキュウ」と繰り返すのみだった。そんな私に二人の男性は、「きをつけて」と言って自転車にまたがると颯爽と去っていった。ほっとして車に戻ってから、彼らの名前も勤め先も聞いていなかったことに気づき、後悔したが後の祭りだった。

それにしても日本の男性はなんと不親切で、冷たくて自己中心なのだろうと腹立たしく、呆れ返ったのだが、冷静に考えたら日本の男性は出勤途中で背広姿だった。それに対して、外国の二人の男性は作業着だった。背広で車を持ち上げたら服が汚れたり、綻びたりするだろう。だから手を出さずにただ見ているだけだったのだろう。勤め先につけば作業着に着替える人もいるだろうに、通勤するときは背広なのだ。

そういえば、ある中学校で朝練をする男子生徒が、体育着で自転車登校をしていたら、登校下校は制服でするよう注意されたという話を聞いたことがある。またある小学校に、各校の教育状況の指導をする指導主事が来たとき、話し合いの席に運動着で出席した教師がいたら、「体育の授業以外は運動着を脱ぎなさい」と言ったという。だが、その学校の大物校長は「小学校の教師は、朝は体力作りで子供たちと校庭を走る。休み時間は子供たちと外で遊ぶ、着替えなどする暇はない。熱心な教師ほど一日中体育着で過ごす」と言ったという。

熱心だったかどうかは知らぬが、私もほとんど一日中体育着で過ごしていた。ある時担任していた体格の好い四年男子が、お尻を両手で抑えて廊下を歩いていたので、「どうしたの」と訊くと、両手を離して綻びを見せたのである。「先生のトレパンを履けば」と言うと、その子は「先生はどうすんの」と言うので、「スカートになるよ」

と言うと、「えっ、スカート持ってんの」と言われてしまった。おしゃれで外見を気にする女教師か管理職以外は、運動着で過ごす教師が多い。だが、中には運動着で児童と掃除をしたり、休み時間に遊んだりする校長もいたのが、私の勤めた小学校の現場であった。

日本では、外見を重視するあまり合理性に欠ける面があるのではないかと思うのだ。職場で作業着に着替える時間や手間を考えると、出勤時は作業着でしかも排気ガスを出さない自転車で通うというのは合理的ではないだろうか。

また日本人の中には、知人友人には何かと親切であるが、見知らぬ人が困っていても見て見ぬふりをしてしまう人が、多いのではないかと思う。男子高校生が「乗り物の中で年寄りや妊婦に席を譲りたいが恥ずかしい」とテレビで言っていたことがあった。日本には当然のことをするのが恥ずかしい、という風潮があるのは否めない。

この事件を通して、日本とはなんと形式を重んじて外見を優先する国なのかと苦笑してしまったのである。

幸い車は日本製の右ハンドルだったので、右ドアから脱出できた。しかも偶然に親切な外国男性が通りがかり、助けてくださったお陰で、警察のお世話にならずに済んだのは、幸いだった。

もし車が外国産の左ハンドルだったらどうなっていただろう。川に転落し大事故になっていただろうと思うとゾッとする。そして外国の二人の男性に会わなかったら警察を呼ぶ羽目になっただろうと思うのである。そして近道どころか大きな時間のミスをし、完全に遅刻して職場の上司に経緯を話し、大恥をかいていただろうと思うのだ。あの二人の逞しく優しい力持ちの親切な白人男性に出会ったのはラッキーだと思い、いまだに感謝しているのである。

その時、「あの白人男性の怪力はスーパーマンでは」と思ったのである。

漫画サザエさん

この年をして恥ずかしいのであるが、大切にしている物と言えば漫画サザエさんである。現在（二〇二二年）は日曜日の午後六時三十分からテレビの8チャンネルで放映されているので、できるだけ早めに夕餉の支度を済ませて、サザエさんを見るようにしている。また土曜日の朝日新聞「be」にも「サザエさんをさがして」が載っているので、それも見逃さない。なぜそれ程までもサザエさんが好きになったのかと言うと、どうも小学校中学年の頃に原因があるようだ。

その頃我が家では「朝日子供新聞」をとっていた。その中だったか、大人の新聞であったか忘れたが、四コマ漫画のサザエさんが連載されていた。その他にも「フクちゃん」「のんきなおじさん」なども載っていたが、一番気に入っていたのが、サザエさんである。

職を退きいくらか時間にゆとりができたので、何か面白い小説でもないかと思いぶらっと書店に入ったら、『サザエさん』が目に留まった。そこで子供の頃に面白く読んでいたことが、思い出されて即座に購入した。本屋さんには分冊で売られていたので、発行される度に買いに行ったが、手に入らなかったのが二冊あった。諦めていたら長谷川町子全集の「サザエさん」、『おたからサザエさん』が出たので、それらを求めて全巻読めるよう集め、『エプロンおばさん』、『いじわるばあさん』も購入した。

そんなことで我が家の寝室の書架の上段は、長谷川町子作品で占められている。居間の書架には私たち夫婦の専門書が並べられている。初めて訪れた人は、本の多さに感心するが、大方は積読《つんどく》状態である。

サザエさんはどうも私自身ではないか、と思わせるところがあって、親近感を持ってしまうのだ。せっかちだが、呑気で陽気で細かいことに気を使わないところが、似ているのである。

子どもの頃お使いを頼まれればお釣りを落として来たり、かまどでご飯を炊くので火の番をしている時に、友達が遊んでいる声がすると一緒に遊んでしまい、おこげを作ってしまったり、卵を買いに行けば落としてしまったりと、そそっかしくて呑気なのだ。兄からいつも「おまえは能天気だね」と言われていた。正にその通りである。

サザエさんの主題歌に「財布を忘れて……」とあるが、それは私でしょうと思うのだ。今は直近のスーパーマーケットまでは二百歩なので、レジさんは顔見知りの方が多く、「とってらっしゃい」といって買い物かごを預かっておいてくださる。

最近は薬局にマスクを着けずに入ってしまい、店内放送で「入店のお客様マスクをつけてください」と言われ慌ててマスクをつける始末である。かかりつけの病院の受付の方からマスクを渡され、持ってますと言って見せたら、「つけてください」とにっこりされた。そこで今は買い物袋やポシェットには、マスクを四、五枚入れて持ち歩いている。

またサザエさんの面白さは、登場人物である家族一人一人の個性の可笑しさである。一家の大黒柱ともいうべきは母親のフネさんであり、家族の一人一人をよく理解してやんわりと牛耳り包容力と頼りがいのある人である。そして父親の浪平さんは、長男のカツオには厳しいが、呑気で少々忘れっぽいお人良しのサラリーマンで、家庭はフネさん任せである。長男カツオは小学四年生、いたずらっ子でチャッカリやのお調子者だが、間抜けなところがあり、いつも浪平から「ばかもん」と怒鳴られている。二女のワカメちゃんは小学一年生、カツオの行動を客観的に見ては注意をするおしゃまなしっかりした子である。サザエの夫マスオさんは、お人よしとしか言いようのない、優しいおとなしいサラリーマンで、少し頼りなさそうなところが家族を和ませる。磯野家は嫁さんの親と嫁さんの家族とが暮らす二世帯同居である。我が家も一時そうであった。サザエの子タラちゃんは、家族のマスコットというべき存在で、幼児語を駆使して大人の話を復唱しては、時々するどい突っ込みを入れる。なんとも微笑ましい家族である。

家族のそれぞれが自由に個性を発揮し、どこの家庭にもみられるような日常生活をたった四コマの漫画でユーモラスに表している。その見事な発想には感心するのみである。

こんなにも心を和ませ、ストレスを解消してくれる漫画をよくも描いてくれたと、長谷川町子さんを尊敬し感謝している。私も自分の家庭を磯野家のようにしたいと思うのであるが、努力せずとも出来ているような気もしないではない。せっかちでおっちょこちょいの私は夫の苦言を冗談で返すので、私の失敗に対し夫は「考えられないね、どうしてそうなるの」とか「こうしてこうすれば良かったのに」と腹を立てるより諦めが先になるようである。そんな訳で夫婦喧嘩は喧嘩まで行かずに途中下車している。

これはサザエさんのおかげか、私の生まれつきのものかと日々思っている次第である。

コロナの好み

かれこれ二十年以上早朝散歩を続けている。その日も四キロ程歩き、朝食の支度をしていると、「コロナで高齢者一名死亡」というテレビのニュースが聞こえてきた。のんびり居間でコーヒーを淹れていた夫に「太陽の光線で人は死ぬんだ」と言うと、「何億光年と近づけばね。そこへ行くまで生きていないよ」と言う。「今ニュースで言ってたよ、コロナで高齢女性一名死亡って」。すると、「コロナウイルスだよ」と言う。そこで初めて殺人ウイルスの存在を知った。

それからというもの、連日コロナ関連のニュースが多く報道されるのでテレビにくぎ付けになった。特に北海道に感染者、死亡者が多いという報道があったので、札幌在住の長女に電話をすると「あれは武漢からの旅行者がまき散らしていったことで、一般の市民にはあまり関係ないよ」と言う。それを聞きまずはほっとした。ところでコロナって何だろうと思い、電子辞書を引くと、「太陽の外輪」とあり、ウイルスという言葉は出てこない。これは人間が、神の偉大なる造物に勝手にウイルスの名をつけたので罰があたり、人類が冒されているのではと思ったが、呑気なことは言っていられない。私の住む栃木県にもじわじわと感染が広まってきた。「特に高齢者は重症化し死に至る」と聞けば、その範疇に入る私の恐怖心は増すばかりだった。

そうこうするうちに、感染症専門の医師や研究員の方々が、報道機関を通して対策を報じるようになり、いくらか安心した。この際とにかく対策を真剣に守ろうと思い、まずは手洗いと嗽《うがい》を励行することにした。明治四十四年生まれの母は、ペスト・赤痢・結核などの伝染病の恐ろしさを知っていたのであろう。子供の頃、「学校から帰ったら、手洗い、嗽をしてからおやつ」と躾けられていたので、今でも外から帰ると手を洗い嗽をすることは習慣化している。

しかし、専門家の言うようにはしておらず、形式的にくちゅくちゅ嗽と手をこする程度に済ませていた。これでは駄目と分かり、ガラガラ嗽とごしごし手洗いへ切り替えた。指の股、手の甲に石鹸をつけてごしごし洗う。嗽は喉の奥まで水が届くよう、ガラガラと十回程声を出してすることにし早速実行している。

三密はというと、老いの二人暮らし、人混みへはあまり行かず早朝散歩と買い物以外はほとんど家の中で過ごしているので、密集は避けられていると思う。昼間夫は二階、私は一階でそれぞれ好きなことをしている。食事も対角線上に対面して五十年、寝床も夫はベッド、私は畳にマットレスなので、密接にはなっていないと思う。朝起きるとすぐに雨戸や硝子戸、障子を開けて空気を入れ替える。夏のうちは、昼間も網戸だけにしてできるだけ開けっ放しにしている。よほど暑いとき以外は、空調も付けない。夫婦とも市立の小中学校に勤めていたので、勤務先には空調設備がなかった。冬になったら、その時はまた考えるとして、今のところは密閉もない。考えてみると、今までの生活とさほど変わっていない。

ところで感染情報を見ているとどうもコロナには好き嫌いがあるようだ。社交的で交友関係を大切にし、友人知人と会食したり、行動したりどちらかというと人の良い人を好むようだ。非社交的で、出不精な人はあまり好かれないのではないかと思うのである。その点、出不精、非社交的な我が夫婦はコロナにとって、あまり好ましいタイプではないらしく、今のところ感染をまぬがれている。

それにしても、次から次へと変異しては人類を脅かすコロナ騒動はいつ治まるのだろう。人類の叡智とコロナウイルスとのモグラたたきは、これからも続いてゆくのだろうか。二年以上経っても、またオミクロン株とかいう新しい株が出現し、世界中を引掻き廻している。日本政府も最初の誤算を反省し、今回は早い対策をとってくれたが、またいつ新種株が現れるか分からず、先が見えない不安はまだまだ続いている。

世界中の人々がコロナ以前の生活に戻れる日はくるのだろうか。人間とウイルスとの戦いは今までもあったが、今回ほど手強い相手は稀であろう。人類同士角突き合わせる愚は止めて、全人類が力を一つにして、この非常事態をなんとか切り抜けていくより仕方がないのではないかと思う。

(二〇二〇年十一月三十日記)

二〇二二年の今もまだ止むことなく感染は続いている、私は二二年十二月二十六日に五回目のワクチン接種を済ませたが、まだ何回あるか分からない。二〇二三年一月現在、第七波がやって来ている。人とコロナウイルスとの鼬《いたち》ごっこはいつまで続くのだろうか。なんともやんちゃなウイルスである。とはいえ国や市の高齢者への配慮には、感謝している次第である。

最後の駅蕎麦

二〇二二年三月六日の朝、小山《おやま》駅九時四十九分発東北本線上りに乗ろうとホームに立っていると、私の背後に長い列ができ始めた。列はホームの先端までゆき、折り返している。しかもその列は電車の乗車口に向かず、線路と並行に並んでいた。コロナ以来電車を利用する人は減少し、常ならほぼ満席になるのだが、一車両五、六人しか乗っていない日が続いていた。当然ホームに待つ人もまばらになっていた。

今朝は何が起こったのかと列の先端を見ると、中年男性が蕎麦《そば》を啜《すす》っているではないか。そしてその周りを囲む人たちの後ろに長い列ができていたのである。列に並んでいる人たちは、中年以降の男性がほとんどで、サラリーマン風であった。何で今日に限って駅蕎麦に長い列ができているのだろうと、不思議に思いながら電車に乗った。

かねてから、小山駅の蕎麦は美味しいと聞いていたので、どこかの社員旅行の人たちか、旅行会社のツアー客かなどと思いめぐらし一日中気になっていた。帰りに駅蕎麦の店を見ると、板が打ち付けられて箱と化していた。もしかして店じまいかと思いながら家路についた。

夕餉《ゆうげ》を食べながらテレビを見ていると、各地の今日の主なニュースが映し出され、今朝の小山駅のような光景が映されたので、何事かと思い見ていると、「最後の駅蕎麦を求めて、ホームには長い列ができました」というようなアナウンサーの声に、えーやっぱりそうだったのかと納得した。しかし、なぜ閉めてしまうのか、残念に思った。確かにコロナで在宅勤務が増え、電車通勤をする人々も少なくなり、蕎麦を啜る人も少なくなったようだった。それで閉じたのだろうか。そういえばキヨスクも閉じられていた。なんとも寂しいホームになってしまった。コロナは駅の風景まで変えてしまったようだ。

私が初めて駅蕎麦を啜ったのは、大学一年の時だったと思う、運動部に所属していたので、練習を終えて家路につくのは七時頃、大学からバスで駅まで行き電車に二十五分ほど乗り小山駅で降りる。小山に着く頃は夜の八時近くなり、お昼ご飯を食べただけなので空腹だった。そんなある日、小山から通学していたキャプテンが、駅蕎麦食おうと言った。日本蕎麦は苦手であったが、空腹だったし、断るのも悪いと思い食べることにした。食べてみると思っていたより不味くはなかった。その後も何回かキャプテンと駅蕎麦を啜ったが、キャプテンも四年になると卒論やら就職活動やらと忙しくなり、部活には出てこなくなった。駅蕎麦を一人で食べる勇気も無かったので、その後食べていない。

ところで日本蕎麦を嫌いになったのは、小学一年の頃と思う。東京空襲の一ヶ月前に強制疎開で浅草から千葉県四街道へと疎開したが、房総沖に連合艦隊が停泊したので、危険を感じ茨城県の結城へと疎開し、終戦を迎えた。その後父の仕事の都合で栃木県小山に住むようになった。まだ小山に来て間もなかった私は、疎開先の結城の知り合いの家に遊びに行った。その家には私より二歳上と一歳下の女の子がいた。その日はその家のお母さんが自分の実家へ行くと言って、私も一緒に連れて行ってくださった。その実家は大きな農家で、昼食に手打ち蕎麦が出された。東京生まれで東京しか知らない母は、蕎麦など打ってくれたことがない。初めて食べる手打ち蕎麦の匂いと蕎麦粉のザラザラ感が好きになれなかったうえ、野菜を油で炒めた具の入った汁が油っぽくて口に合わず、椀一杯をやっと食べたが、蕎麦というとそれを思い出し嫌いになってしまったようだ。

蕎麦が食べられるようになったのは、職場の旅行で小諸《こもろ》へ行った時だった。小諸城跡の葦簀《よしず》張りの蕎麦屋さんで食べた蕎麦が、今までの蕎麦の食感と違いなめらかでシャキッとしていた。汁もさっぱりしていたので、これならいけるとざる蕎麦一人前完食した。その時から、苦手意識はあまりなくなったが、今でも自分から好んで食べることはない。蕎麦屋に入っても饂飩《うどん》しか食べない。

そんなことで、駅蕎麦は全く利用しないのに、なぜか電車を待つときは無意識に、駅蕎麦の店の前に立つくせがあった。その店が閉ざされてしまったとなると、何とも寂しく残念に思うのである。

電車から降りるとすーと鼻に入ってくるあの蕎麦つゆの海産物の香が、空きっ腹にしみとおり早く家に帰って夕餉にしようと、足も早まるのである。

蕎麦のあの香りがしなくなってしまうと、小山に着いたという安堵感が失せてしまうのだ。電車を待つ間の退屈しのぎや忙しくて食事時間をとれなかった人、弁当だけでは夕食まで腹が持たない高校生など、ちょっと立ち寄って立ったまま簡単に食べられるので、長い間多くの世代に親しまれてきた。

キヨスクと蕎麦屋のなくなったホームには自動販売機が置かれ、カップ麺やコーヒー、ジュースが買えるようになったが、中高年層が買っている姿はあまり見ない。ほとんどが高校男子である。熱々の湯気を吹きながら電車が入ってくる寸前までに食べ終えるというスリルもあったのだろう。たかが蕎麦一杯といえどそこにはそれぞれの思いがあっただろうと思うと、寂しい。

まだ機関車であった頃は、三分停車の小山駅のホームには汽車を降りて駅蕎麦を求め、丼を持って汽車に乗り食べ終わった丼を窓から出すと、駅弁やお茶の売り子さんたちが丼を受け取り蕎麦屋に戻すというなんとも微笑ましい連携プレーが見られた。汽車を降りてホームを歩きながら、ゆるゆる走る汽車の窓に丼を受け取るタイミングが間に合うかどうか、歩みを緩めはらはらしながら見ていたものだ。

子どものころから馴染んでいた駅蕎麦、コロナが収束すれば復活するだろうか、と思っていたら、九月初旬に足利駅で復活というテレビニュースがあった。やっぱり駅蕎麦はそう簡単には消えないものだ、と嬉しくなった。足利には新卒の頃勤めていたので、猶更《なおさら》嬉しくなった。

駅蕎麦よ永遠にと言いたいのである。

III 平和観音

――短歌五十首

ひまわり

おみな逝き涸れ井戸残る庭おおい形見のごとくひまわりの咲く

数多咲くひまわり一輪ほしけれど主亡き庭に入るをためらう

敗戦の荒地に咲きしひまわりに活気もらいし小学時代

蓄音機何度もまわし聞き入った童謡歌手の『ひまわりどけい』

校庭のひまわりの種黒ずめばプールサイドに風は冷たし

ひまわりと名づけし由来真かと朝昼夕と見れど変わらず

ハムスターひまわりの種ぽりぽりと旨そうなりて我も一粒

ひまわりの種の一粒食みたれば油脂の臭えるひね落花生

捕虫網・麦藁帽子・男の子・バックにひまわり絵本の挿絵

ゴッホにはごく有名な『ひまわり』が　我は和める『はねばし』が好き

弟なるや兄なるや

八十に近き兄から電話あり親の法要これで最後と

父八十母九十六で逝きたれば二十五回忌・十三回忌

菩提寺に一番近きわれなれば親の法要まかせるという

幼き日いつもかばってくれし兄恩返しにと引き受けたりし

空襲の強制疎開で転々と友なき我は兄にまといし

会う人は双子なのかと皆問う「ぼくはお兄ちゃん」声高に言う

年子でも背丈変わらぬ兄と我兄の友人吾を姉ちゃんと

最近に出会いし兄の元担任「お姉さんよね」真顔で我に

勉強が易しすぎると手わすら*よそ見立たされ坊主問題児兄

*学習用具やおもちゃをもてあそぶ

我が受験・結婚にても助言をし肝心なとき頼れるは兄

金柑の強さ

雪置きて上越の山越えし風筑波をめがけ駆けぬけゆけり

ブリ大根にこごりあれば母想う空調なき世の朝の食卓

泥ねぎを二束手にし二百円無人直売の箱に入れたり

あたたかきココアを飲めば母浮かぶ受験勉強の夜に淹れくれき

「親ガチャ」と言う若者の無責任努力怠る言い訳ならん

東風吹かば広き葦原煙立ちて啓蟄悲し渡良瀬の虫

冬に熟し春また熟す金柑の強さ我が身に納めたり

筑波山見返り美人の口唇を思わす様で春を呼びよす

居酒屋

赤と黄の提灯下がる店の戸に太き毛筆「ハイボール５００」

迎え盆小さき提灯そろそろと祖父母伴ない山門を出ず

中学の友の営む居酒屋を訪ねればのれん畳まれており

ひょうきんでお人好しなる友ゆえに居酒屋接客肝がんで逝く

高校の通学路にある赤提灯厭いていいしが今は入りたし

雑草

踏切をコンテナ貨物長々とガソリン高騰知るやタンポポ

駅員と新米教師が芋食みしローカル駅は無人となりぬ

駅ホームスマホ繰りつつ進みくる乙女を避けて腑に落ちぬ我

前傾で歩くを強いて姥化に坐骨神経痛いまいまし

手の甲を見れば白魚どこへやら大波小波寄せて消したる

ヴィーナスの誕生なるやキャベツ畑残れる茎を外葉が囲む

帰り来ぬ軍馬悼むや畑の辺の馬頭観音碑昭和二十三年

畑潰しケアホーム建つ庭隅に馬頭観音人知れず立つ

自由主義民主主義とう語を広げ意味曖昧に七十余年

雑草と一括りし草を抜く一億という括りの個にて

昼は蟬夕にコオロギ鳴く庭を風情なき娘《こ》はジャングルと言う

平和観音

何げなく孫と訪ねし平和観音気づけば今日は八月十五日

石工らが六年掛けし観音は平和を背負い七十四年

宇都宮関東十四師団置き数多の兵士戦地に送る

我が叔父も十四師団ゆシベリアへ抑留三年無事に帰還すも

平和観音墓碑に満つ戦没者同姓あるは兄弟なるや

プーチンに平和観音送りたし澄んだ目をした優しい面の

解説　しなやかに本来的なものを探求する批評精神
――秋野沙夜子『母の小言』に寄せて

鈴木比佐雄

秋野沙夜子氏は、一九四二年に東京の浅草に生まれ、東京大空襲の影響で、千葉県・茨城県などの疎開先を経て栃木県小山市に転居し、現在も小山市に暮らし続けている。秋野氏は小学校の教員勤務などを経て、今まで二冊のエッセイ集を刊行し、また馬場あき子氏が主宰する短歌誌「かりん」で短歌を本名の伊藤洋子で長年発表している歌人だ。この度、三冊目の著書『母の小言』が刊行された。

この『母の小言』には、秋野氏という表現者の感受性やその考え方の原点や大切にしてきた人生観も読み取れる構成になっている。全体は三章に分かれていて、Ⅰ章「母の小言」三編には、東京大空襲をくぐり抜けてきた家族史でもあり、戦中・戦後の貴重な経験が少女の純粋な眼差しで記されている。Ⅱ章「百円のブローチ」の五編のエッセイは、教員時代の教え子たちとの交流や子育ての暮らしの中で、心に刻んできた生きることの意味をさりげなく語り、詩情あふれるエッセイの魅力を感じ取ることが出来る。これらのエッセイは、戦中・戦後を知り激動の昭和を生き抜いてきた世代の貴重な証言となっている。Ⅲ章「平和観音――短歌五十首」には、家族や教え子や同時代の人びとの幸せや、何よりも平和を願う秋野氏の思いが短歌の調べに込められている。Ⅰ章の冒頭「猫の化身」では、秋野氏の感受性を形作る興味深い箇所があるので、次に引用したい。

《押し入れは間口一間奥行半間あり二段になっていた。欄間のないぶん上段の天井は高く、布団をしまってもその上に人が一人寝るだけのゆとりはあった。ここに入って居れば泣いても喚いても外にはあまり聞こえない。だから父に叱られることはないだろうと思い、泣きたいとき、腹の立つとき、寂しいとき、一人になって落ち着きたいときには、押し入れに入り自分だけの世界に浸るようになった。／押し入れの中は、日が差さず外気も入らないので、夏は涼しく、冬は暖かく微かに人の声が聞こえ、布団からは家族の温もりが伝わり寂しくない。一〇センチも開けておけば日も差し込むので本が読める。引き戸一枚を通した薄暗い狭い空間は、他に煩わされることなく、

孤独を楽しみながら、自分を癒す時間を過ごせる結構な居場所となった。》

この箇所を読めば、秋野氏の感受性の在りかを理解できるだろう。両親と兄との家族の中で最も弱い立場で、一つ上の兄から口うるさく言われ喧嘩をすると父に叱られてしまい、どこにも居場所がなかった時に、押し入れはシェルターのように「自分を癒す時間を過ごせる結構な居場所」であったのだ。押し入れは秋野氏にとって読書をし、「自己を癒す時間」であり、もしかしたら本来的な自分とは何かを見つめる「居場所」であったのかも知れない。秋野氏は自らを「猫の化身」とユーモラスに喩えている。この自分とは何か、という問いを発する時空間の「居場所」こそが、その後の執筆活動の原点になったのだろう。きっと今も「押し入れ」に類する居心地のいい「孤独を楽しむ居場所」を作られて、自然体でエッセイを書き、短歌を詠まれているに違いない。

Ⅰ章の「貧者の一灯」では、心無い言葉を吐く先生を嫌いになるが、一方で担任の先生が弁当を持参できない子どもに、自分のコッペパンを買いに行かせ、その半分をお駄賃代わりに渡した心優しい場面が生き生きと描かれている。この弱者に分け与える共生の精神は、秋野氏の行動する理念になっていることが理解できる。そして「貧すれば鈍、富すれば鈍」という逆転の発想の新しい格言を秋野氏は自らの信条にしている。「母の小言」では、秋野氏は《最も頻繁に使っていたのが「親の小言と霧雨は当たらぬようであたる」と「親の小言と茄子の花千に一つの無駄がない」であった》と母について語っている。親子は三十年程の年代が違うので、親が子に抱く心配は杞憂の場合も多いが、ただその中にも今思うと当たっていることを私も想起することがある。本書もある意味で「秋野氏の小言」と言える箇所もあり、その「小言」を探して自らに問うことも本書を読む楽しみだろう。

Ⅱ章の「百円のブローチ」は、娘が親の付き添いのない初めての遠足で、お洒落をしない母の秋野氏へ真鍮の百円のブローチをお小遣いの半分を使って買い、母にお洒落になって欲しいとプレゼントする話だ。他にもそのような子どもがたくさんいたと言う。

その他のエッセイで、「スーパーマンは自転車で」は、秋野氏が朝に自動車で通勤中に欄干のない橋で左前輪を脱輪してしまった、その時に誰も車を降りて助ける日本人はいなかったが、通りかかった自転車に乗った二人の外国人が車を持ち上げて助けてくれた、親切な行為を伝えている。日本社会が多様性を共有していく際の良き事例だと思われる。「漫画サザエさん」では、秋野氏は「サザエさんはどうも私自身ではないか、と思わせるところがあって、親近感を持ってしまうのだ。せっかちだが、呑気で陽気で細かいことに気を使わないところが、似ているのである」とその類似性を語る。「コロナの好み」では、「人類同士角突き合わせる愚は止めて、全人類が力を一つにして、この非常事態をなんとか切り抜けていくより仕方がないのではないかと思う」と、大同団結する人類の知恵を促している。「最後の駅蕎麦」では、様々な思い出のある小山駅の駅蕎麦店がコロナ下で無くなり寂しく思っていたが、足利駅の駅蕎麦店が復活したというニュースに、秋野氏は「蕎麦よ永遠にと言いたい」と呟くのである。

最後にⅢ章「平和観音――短歌五十首」の中から短歌十二首を引用したい。

敗戦の荒地に咲きしひまわりに活気もらいし小学時代

我が受験・結婚にても助言をし肝心なとき頼れるは兄

「親ガチャ」と言う若者の無責任努力怠る言い訳ならん

冬に熟し春また熟す金柑の強さ我が身に納めたり
迎え盆小さき提灯そろそろと祖父母伴ない山門を出ず
中学の友の営む居酒屋を訪ねればのれん畳まれており
駅ホームスマホ繰りつつ進みくる乙女を避けて腑に落ちぬ我
帰り来ぬ軍馬悼むや畑の辺の馬頭観音碑昭和二十三年
昼は蟬夕にコオロギ鳴く庭を風情なき娘はジャングルと言う
何げなく孫と訪ねし平和観音気づけば今日は八月十五日
石工らが六年掛けし観音は平和を背負い七十四年
プーチンに平和観音送りたし澄んだ目をした優しい面の

秋野氏にとっての「小言」とは、歴史・伝統から学ぶ言葉の再発見であり、現代の風潮に流されない自己の感性や直観を信じ、しなやかに本来的なものを探求する批評精神でもある。そんなエッセイや短歌を含んだ『母の小言』は小気味よく、「プーチンに平和観音送りたし」というように、恐れることなく本質的な言葉を発する詩歌の魅力も伝えてくれている。

あとがき

初めてのエッセイ集『勘違い知らぬ間の罪作り』を二〇〇三年に、二冊目の『熟年夫婦の味わい』を二〇〇四年に出してから約二十年エッセイから遠ざかっていました。その間十年ほどは資格を取得し産業カウンセラーとして養成講座の実技指導者をしていました。

その後朝日カルチャーセンター『短歌入門講座』で米川千嘉子先生の添削指導を受け、歌林の会に入会し柏市に拠点を置く「かりん弥生野支部」に参加し、影山美智子先生の指導を受けています。弥生野支部の歌会で参加者の実力の高さに、己の未熟さを知らされ、少しでも向上できればとの思いで、栃木県小山から千葉県柏へと通っています。

しかし、エッセイへの未練も捨てられず、朝日カルチャーセンター中島たい子先生の『おもしろいエッセイを書こう』を受講し添削して戴きました。

今回は、その時の作品に加筆したものと新しい作品をあわせてエッセイ部分に、朝日新聞栃木歌壇・角川「短歌」に掲載された歌から二十首ずつ、かりん結社誌に掲載された歌から十首を合わせて五十首として短歌部分にし、エッセイと短歌を合わせた『母の小言』を出すことにしました。

小学生の頃から文を書くことが好きで小学校の六年間夏休みには毎日絵日記をつけていました。高校生の時から結婚するまでは家人に知られないよう勉強しているふりをして日記をつけていました。

就職した職場に職員全員参加の文集を作る習いがあり、一人旅した寂しい奈良のお寺（名前をわすれたが）を紀行文にしたら、国語科主任からプロに弟子入りして指導を受ければプロになれるとおだてられ、紀行文を書いては文集に載せていました。しかしメンバーが変わって立ち消えになり、文を書くことから遠ざかり、退職後再出発しました。

今回『母の小言』出版にあたりコールサック社の鈴木比佐雄様・座馬寛彦様から編集のご指導・ご助言を戴き、鈴木様には解説をご執筆戴きました。大変感謝しております。

日常生活の中で起こった思いを書いた拙い作品ですが、楽しんで戴ければ幸せです。

二〇二三年二月

秋野沙夜子

著者略歴

秋野沙夜子（あきの　さよこ）

本名・伊藤洋子。

1942 年、東京都生まれ。栃木県小山市在住。

著書に、エッセイ集『勘違い知らぬ間の罪つくり』（新風舎、2003 年）、エッセイ集『熟年夫婦の味わい』（杉並けやき出版、2004 年）がある。

短歌誌「かりん」所属。

シニア産業カウンセラー、中級教育カウンセラー。

現住所　〒 323-0820　栃木県小山市西城南 6-8-5　伊藤方

母の小言

2023 年 3 月 31 日初版発行
著者　　秋野沙夜子
編集　　鈴木比佐雄　座馬寛彦
発行者　鈴木比佐雄
発行所　株式会社 コールサック社
〒 173-0004　東京都板橋区板橋 2-63-4-209
電話 03-5944-3258　FAX 03-5944-3238
suzuki@coal-sack.com　http://www.coal-sack.com
郵便振替　00180-4-741802
印刷管理　（株）コールサック社　製作部

＊装丁　松本菜央

落丁本・乱丁本はお取り替えいたします。

ISBN978-4-86435-561-2　C0095　¥1500E

プロローグ

美しさ、その抗いがたき誘惑

中国（清）の蒲松齢《ぼしょうれい》（1640～1715）が著した『聊斎志異《りょうさいしい》』に、「画皮《がひ》」という短編が収められている。「画皮」は「絵で描かれた皮膚」と訳されるが、「着たり脱いだりできる美しい人の皮」という意味である。いわば「人間の皮・変身用スーツ」である。この物語は題名どおり、妖怪が美しい女人を描いた皮を被って、人間を惑わすというものである。

異史氏（蒲松齢の自称）曰く
「なんという愚か者なのか！　明らかな妖怪を美女と思い込むとは。なんと迷い深き者なのか！　確かな忠告をたわごとと受け流すとは、他人の美貌を貪り、自分の妻には乞食の痰を飲ませるという不幸まで招いた。天の道理は応報を好むが、愚かにして迷える者はその理を悟らず、哀れなり！」

—『聊斎志異』「画皮」

主人公の王生は、通りで見かけた女人の美しさに惑わされ、妖怪を家に招き入れる愚を犯してしまう。そしてついには、妖怪に心臓まで奪われる悲劇の主人公になる。王生の妻は夫を助けたい一心から道士の言葉に従い、大勢の前で乞食坊主の痰を飲み干すなど耐えがたい屈辱に甘んじる。家に帰り妻の口から飲み干した痰が心臓となって飛び出すと、王生の身体は元に戻って動き出す。妻の献身的な看護のおかげで、彼は失った生命を取り戻す。生き返りはしたものの、美しい外見に惑わされ、死の淵まで経験した王生の話は、軽はずみでは済まされない。この興味深い話の結びに、作者は王生の愚かさを嘆いている。

「天の道理」を云々して嘆息する作者の背後には、相も変わらず妖怪の美しい外見に惑わされ、自分が命を失うことにも気づかない王生がいる。王生は小説の中だけにいるのだろうか？　辺りを見回せば、現実には小説よりもさらに多くの王生がいるのかもしれない。

美しい容貌に魅惑され自ら災いを招く男、それにとどまらず、自分の妻にまで乞食の痰を飲ませるという屈辱を与えてしまった愚かな王生に、果たしてどんな言葉をかければ良いのだろうか？　容貌はそれこそ「外皮」にすぎないのだから、心の美しさを見るべきだと言えば良いのだろうか？　それもあるだろう。内面の美しさこそ真の美しさなのだという言葉は、今でもよく使われている。しかし、王生は内面の美しさを発見する暇もなく、容貌を目にした途端に「一撃で」誘惑されてしまった。美しさはそれほど強烈な力を持っている。

人間のこうした致命的な弱点を知る妖怪は、心の修練よりも容貌を磨く方が効果的と見抜いている。妖怪は人間を模した表面を美しく作り上げることに力を注ぎ、その努力は決して無駄にはならな

かった。数百年前の小説は今でも色褪せていない。表現方法こそ荒削りだが、その内容は時の流れを感じさせない。それゆえ、この物語は今日も映画やドラマになるのだろう。

しかし、時として美しさは、一様には受けとめられないこともある。人と時代によって美しさと美人の基準が異なるからだ。『聊斎志異』「画皮」の主人公・王生は妖怪の美貌に惑わされたが、ある種の美しさは時に、人間の容貌を凌駕することもある。美しさを求める話、それに心を奪われる物語は、昔の人々の文章、絵画、彫刻に余すところなく残されている。似ているが互いに異なる物語には、各々に違いのある美しさがパズルのように隠されている。世界のあらゆる物語に潜んでいる美しさという難問、本書では韓国と中国の書物と絵画、物語の中に、そのパズルを探してみたいと思う。

物語に探る「美しさ」というパズル

美しさは誰もが求め、誰もが簡単に心を奪われる日常的なものであるが、この抽象的な概念にアプローチするのは決して容易ではない。さらに、それが学術的研究ともなれば、接近は一段と難しくなる。美しさについての研究は、最も日常的なことに対する最も難解なアプローチとも言える。

どうすれば美しいのか、何がよりきれいなのかという論議が、依然として尽きない現代、美しさを探索するために遥かなる昔話の中の女人たちを呼び出すことが、果たして適切なのかとも思わないでもない。今日的な美しさの意味を探るために、古びた説話（神話や伝説、民話を含む）を対象にすることが適切なのかとの疑問や批判もあるだろう。これには、ささやかながら弁明を試みてみたい。古《いにしえ》の人々が作り親しんできた説話は、古びて過ぎ去っていく昔話ではなく、人間の生きざまをありのままに見せてくれるという点で、素朴

ながらも真実の径路、そして道筋になると思う。人間の生の様相は変わっても、人間の欲望、希望、願いは、それほど変わらないからである。美しさを求める心や態度も同じだろう。

美しさを探求するために説話を選択したもう一つの理由は、説話の持つ流動性と融通性である。生命力の長い説話は、口から口に伝わりながら、それぞれ異なって解釈され、時代的な背景、人間の欲望、願い、審美観などを反映し常に変化してきた。その過程で、物語が欠けたり加わったりしながら、絶え間なく変貌を遂げてきたのである。一言でいえば、説話は開かれたテキストなのだ。その柔軟性によって、説話は無数の変遷を重ねつつ生命力を維持してきた。説話は、その根源から汲み上げた美徳と想像力をエキスに豊かにはぐくまれ、今も緩まず変化している。

説話が生まれ変化しながら伝わっていく長い過程において、消え去った主人公もいれば、現在も人々から愛される主人公もいる。ひどく醜く変った者もあり、美しく善なる姿へ変化した者もいる。そうした物語の変幻自在ぶりに、ふと気になったことがある。生き残ってきた女人や女神は、どのように生命力を維持してきたのか、また、時が経てば経つほど美しくなっていく彼女らは、いかなる理由から肯定的な変化を遂げたのか、他方、醜くなってゆく彼女らにはいかなる事情があったのか、ということである。

説話を選んだ理由をさらに挙げると、それが「物語」だからである。美しさには、まず外見が見て好ましく、人の心を動かす神秘的な力がある。本書では、美しさが単なる視覚的なものにとどまらず、人間のパトス（芸術における主観的、感情的要素）と結びつき、予測のつかないストーリーとなっていくのを見ながら、美しさの力とは何かを考察してみたい。

本書で取り上げる説話のカテゴリーには、韓国と中国の神話、民

話、伝説のほかに歴史の話も一部含まれる。厳密に言うと説話と歴史は別のものだが、時として、ある歴史の話が、絶え間ない脚色と修飾を経て今日の私たちに伝えられることもある。見方によっては、それが確かに「実存した」という事実を除けば、説話が伝えられる過程とそれほどの相違はない。これらの物語は、時に歴史と説話の境界についても考える余地を残していると思われる。

美しさの異なる物語

人類と歴史を共にしてきたといっても過言でない物語、すなわち神話・説話・民話などさまざまな呼び名を持つ物語は、古代人の生きざまであると同時に、科学であり信仰だった。物語の中で科学と宗教が出会い、過去と未来が遭遇し、その中で人間は巨大な宇宙の一部になった。人間の生きてきたあらゆる場所に物語があり、女神と女人、美しさと醜さの話が収められている。物語には美しさを求める人、美しさに魅惑される人、美しさをめぐって繰り広げられる笑いと涙がある。これは洋の東西を問わず共通している。

ギリシア神話にも美しさという話の糸口は欠かせない。「トロイアの木馬」で有名なギリシア連合軍とトロイア連合軍との戦争は、誰がより美しいかという幼稚な言い争いから始まったとも言える。ペレウスとテティスの結婚式に招待されなかった不和の女神エリスは、自身の不快感と憤怒を一つの黄金のリンゴに込めて投げ入れた。美しい黄金のリンゴだったが、問題はそれに「最も美しい女神へ」と書かれていた点だった。

宇宙と万物を司るヘラ、アテナ、アフロディテだったが、彼女らは「最も美しい女神へ」捧げられた黄金のリンゴを、断固として譲ろうとはしなかった。女神たちのデリケートな問題へのかかわりを避けたいゼウスは、トロイアの羊飼いパリス（トロイアの王子とも言

われる）に審判の席をゆだねる怜悧な選択をした。最も美しい女神になりたかった彼女らは、一介の人間の牧童の前で自分たちの美しさを競う一方、あらゆる贈り物で彼の歓心を買おうとした。

ゼウスの妻ヘラはアジアのすべての国を治める支配者にしようと約束し、戦いの女神アテナはすべての戦争で勝利を与えようと言い、美の女神アフロディテは世界でいちばん美しい女性を与えようとささやいた。パリスが選んだものは、世界の支配者でも戦いの勝利者でもなかった。彼は世界でいちばん美しい女人の夫になることを望んだ。ついに、最も美しい女神となったアフロディテは、約束どおり、パリスが地上世界で最高の美女ヘレネを得られるようにした。ヘレネはすでにスパルタの王メネラオスの王妃だったが、アフロディテはパリスが彼女を誘拐する手助けをし、結局、この事件が十年にも及ぶ長い戦争を引き起こした。

誰がより美しいかをめぐって嫉妬し競い合う女神たち、この世のどんな富貴や栄華よりも美しい女人を選んだパリスの選択は、美しさに耽溺する欲望のぶつかり合いが産み出す波紋の大きさを見せてくれる。それはこの話に限らない。世界の誰もが知っている「白雪姫」「シンデレラ」「美女と野獣」「ラプンツェル」などの童話にも美しさは潜んでいる。「鏡よ、鏡よ、世界で一番美しいのは誰？」というお馴染みのセリフは、エリスが投げ入れた黄金のリンゴと同じで、ストーリー展開に重要な役割を果たしている。

このように世界には美人と美しさにまつわる多彩な物語があふれているが、本書では韓国と中国の説話に美しさを探してみようと思う。それは私たちと最も近い所に美しさを見つけたいとの素朴な思いからであり、これまで美しさの論議が、西洋の物語と絵画を中心に進められてきたことへの物足りなさからでもある。実際、西洋には美しさをめぐる物語だけではなく、美しい女人と女神を表現した

絵画と彫刻があふれている。そして「美の女神」といえば、すぐにアフロディテを思い浮かべるが、韓国の神話では果たして誰の名を挙げるべきかと迷う。それは、美の基準が西欧化されているためであり、同時に、美しさをめぐるドラマチックな物語が相対的に少ないからでもある。

しかし、少し目を転じれば、ギリシア神話を中心とする西洋の物語とは異なる美しさを発見することができる。美しさを追求することでは同じでも、何が美しいのかについてまで一致しているわけではないことに気づく。

代表的な相違点のひとつが、若さに対する姿勢である。西洋の多くの絵画と彫刻にうねる白く柔らかい肌、豊かな髪は、若さだけに贈られる美しさの饗宴である。若いことと美しいことの距離は決して遠いものではない。時として西洋では、年を取った女性が貪欲なまでに若さを渇望したり、若さと美しさのために残酷な行動すらも躊躇しない魔女の姿に描かれる。黒いマントを被り、長い爪と骨と皮ばかりの手で魔法の薬を作る彼女らの背中は曲がっている。自然に年老いていく老化を前に、彼女らは時間の呪いを解き、時を遡ろうと、必死にあがき、魔法の薬を作る。彼女らにとって、時間はこの世で最も残酷な呪いなのだ。

西洋の童話と説話で、美しい女人と王子が、互いに惹かれあい紆余曲折の末に結婚式を挙げ、ファンファーレに続いて「その後、二人は末長く幸福に暮らしました」とたった一行で結ばれるのは、互いに老いゆく姿を目にしなければならない彼らの人生を描く自信がなかったためかもしれない。「その後、末長く」なる僅か一行にまとめられた結末には、慌てて隠した老いの影が潜んでいる。

しかし、韓国や中国の物語はやや異なる。美しいと称賛される女性は文字どおり麗しい容貌の持ち主でもあり得るが、時には若い容

姿とは無縁に愛されることもある。人々は数千年の間、ほんのりと赤らむ桃色の頬を持つ少女、決して老いてはいない女神の肖像に白い髪を描き込み、若い女神をあたかも中年女性のように表現することもあった。身体に刻まれた時間の痕跡、年を取った証《あかし》は、彼女らに対する卑下や嫌悪を意味してはいない。曲がった背中に白い髪、そして光りを放つ温かい目の輝きを備えている。彼女らを讃える祠堂の前で焚かれる香は、彼女らに向けた愛と尊重を意味している。

美しさを追求する点では同じでも、物語のこうした違いは、美しさに対するお互いの異なる理解と思考に由来するものかもしれない。そのいずれも正解ではなく、正解などはないのだ。限りなく主観的な解釈と現象の前に、ただ美しさに深く耽溺した人々の心と欲望を読み取ることができるにすぎない。

美しさを訪ねて

私は韓国と中国の書物、絵画、彫刻、物語などに存在する多くの女神や女人を通して美しさの意味に出会いたいと考えた。古代人が残した絵画と文字、物語とイメージが、その作業を可能にし、それらを通じて古代の時空にしばしタイムスリップすることができた。古の人々が残した『爾雅《じが》』『説文解字《せつもんかいじ》』などの書物と物語、村の入り口や祠堂にさりげなく残した絵画、美しさに耽溺した彼らの文章と文字、文学作品と物語は後世の人々に贈られた祝福なのだ。

惜しまれる部分があるとすれば、韓国と中国の説話は、ギリシア・ローマ神話のように躍動感にあふれるわけでも多彩でもなく、物語もまた散発的で断片的な場合が多いということだろう。しかし、その断片の中から現れる純粋な真実はキラリと輝き、その存在を証明する。どんなに醜くても、どんなに素朴であっても、それが人々の真実の物語だからである。美しさとは何かという問いに対し

模範回答はあり得ない。これからもないだろう。ただ、確かに言えることは、美しさが似て非なるものと理解されるかどうかは別にして、美しさという微妙なものが多くの人々の心を奪い、これからもそうあり続けるということである。美しさとは日常的でありながら特別であり、凡俗であると同時に神聖なものなのだ。

私はこの作業を進めながら、神話、物語、絵画の中で、また、通りすがりに、多くの女神と女性に出会った。彼女らを主人公とする多彩な物語には、限りなく心が満ちている。ただ美しいからというだけでなく、その美しさが誰かの心を揺り動かしたからこそ、時空を超えて、不滅の物語として後世に伝えられたのである。

本書の完成まで、多くの方々のご支援と協力をいただいた。美しく興味の尽きない物語を伝えてくれた名もなき古代人、絵画と彫刻に彼らの心を記した古の匠《たくみ》たち、良書を紹介してくださった訳者とすべての研究者の皆さんに、心から御礼を申し上げたい。美しさを辿る静かな道を楽しく歩ませてくださったアモーレ・パシフィック財団、その道を共にしてくれた美を愛する方々、物語の中から常に語りかけてくれる女神と女性たちに、深く感謝の意を表したい。

2015 年 10 月

柳 江夏

目　次

美への関心と
思考は遥かな時を
さか上る

古代人の思考と「美」

第 1 章

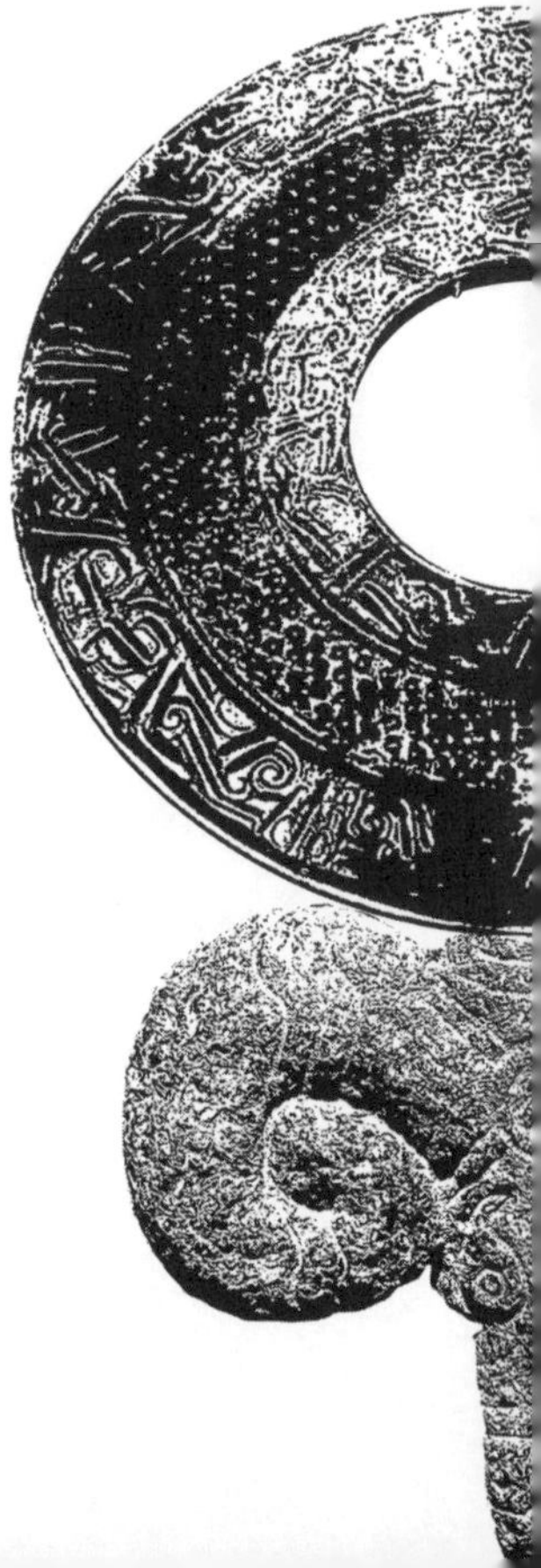

古代より人間は、文章と絵画で自身の考えや欲望を表現してきた。言語や視覚的イメージは、それに向き合う人々の心や考えから生まれるが、それならば、古代の言葉と文章への思考は、最も素朴にして根源的なものといえる。

美への関心と思考は遥かな時をさか上る。古代人が好んだ美とは、果たしてどのようなものなのか、興味は尽きない。古代人から伝わる絵画と文章は、美しさの意味を生み出した彼らと、今日も美しさに対して敏感な私たちとのコミュニケーションを可能にする貴重な径路となる。

本書の第一章では、古代人が残した昔の文字を通じて美への思考を読み解き、続いて、古代の字典『説文解字』、百科事典『爾《じ》雅《が》』、その他の文献に伝えられる文章から考察したい。古代の文字とテキスト、そして数千年をさか上る文字と文章には、美しさに関するさまざまな考えがパズルのように至るところに隠されており、そのパズルを一つひとつ組み合わせて行けば、「美」という大きな絵画と出会えるだろう。

古代の文字に見る「美」

「美」と「羊」

美しさを意味する「美」は不思議な文字である。「羊」と「大」という簡単な文字を組み合わせると、「美」は素朴ながらも深奥な意味になる。文字をそのまま分析すると「羊が大きければ美しい」という解釈になるが、これは古代人が抱いていた思考の根拠を示している。『説文解字』「羊部」の短い記述がそれである。

「美」は美味（甘）なり。羊と大から成る。羊は六畜（馬・牛・羊・豚・犬・鶏の６種の家畜）に在りて膳に給するに主たるなり。（中略）羊、大ならば、すなわち善し。故に「大」を伴う。

—『説文解字』「羊部」

甲骨文字に表された文字「羊」

大きな羊、優雅とはほど遠い身近な動物に、古代人は果たしていかなる美しさを見い出したのだろうか？　獅子、麒麟、鳳凰のように優雅で幻想を呼び起こすものではないが、羊は古代の中国社会で祭物（祭祀に使用される供え物）や食材として用いられてきた。六畜の中でも美味（甘）であり、好ましい食べ物（膳）として、特別な扱いを受けた。『説文解字』を基に推理すると、羊は象徴的というよりは実用的な動物であり、そのため大きいもの（大）をよしとしたのではないかと考えられる。

食べるにしても祭物に用いるにしても、小さくて痩せた羊よりは大きく太った羊の方が好ましい。特に祭物の場合は、大きく太った羊こそ最も美しい動物と考えたのかもしれない。また、羊肉を食し、その皮と毛を利用した古代人は、小さくて痩せた羊よりは肥えた羊の方を好ましく思ったのだろう。

しかし、甲骨文字を注意深く調べてみると、美という文字は単純に「羊」と「大」の組合せだけではないようにも思われる。そのためか異論もある。下の部分「大」の字は人を形象化したもので、上の部分は羊の頭ではなく、鳥の羽で飾った美しい姿を表そうとしたものという解釈である。また、ここでは「鳥の羽は単なる飾りや審美を求めたものではなく、天や超自然的な絶対者、先祖の霊を媒介する鳥の化身にみず

からを任じた当時の特定の階級の儀式を表す」と解釈されることもある。実際、美という字を詳しく調べると、手足もはっきりと人の姿が見られ、頭の上に華麗に浮き上がる何かが見える。それを鳥の羽で作った美しい飾りと解釈したのである。

美しい人を表現したのではなく、人だから美しいという意味でもない。文字の中の人は頭の羽飾りによって美しさの意味を持った。「美」という文字が甲骨文字であることを念頭に置くと、美しいという意味を表現するために緻密に考案されたことがわかる。動物の硬い骨や亀甲の上に、刃で一つひとつ刻みつけていた甲骨文字の特性上、繊細な表現は困難だったと思われる。甲骨文字は言葉どおりの「文字」ではないのだ。文字はコミュニケーションのための最小限の表現、略号である。大きく華麗な頭の飾りに工夫を凝らしたこの文字から、「飾ること」と「装うこと」で美しさを表現しようとした痕跡を見い出すことができる。

それならば、「羊」と「鳥」の間にはどのような共通点があるのだろうか？　古代世界で身近な生きものだっただけでなく、いずれも「二つの世界」を前提とする祭祀に用いられたという共通点がある。羊は祭祀に用いられる祭物であり、神の世界と人間の世界をつなぐシャーマンは、時に鳥の羽で身を飾り、みずからを神の

甲骨文字に表された文字「美」

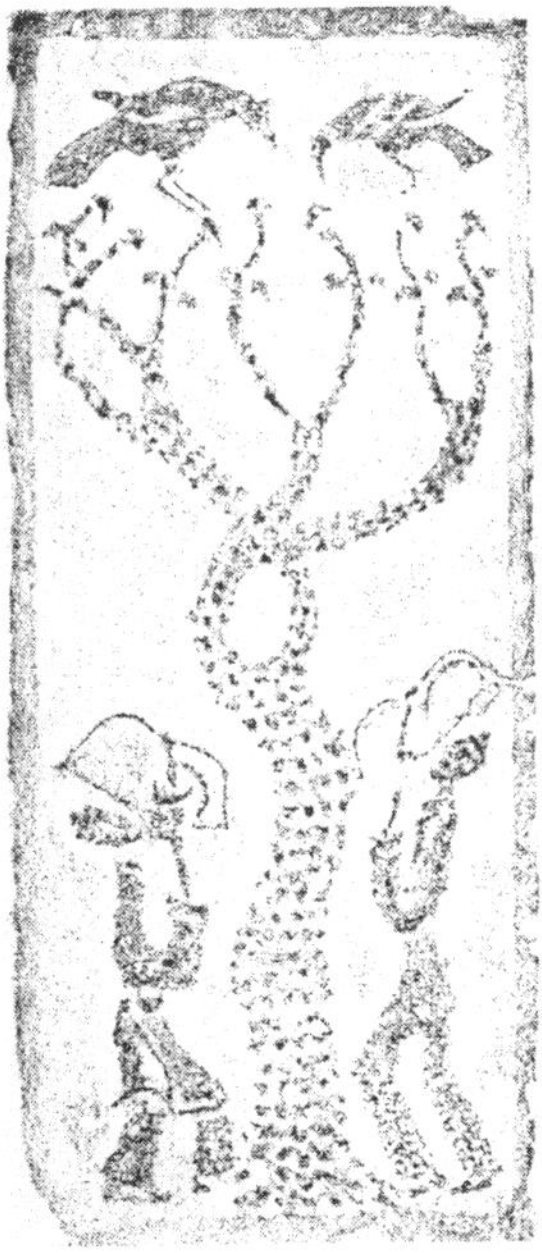
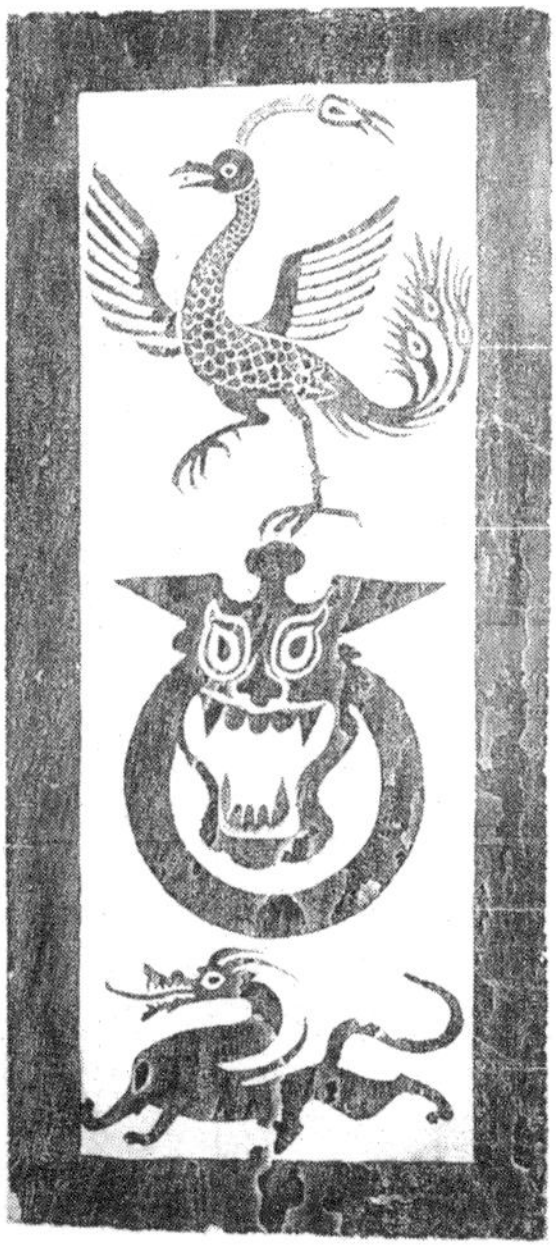

鳥は獲物として日常の生きものであり（左、山東省曲阜）、
現世と冥界の境界である墳墓の門にもいる（右、陝西省綏徳）

それ自体が神（絵は月神）でもあった（四川省新都）

化身または媒介者と自称した。神の世界へ近づくために、いずれも最も美しい姿を用意したことは想像に難くない。白く豊かな毛をまとう羊、色の見事な鳥、華麗で美しい色彩の羊毛や鳥の羽こそ、良きものであり美しい物として歓迎されたのだ。

羊と鳥は最も身近にありながら、高貴な生き物だった。最も平凡にして、最も神聖な場所に選ばれたものが持つ両極的な象徴性は、美しさの根源的な意味を帯びる。羊と鳥は聖と俗の境界を簡単に飛び越える。はっきりと目に見えると同時に、目には見えない世界への志向性と純粋性、そして生と密接した美しさの根源的意味を示している。

「羊」と「祥」

羊は瑞祥の動物として祭物にふさわしく、人々にとっては安全で美味しい食べ物であり皮も得られ、日常生活に大いに役立つ動物だった。祭儀が戦争と同じくらい重要だった時代に、祭物に用いられたことには大きな意味がある。そして、羊は資質と属性から、いっそう人々に歓迎された。

『周礼』では、羊を瑞祥（祥）と解釈するが、これは発音の類似性だけではなく、その属性と象徴的意味を重視したためと考えられる。後に、許慎（後漢の学者、『説文解字』の著者）と段玉裁（清の考証学者、『説文解字注』の著者）は、やはりこの解釈に立っている。

「羊」は「瑞祥（祥）」なり。

—許慎『説文解字』

「羊」と「祥」は韻母を同じくす。（中略）羊は「善」なり。

画像石墓に装飾された「羊」、漢、山東省博物館所蔵（上）
画像石墓の門楣《もんび》に装飾された「羊」、漢、山東省博物館所蔵（下）

—段玉裁『説文解字注』

「羊部に属する漢字は全て羊の意味を伴う」という『説文解字』の説明のように、羊の字を含む漢字はすべて羊なる動物と関連がある。さらに羊は「瑞祥」を意味する祥の字と似た音を持ち、発音も響きが良い。そうした理由のためか、羊を含む漢字はその多くが良い意味を持つ。美、善、祥などがそれである。羊の持つ吉祥のイメージは、それをさらに美しく「感じさせ」、「認識させる」のだ。

漢代の画像石墳墓（中国の後漢代に墳墓などに用いられた絵画を刻んだ石。線刻や浮き彫りで神仙伝説や日常の風俗などを描き出している）から発見された羊の痕跡は、後世まで続いた羊の「瑞祥」を物語っている。墳墓は生と死が交差する象徴的な空間、人間が永遠に眠る霊魂の屋形である。不浄と穢れを遮断することが何よりも重要な場所であり、人々は浄めの儀式を行った後、初めて墳墓にこの世のあらゆる良いもの、尊いもの、望むものを納めた。羊は身近にして吉祥を招く祝福の動物でもあるため、墳墓の入り口と門楣の紋様に選ばれ、その空間をこの上なく神聖で尊いものにした。

角があり丸々と肥えた大きな羊は、古代人には見た目も良く、祭祀に用いるのにふさわしく、日常生活に役立ち、捨てるところは何一つない貴重な動物だった。羊に美と善、瑞祥の意味を同時に見い出すのは、羊の持つ多様な意味が作用しているためと言っても良いだろう。

このように羊は視覚的、象徴的、聴覚的な意味をすべて備えている。これは羊を部首に持つ美の意味を理解するのに重要な手がかりとなる。つまり、「美」は一つの側面にとどまらず、人間のあらゆる感覚器官によって表現され伝達されるのである。

古代のさまざまな資料によれば、美しさは一次的に視覚的な面を

刺激するが、結局のところ、人間の五感を通じて感じる総合的なものであると言える。特に、美しさは人々に安定感、幸運、期待をもたらす宗教的・心理的要素を含み、時にはそれが視覚的要素を圧倒することもある。羊に由来する漢字の祥は、その過程を示す重要な端緒となる。

「美」と「善」

美は善なるもの

美しさ（美）に無くてはならない漢字の羊は、善の意味も持っている。段玉裁は『説文解字注』で『周礼』の注釈を引用し、「羊」は「善」の意味を持つと解釈した。先に考察したように、大きな羊から美しいという意味が生まれ、瑞祥へ広がり、「羊」から生まれた「美」という漢字は善の意味をも持つようになった。

> 「羊」と「祥」は韻母を同じくす。『周礼』「考工記」の注に曰く、「羊は善なり」。
>
> —『説文解字注』

> 「美」は美味なり。（中略）「美」は「善」と意を同じくす。
>
> —『説文解字』「羊部」

「美」が「美味（甘）」の意味を持つようになったのは、羊という動物に由来する。古代人が六畜の中でも最高と考えた羊が、美しいという意味を持つようになるのは、自然な流れだった。美味なる生きものは、人間の原初的感覚の味覚を刺激する天の恵みだった。羊は大きいほど、多いほど、人々に喜びをもたらすと考えられ、美が善の意味をもつのも自然なことだったのだろう。

羊を部首とする漢字はほとんどの場合、多様な種類の羊を意味するが、それ以外に「善」や「善良なことをいう」「善良な言葉で導く」という意味の「羑《ゆう》」という字などの誕生につながった。中国の輝かしい周王朝を開いた始祖・文王が幽閉されていた歴史的な流配の地、羑里《ゆうり》（殷代の地名）にも「羊」の痕跡がある。

羑は善を進むるなり。（「導くに善を以ってする」との解釈もある）
羊から成り、久の発音を伴う。文王、羑里に拘《とらわ》る。

―『説文解字』「羊部」

羑里とは、孔子が夢にまで敬慕した周王朝を興した主人公・文王が幽閉されていた場所であり、また八卦の秘密が解き明かされた地である。神秘的な場所である羑里は、後世の人々にとっては流配の地ではなく、苦痛の中から輝かしい未来が芽生える聖なる地となった。

美は心で楽しむ

美しいもの（美）は、善であり（善）、瑞祥であり（祥）、甘美な味（甘）にも通じるという古《いにしえ》の人々の説明は、後世の有名な注釈家・王弼《おうひつ》（226～249。中国、三国時代の魏の思想家。著書に『老子注』『周易注』など）の注釈へとつながる。

「美」とは人が心で楽しむことなり

今から約1800年前、中国の三国時代、過酷な混乱期を生きた一人の天才少年・王弼は、難解な『老子』を一読して、「美しさとは人が心で楽しむこと」なる注釈を残した。心で楽しむこと、無限の

周の文王が幽閉されていた「羑里遺跡」、河南省所在

主観性を帯びるこの解釈は、「今日的」な脈絡からも幅広く受け入れられる。暖かい心、穏やかな性格、美徳など徐々に人々の心を喜びと幸福で潤し、心に温かな痕跡を残す美しさは、視覚的な条件だけでは不可能なのだ。王弼は「人が心で楽しむこと」という包括的な言葉で「美」の説明をしている。

人が好ましく思うことを調べようとすると、「基準」を見つけることが困難な場合がある。人が美しさを感じる道筋は、それほど多種多様なのである。天才少年・王弼の美についての説明、「心で楽しむから美しく感じ、心で楽しめなければ美しさも感じられない」という明確な結論は、視覚的効果で美しさを測る私たちの前に静かな波紋を生じさせる。王弼の言葉は客観的であり、視覚的な次元から抜け出せば、多様で深さの異なる美しさと出会えるという解釈にもなり得る。

昔の俗説、人々の心に響く古の話は、想像力が加わることで、より豊かで美しい物語になる。主人公の謙遜、仁徳、善良などの美徳は、彼らを美しく感じさせる淵源となった。外面的な美貌と関わりなく、人々に愛される説話の中の女神と女人は、多様な形の審美観を示している。ある女神と女人には、人々をひと目で虜にする美しさは無いかもしれないが、彼女らの異なる資質と属性がその美しさを一段と輝かせている。

「美しさとは何か」という問いは、「人間とは何か」という質問と同じく、答えるのは容易ではない。しかし、「美しさ」が流動的な属性を持ち、人々の心を動かすという点には、大きな異論はないと思う。少年・王弼曰く「美というものは人が心で楽しむもの」なる簡明な説明のとおりである。

古代のテキストが語る「美」

自然の美しいささやき

自然の姿に目をみはり、自然の言葉に耳を傾けることは驚きから始まる。そして、驚きをもって終わる。（中略）自然に惹かれ、その存在を知り、自然の中に啓示される形象に目覚めた時もそうだった。その瞬間、考えたり、命令したり、手に入れたり、搾取したり、戦ったり、組織したりすることなど、すべてを忘れた。その代わりに、私は「驚嘆すること」だけに没頭した。　—ヘルマン・ヘッセ

ヘルマン・ヘッセは、水晶のように精巧な蝶の翅、翅の縁どりの複雑で多様な線、色とりどりの宝石をはめ込んだような魅惑的で美しい模様を目にして、感嘆を禁じ得なかった。美しい蝶も、それを見て美しいと感じる人間もすべて自然の一部である。古代人が森羅万象と人間を観察しながら、美しさを探索していく過程は、流れる水のように自然なのである。

「美しい」というありふれた言葉に使われる「美」なる言葉は、他の漢字と結合することで豊かにその意味を広げていく。「美」と

いう抽象的な概念を表現するのは容易なことではないが、この世界の至るところに隠れている美しさを探し出すことは、美を説明する一つの方法となる。美しさとは、未知のあらゆるものに見い出される不思議な存在である。古代人は、森の木、天にふいに現れる虹、大地深くに埋もれた玉に美しさを発見した。

そして、美しさを表現する言葉は『爾雅』に収集されている。単語自体に「美」の字を含む漢字、すなわち美女、美士、美髦鬣、美玉名、美人虹、美樅、美聖之貌などがそうした例にあたる。

美髦鬣（たてがみの見事な馬）：青黒く、たてがみの両側に垂れしもの騥（青黒くたてがみの垂れた馬）なり。

―『爾雅』「釈畜」「爾雅注」

美玉名（美しい玉の名）：璆と琳は美玉（美しい玉）なり。

―『爾雅』「釈器」

美人虹（美人の虹）：蝃蝀《たいとう》は雩（虹）なり。蝃蝀は虹なり。

―『爾雅』「釈天」

美樅（美しい樅）：樅《もみ》は葉が松の如く、幹は柏の如し。

―『爾雅』「釈木」

古代人の心を美しさで彩るものは、人間だけではない。彼らの目に触れるもの、暮らしのあらゆる場面に美しさを感じ、それを表現した。人々が美しさを感じる道筋は、実に多様であり、それへの感嘆は、動物（馬）、植物（樅）、鉱物（玉）、自然現象（虹）に至るまで極めて多彩に表現された。まず、画像石墳墓に装飾された馬と木

を見ると（37頁参照）、ユニークな形に生い茂った木の下に馬が繋がれている。古代、馬は交通・輸送手段にとどまらずさまざまな用途に用いられ、また人間を天上へと導いてくれる動物とも考えられていた。

「古代中国の玉」、山東省博物館所蔵

そして、古代の中国人にとって、最も完全で美しい宝物は「玉」だった。硬く、品良く、柔らかな光を帯びる玉は、人間の身体と心を一段と完璧にしてくれる宝石だった。不満を告げる余地のない「完璧」という言葉は、この美しい玉に由来している。

『爾雅注』では、樅の美しさを「その形は屋形の如く、美しき樅山にあり」と、その樹形を称える。虹（螮蝀）を「美人虹（美人の虹）」と呼び、その清々しさと神秘を説明し、見事なたてがみを持つ馬の美しさにも称賛を惜しまなかった。

古代の人々が「美しさ」という抽象的な概念にアプローチしていく方法は、具体的である。彼らは暮らしの最も身近な所に美しさを見い出した。樅、馬、玉、虹は、誰もが日常の至るところで出会い、経験できるものである。大勢の女性の中に美人を発見するように、数多くの樅を見ることで最も美しい樅を見つけることができる。そのほかの美しさについても同じである。人間の暮らしに身近な羊と鳥に神聖と美を感じたように、ある種の美しさは人間に最も身近な所に存在している。

自然の美しさは、言い尽くせないほど多様である。次に取り上げる美しい女性の姿は、多くの場合、自然に比喩され、褒め称えられ

徐州、漢画像石芸術館所蔵

「武氏祠　楼閣」山東省嘉祥県所在

た。中国も韓国も、長く山水詩と自然詩の伝統を持つ事実は、自然が人間にもたらす根源的な美しさの意味を示すものだ。

人間、美しく

美しさが最も多様に表現されるのは、やはり「人間」である。人間は容貌から始まり、話し方、言葉の使い方、身なり、所作など、さまざまなカテゴリーでそれぞれ異なる美しさを表し、それはまた極めて多彩である。まず、美しい女人（美女）と美しい男性（美士）について簡潔な説明を試みてみよう。

美女（美しい女人）：美女は媛（美しい女性）なり。

—『爾雅』「釈訓」

美士（美しい男性）：美士は彦（立派な人）なり。

—『爾雅』「釈訓」

『爾雅』が男性と女性にそれぞれ「彦」と「媛」という語を選択したことから、男性と女性への審美観が異なることはわかるが、こうした素朴な説明だけでは、美女と美士の具体的な姿はわからない。美士は「立派な人」という解釈に、「人々に称賛された」（「爾雅注」）という説明が加えられており、人々の心を集めるという意味があると考えられる。

人々はどのような折に、人間を美しいと称えるのだろうか？　古代人の詩と歌謡を編んだ『詩経』には、人々の目と心をとらえた魅力的な男女が登場する。古《いにしえ》の人々の歌謡を通じて古代人が称えた美しい人間に、さらに深くアプローチしてみたい。

女性の美しさ

古代においても女性の美しさは視覚的な要素が際立つ。顔立ちと容貌を称える歌謡、『詩経』「衛風」「碩人」に、それが見られる。身体は衣服に覆われ、目に触れるのは顔と手である。繊繊（纖纖）玉手、すなわち肌理の細かい絹ときれいに輝く玉に例えられる白い手は、女性の美しさを集約している。

手は柔荑《じゅうてい》の如く　　両の手は柔らかな茅の新芽の如く
膚《はだ》は凝脂の如し　　肌は白く滑らかな凝脂の如し
領《くび》は蝤蠐《しゅうせい》の如く　　うなじは長く白いスクモムシの如く
歯は瓠犀《こさい》の如し　　歯は白く美しく並ぶフクベの種の如し
螓首《しんしゅ》　蛾眉《がび》　　蝉のように広く整った額に　細く長く蚕蛾の如き眉
巧笑《こうしょう》　倩《せん》たり　　笑うとえくぼの可愛らしい口元
美目　盼《へん》たり　　涼やかに澄んだ黒い瞳

―『詩経』「衛風」「碩人」
（訓み下し文：『詩経国風』白川静訳注、東洋文庫（平凡社））

女性の描写は容貌、すなわち「目で観察できる身体」に集中する。古代の衣服は現代のものより露出が少なく、肌を露わにするのが許されなかったことを思えば、理解できなくもないが、男性の描写やその賛美と比べると、女性の美しさへの径路やプロセスには違いが見られる。外面的な美しさへの賛美から、古代人が女性的な容貌に魅力を感じていたことがわかる。

瞳は澄んで美しく、白い歯に蚕蛾の如き眉
髪は黒く艶があり、首は白く細きスクモムシの如し

（中略）

倒れそうなか弱き足取り、坐って立ち上がる姿は慎ましく
華やかに涼やかに笑い、笑えば唇赤し
麗しき姿、遠目にも秀でたる美しさ

―「青衣賦」

この文章は後漢の蔡邕《さいよう》（132～192）の「青衣賦」にある。女性に美しさを感じる美的要素には、現代とは多少の違いがある。「白いスクモムシのようなか細い首」「蚕蛾のような眉」などの描写には馴染みが薄いが、澄んだきれいな目と口、白い歯に赤い唇、笑った時の小さなえくぼに、愛らしさを感じるのは典型的な審美観といえる。一方、顔の化粧だけではなく、心の修養が優先すると説く古代人のたしなみと戒めもうかがえる。

心は顔と同じく真心を尽くして磨かなければならぬ。世の人は顔を化粧することのみを知り、心を修養することを知らない。（中略）顔が醜くても構わないが、心が悪しければ人とは言えない。それゆえ鏡を見て顔を拭う時には、心が清くなければならぬことを念頭に置き、紅を差す時は心を整えなければならぬことを念頭に置き、白粉をつける時には心を確かにしなければならぬことを念頭に置かねばならぬ。

―『女訓』

女人の容貌（婦容）は、必ずしも顔立ちが美しく（美麗）なければならないわけではない。（中略）盥に水を受け、垢を洗い清め、こざっぱりとした身なりに、時に応じて沐浴し、その身を清潔に保つことを女人の容貌（婦容）という。

―『女誡』

蔡邕が編んだと伝わる『女訓』には、女性は顔を化粧するだけではなく、心を修養することも重要だという内容が収められている。また、班昭は『女誡』で、女性の容貌に美しさは必須ではないと述べ、続けて、女性を最も美しくするものは正しい心と行いであると強調している。現代の私たちが、顔よりも心と行いの美しさが重要であると繰り返すのと同じである。

しかし、これらの高尚で清廉な言葉の意味を探ってみると、却って、人々が女性の容貌をいかに重視していたのかがわかる。美しい容貌に溺れるのは、人としての道理を学ぶことによるのではなく、自然な本能が目覚めることによるものなのだ。美しさの持つ危うさに気づいた男性は、女性に美しく装うことを控えるように求める一方、男性に対しては美貌に溺れるなと常に戒める教育をした。美しさは人の心を奪うばかりではなく、霊魂までも奪い取る危険なものと知り、警戒した古の人々の恐れをうかがい知ることができる。

美しい容姿だけが、女性の美しさを感じさせる唯一の道筋であるはずはない。時には知恵と勇気などの美徳が称えられた女人も少なくない。容貌だけではなく、品性と心遣いは女性を一段と美しくする。顔だけきれいでも美しいとは言えない、心がきれいなことこそ真の美しさなのだと、心と行いへの称賛を欠かさない。

仲氏　仁なり	君は誠実で
その心　塞淵なり	その心は広く豊か
終《すで》に温にして且つ恵なり	穏やかにして素直
その身を淑慎にす	慎み深く

―『詩経』「邶風」「燕燕」
（訓み下し文：前掲『詩経国風』）

『詩経《しきょう》』「邶風《はいふう》」「燕燕」に登場するこの詩は、古代人の歌謡であ

り、女性に対する固定的かつ伝統的な価値観を表している。信じて任せることができる誠実さ（任）、深い心遣い（其心塞淵）、温和（温）と従順（恵）のように、もの静かで善良な女性を理想的に描く。男女の役割が明確だった時代に、従順な姿を表す静かな話し方と素直な眼差し、そして淑やかな足取りは、長らく褒めたたえられるべきものとされてきた。

それだけでなく、困難にあっても節操を貫く女人と、厳しい道徳律と人生の規範を実践する女人には、美しく貴いという称賛が贈られた。夫と息子、そして一族のため、烈女という名を贈られ命を落とした女性は、千年を経ても消えることのない記録として残されている。彼女らの美しさは、美貌や内面の善良さから得られたものではなく、男性の手によって記録され完成された。

長い時間をかけ発展してきた男性中心の歴史、男性によってのみ書かれた記録は、男性に従順な女人に、美しさという称賛の恩寵を与えた。さらに、女性みずから美貌を悪の根源と考えるように誘導した。しかし、これこそは美貌に秘められた力を説明する強力な証拠ともなった。

男性の美しさ

男性だけが女性の美しさに溺れるのだろうか？　この問いへの答えはたやすい。決してそんなことはないのだ。美しさに溺れることに男性と女性の違いはなく、美しさを感じる対象も固定化された視覚的なものにとどまりはしない。「美しさ」と関連はあるが、漢字だけでは意味を推測することが難しい文字が、『爾雅』の「釈訓」と「釈詁」にパズルのピースのように散らばっている。

委委、佗佗は美なり。　—『爾雅』「釈訓」

後世の『爾雅』の注釈家は、古代の文章に「委委」と「佗佗」を見つけ、次のように説明した。

顔は仁慈に満ち美し

—李巡

「委委」は歩く姿の美しさなり。「佗佗」はおおらかな姿の美しさなり。

—孫炎

委委佗佗

—『詩経』「鄘《よう》風」「君子偕老」

（委委佗佗、ゆるやかに気品高く。歩くさまのゆるやかなこと。おおらかに、ゆったりと）

「委委」は歩く時、誠実にして後に従うことなり。
「佗佗」は徳が平穏なことなり。

—毛伝

すべて、美しい姿を表している。「委委」と「佗佗」は表情が慈愛に満ちて美しく、徳があり穏やかな姿、そして悠然と歩く姿や、すらりとした長身を表現すると解釈される。品性、雰囲気、気質などで説明される言葉は、内面で熟したものが美しさとなって表面に現れたものとされる。

美貌の女性だけが視線を集めたわけではない。容姿端麗な男性も人々の視線を惹きつけた。弓を構える身体の動きと凝視する瞳、指先から放たれた矢が正確に標的を射抜く場面、揃って舞を舞う男性の姿は人々の視線を十分に惹きつけてやまないものだった。

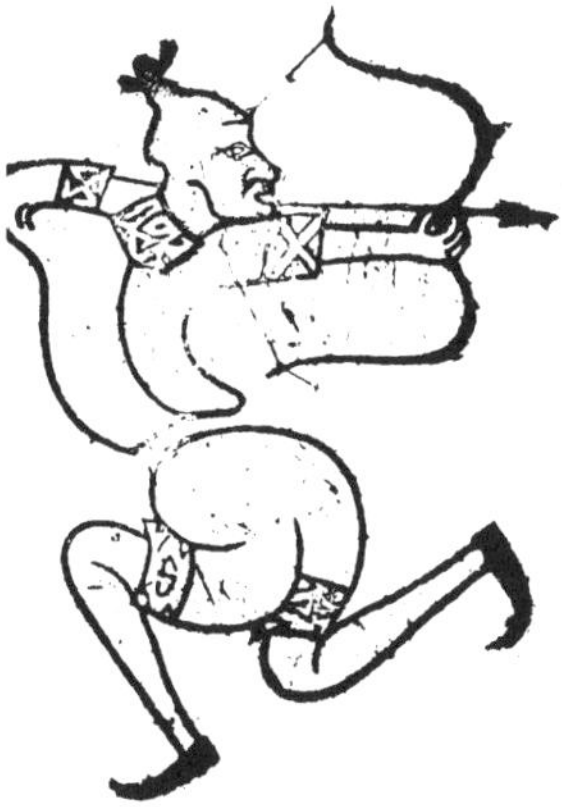

男性が腰を反らし身体をひねって躍動的に矢を射る姿が、生き生きと表現された石に刻まれている。河南省洛陽

石刻像、四川省彭県(上)、四川省大邑（下）所在

猗嗟《ああ》　昌《さかん》なり	ああ、なんと雄々しいのか
頎而《きじ》として長《たけたか》し	すらりと背が高く
仰若《よくじゃく》として揚《よう》たり	弓を構える姿（※訳注）
美目　揚《よう》なり	目元は涼しく凛々しく（美目）
巧趨《こうすう》　蹌《そう》たり	敏捷な身のこなしに
射れば則ち臧《よ》し	弓矢の腕も立つ
（中略）	（中略）
猗嗟《ああ》　孌《れん》たり	ああ、なんと美しいのか
清揚《せいよう》　婉《えん》たり	澄んだ瞳に秀でた眉
舞えば則ち選《ととの》い	優雅な舞に
射れば則ち貫く	弓を射れば的をはずさず
四矢　反《かへ》り	4本の矢は見事、一点に重なる
以って亂を禦ぐ	国を守る頼もしき人よ

―『詩経』「斉風」「猗嗟」
（訓み下し文：前掲『詩経国風』）

『詩経』「斉風」「猗嗟《いさ》」に登場するのは、的に向かって矢を射れば百発百中、そんな男性に魅了された女性の告白である。女性の視線は、矢を射る男性に注がれる。すらりとした長身に敏捷な身のこなし、優雅な舞、的を注視する瞳が彼女の心に深く刻まれた。男性と女性に求められる審美的な基準は異なるが、「明眸皓歯《めいぼうこうし》」（美しい瞳と歯並びの良い白い歯）は、女性だけではなく男性にも適用された。柔らかい肌と弧を描く眉は女性の美しさを引き立て、「澄んだ瞳」は男性と女性に共通する美への道筋である。

簡たり簡たり	雄々しく堂々と

方将《まさ》に萬舞せんとす	今、まさに萬舞が始まる
日の方《まさ》に中するとき	陽が天の頂きにかかる時
前上の處《ところ》に在り	最前の列に立つ
碩人　俁俁として	颯爽たる偉丈夫
公庭に萬舞す	宮中の庭に舞を舞う
力あること虎の如く	虎のように力強く
轡《ひ》を執ること組の如し	手綱さばきも糸を織りなすように
左手に籥《やく》を執り	左手に笛をとり
右手に翟《てき》を秉《と》る	右手には雉の羽
赫として渥赭《あくしゃ》の如し	紅潮する頬
公　言《ここ》に爵を錫う	主君より杯を賜う
山に榛《しん》あり	山にはハシバミ
隰には苓《れい》あり	沢にはオナモミ
ここに誰をか　これ思う	誰を思い慕うのか
西方の美人	西方の麗しき人（美人）
彼の美人は	そのお方（美人）は
西方の人	西方の人

―『詩経』「邶風」「簡兮」
（訓み下し文：前掲『詩経国風』）

『詩経』「邶風《はいふう》」「簡兮《かんけい》」に登場するこの詩は、萬舞を舞う男性を見て、心を奪われた女性の歌謡である。先に紹介した『詩経』「碩人」の女性の描写と比較すると、その違いがわかる。「簡兮」では、女性は男性の全体的な雰囲気、彼が舞を舞う鍛え抜かれた動きに美

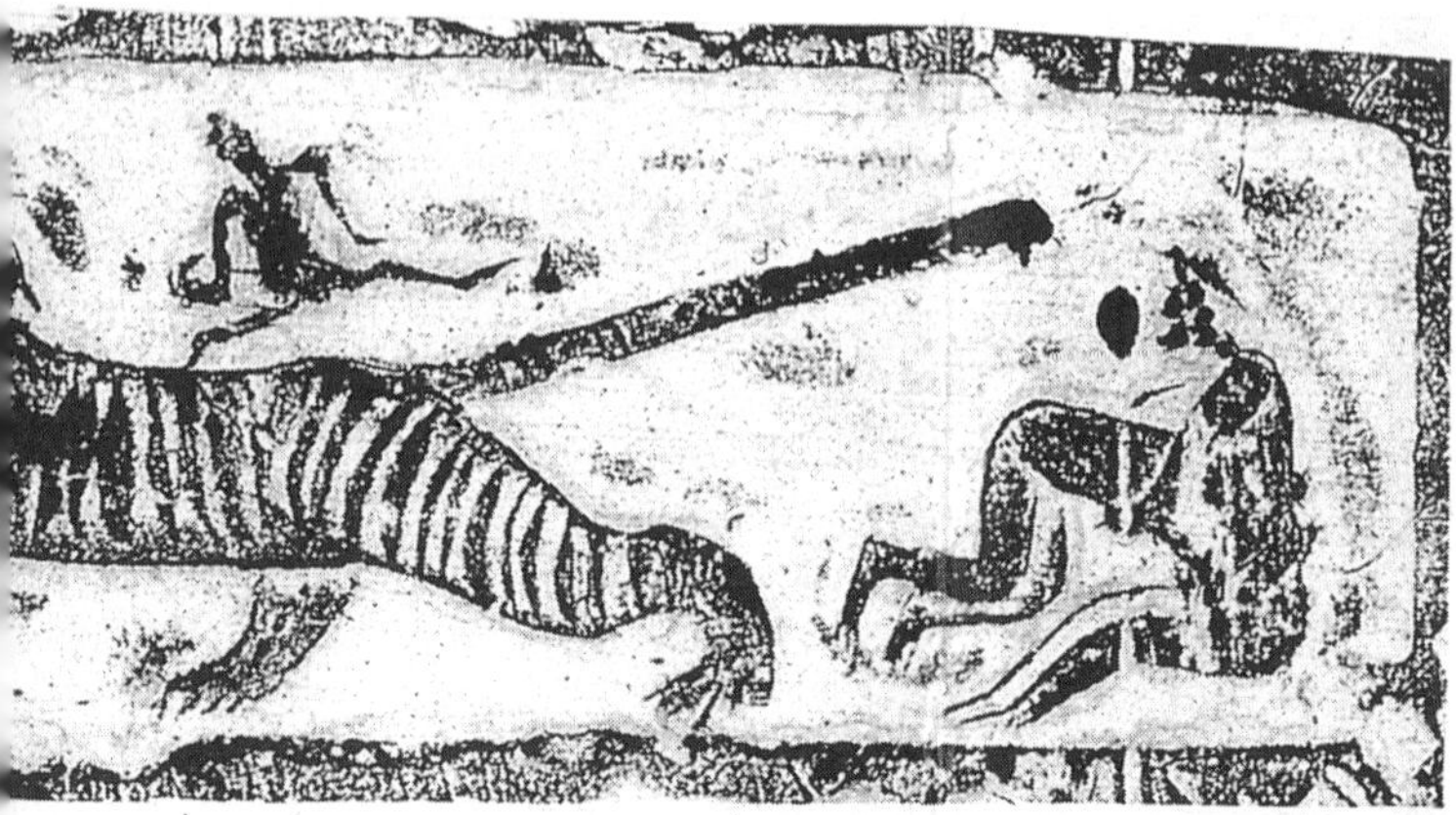

四川省彭県 (上)、河南省（下）所在

しさを感じているが、身体の繊細な描写は見られない。

後世の注釈家は、萬舞は一種の武舞（剣・鉾・弓などを手にした舞）で、宮廷で祭祀や落成式など重要な儀礼のある時に舞われたものと説明する。宮廷で舞を舞う男性を見て、ときめく心を詠んだ女性の詩には、長身で壮健な体躯の男性、力強く手綱を糸のように操る姿に心を奪われている様子がうかがえる。彼女には彼を「美しき君（美人）」と称えることへのためらいは見られない。

美男に惹かれた女性は、前述の詩の女人のように、ただ感嘆ばかりしていたのではなかった。彼女はイケメン（美男子）を見ようと、夢中で近くへ寄ったり、時には果物を投げたりと、好意を示した。さらに、老婆まで魅了したといわれる潘岳《はんがく》の秀麗な容姿も名高い。

> 潘岳は容姿に秀で、なんともいえぬ風情があった。若き頃、弾き弓を抱え洛陽の通りを行けば、出会った女人たちは皆、手をつなぎ彼を取り巻いた。
>
> ―『世説新語』「容止」

> 安仁（潘岳）は、たいそうな美男子で、出かけるたびに、老婆まで彼に果物を投げたので、車がいっぱいになった。
>
> ―『語林』

秀でた容姿で女人たちの賛辞と視線を独り占めにした潘岳。彼に嫉妬した左思と張載は、潘岳を真似ようとするが惨憺たる結果となる。西施を真似た東施が人々の嘲笑を買ったように、潘岳の真似をした醜男の左思《さし》と張載《ちょうさい》の試みは失敗に終わる。左思は名文『三都賦』が評判となり、人々が争ってそれを書写したため紙不足になったという（「洛陽の紙価を高からしむ」）故事に名を残すほどの人物であ

る。名文家の左思だったが、女たちは彼に唾を吐きかけ、子どもは張載の車に瓦のかけらを投げつけたと伝えられる。この記録が事実ならば、ひどい話にも思われる。彼らの容姿は生まれつきのものであり、彼らには何ひとつとして落ち度はなかったからである。左思のエピソードは容姿の劣る人に向けられた非難ではなく、古代人が美しい容姿の持ち主に熱狂した話と受け止めればよいだろう。

血色よく紅潮した顔、よく引き締まった筋肉に武器を手にする姿、逞しい肉体で舞を舞う、そんな男性美が称えられたかと思うと、他方では最も女性化された姿で愛された男性もいた。司馬遷（BC145～86）の『史記』と班固《はんこ》（32～92）の『漢書』には、美しさで相手の心をつかんだ男たちの物語が収められており、その中には麗しい容姿で皇帝の心をとらえた「美しき男たち」の記録も含まれている。

司馬遷は、化粧をして麗しい容貌から皇帝の寵愛を受けた二人の人物と、彼らにならった多くの男たちを「籍《せき》と閎《こう》の輩《やから》」として不快感を示した。彼らは学識や優れた武術で権勢を誇ったのではなく、女性のように、きれいな羽と貝殻で自らを飾り、両頬に紅と白粉をつけ、皇帝の目を惹こうとした。彼らは女性よりも美しく、皇帝の心をとらえようとしたのだった。司馬遷はこうした輩を「佞幸列《ねいこうれつ》伝《でん》」にまとめた。彼は、「一所懸命、耕作に励んでも、その収穫は豊年には及ばない」と述べて、彼らを「女のように容色を以って、皇帝に媚びへつらい、寵愛を受けた歪んだ輩」と非難している。

昔、美しき容色を以って君主の寵愛を受けたものは多かった。漢が興ると、高祖には極めて残忍で粗暴な面があったが、籍という少年は容色とへつらうことで（佞）寵愛を受けた。孝恵帝の時には、閎という少年がいた。この二人は特別な才能があったわけではなく、

ただ美しさと媚びへつらいによって取り立てられ、寵愛され、皇帝と寝起きを共にした。公卿（大臣・高官）は皆、彼らを通じて皇帝に上奏した。
それ故に、孝恵帝の時代、郎侍中（近侍の臣）は皆、（羽の美しい鳥）鵔鸃《しゅんぎ》の羽で飾った冠をつけ、貝で飾った帯を締め、頬には紅と白粉をつけ、閎と籍にあやかろうとした。

—『史記』「佞幸列伝」

また、漢の董賢《とうけん》という男は太子の舎人だったが、その容姿は際立って美しかったと伝えられる。『漢書』「佞幸伝」は、「美麗」という華麗な言葉を交えて、彼の美しさを描く。彼は哀帝の目と心をとらえ、皇帝の側近である黄門郎になり、ひと時も離れることのない間柄になった。皇帝が自分の腕を枕に眠っている董賢を起こすまいとして、袖を果敢に断ち切ったというエピソードは「断袖之癖」という言葉として伝わっている。董賢は女人のように皇后にはなれなかったが、美しい容姿ひとつで諸侯の地位に昇り、彼の一族も栄華を誇った。男性が美しい女性の虜となったように、美しい男性の虜となることもあったのだ。彼らは、ただ美しい人の虜になったのである。

董賢は字を聖卿といい、雲陽の人である。父の董恭が御史になり、董賢を太子の舎人にした。太子が即位する（哀帝）と董賢は随い、郎となる。二年余りが経ち、董賢が殿下で奏上した。董賢は、たいそう美しく（美麗）、自ら自分の美貌に陶酔するほどだったが、皇帝は離れたところから董賢の美しい容姿に目をとめ喜んだ。そして、彼に向かって問いかけた。
「そなたは舎人の董賢なるものか？」

皇帝は董賢を殿上に呼び寄せ、共に語り、黄門郎に任じた。
董賢はこの時から皇帝の寵愛を受けた。（中略）
（彼らは）常に寝起きを共にした。昼寝をしていた時、（董賢が皇帝の）袖を下に敷き眠っていた。皇帝は起きようとしたが、董賢は眠りから覚めない。皇帝は彼を起こさないようにと、袖を刃物で断ち切って起き上がった。彼への寵愛（恩愛）はそれほど深かった。（中略）
董賢は高安侯に封じられた。

―『漢書』「佞幸伝」

司馬遷の冷徹な評価はともかく、先に紹介した『詩経』の歌謡と『史記』の物語には、一種の共通点がある。男性であれ女性であれ、相手方の美しさの虜になったことである。ある人物が誰かの美しさに夢中になるストーリーなのだ。

男性が女性を、女性が男性を、男性が男性を称えるこうした物語は、異性あるいは同性に美しさを感じさせ魅惑するものは、いったい何かを問いかける。

彼らの歌謡を口ずさんでみると、古代の美しさとは天性の容貌に由来する美しさと、教育や修養によって培われた資質の美しさをすべて含むという素朴な事実に出会う。

生のあらゆるところに隠れた美しさ

美しいたてがみを持つ馬、光り輝く宝石、一目瞭然の美男美女の物語は、分かりやすい美しさと言える。「美しさは権力」なる言葉に頷かされることの多い今日、目に見える美しさに心を奪われた人間の物語には親近感を覚える。

しかし、「真の」という修飾語がつくと、美しさは視覚的表面的

な美的判断の域を越える。すなわち、人々の目をとらえもするが、心を惹きつける何かとなるのだ。そうした美しさを『爾雅』「釈詁」に見い出すことができる。

暀暀《おうおう》・皇皇・藐藐《ばくばく》・穆穆《ぼくぼく》・休・嘉・珍・褘《い》・懿《い》・鑠《しゃく》は美なり。

—『爾雅』「釈詁」

『爾雅注疏』では、これらの漢字を次のように説明する。

皇皇：皆、美しく盛大なり。
祭祀の美、斉斉皇皇たり。（厳かで丁重なこと）

—『礼記』「少儀」

暀暀：『礼記』の「皇皇」とは『爾雅』の暀暀なり。

皇皇・穆穆：言葉の美、穆穆皇皇たり。（穏やかで丁寧なこと）

—『礼記』「少儀」

天子は穆穆たり、諸侯は皇皇たり。
（天子の歩く姿は厳かであり、諸侯のそれはおおらかである）

—『礼記』「曲礼」

これは所作を称賛するものなり。 —鄭玄

このように皇皇・穆穆は、いずれも「言葉と行動の美しさと盛大さ」を意味する。言葉と行動、盛大に厳かに執り行われる祭祀を通じて、人々は美しさを感じる。それは、目に見えるものより、はる

かに根源的な美しさを意味する。内なる深き所から汲み上げられた真正なる一つの表現でもある。

藐藐：既に成りて　藐藐たり。（既成藐藐）
　　　すでに成りて宏麗。（大きくすばらしいこと）

―『詩経』「大雅」「崧高《すうこう》」
訓み下し文：『詩経雅頌 2』、東洋文庫（平凡社）

藐藐は美しき姿なり。

―「毛伝」

禕：禕は歎美なり。（感嘆して美しく感じる）

懿：我　懿徳を求め　（我求懿徳）
　　我　美しき徳を求める。

―『詩経』「周頌《しゅうしょう》」「時邁《じまい》」
（訓み下し文：前掲『詩経雅頌 2』）

明昭なる有周	徳の輝ける周
式《もっ》て在位を序す	位にある者（諸侯）を序列し
載《すなわ》ち干戈を戢《おさ》め	すなわち盾と戈を収め
載《すなわ》ち弓矢を櫜《ふくろ》にす	すなわち弓矢を袋に収め
我　懿徳を求め	我　美しき徳（懿徳）を求め
時《こ》の夏に肆《つら》ぬ	この国に列ねる
允《まこと》に王　之を保つ	王として　これ（天命）を保たん

―『詩経』「周頌」「時邁」
（訓み下し文：前掲『詩経雅頌 2』）

これらはみな、賛美の意味を表す日常的な用語である。

「時邁」で「美しい（懿）」と称賛されるのは、盾と戈を収め、弓矢を弓袋に収める決断と行為なのだ。戦いで勇猛さを誇示するのではなく、武器を収め平和をもたらす姿を美しいと述べている。それは「神々を感動させ、深き水と高き山にまで及ぶ（原典は「懐柔百神及河喬嶽」）」（『詩経』「周頌」「時邁」）のである。人間と神、山と水をも動かす誠意と真心を示している。

次の『詩経』「周頌」「酌《しゃく》」は武王の功績を称える歌謡であり、初めから兵を動かすことはせずに力を秘め、時が至るや、ただ一度の軍事行動で天下を安定させたという内容である。ただ一度、兵を動かしたことには威厳が、武力による問題解決を避けた熟慮には民人を思う心が秘められている。

於《ああ》　鑠《かがや》ける王師	ああ　輝ける美しき王の軍よ
時《こ》の晦《かい》を遵養す	時の至るのを待ち道にしたがって志を養い
時れ純《おお》いにして熙《あか》るし	大きく輝ける時が来て
是を用って大介《たいかい》あり	天の助けを受け起つ
我　寵《ちょう》せられて之を受く	神の恵み　賜れり
蹻蹻《きょうきょう》たる王の造《しわざ》	武勇なる王のみわざ
載《すなわ》ち用って嗣《し》有り	よき世嗣　もちたまう
實《まこと》に維《こ》れ爾の公	これぞまことに我らが主君
允《まこと》に師なり	これぞまことに王の軍なり

―『詩経』「周頌」「酌」
（訓み下し文：前掲『詩経雅頌 2』）

言葉と行動の美しさ、天子と諸侯の品格ある美しさ、功績の美しさ、兵の美しさ、祭祀の美しさなどの繊細な区別は、目に見えるも

のに対する賛美であると同時に、全体的に伝わってくる雰囲気の重要性をも説明しているように思われる。こうした美しさは、視覚的な効果とは隔たりがある。よく言われる「内面の美しさ」が表に現れたものといえよう。

人間が美しさを感じる道筋は、実に多様である。人間と動物、植物と鉱物、自然現象と人間が創ったあらゆる制度と文化、物語の中にも美しさが隠れている。古代の文字と記録には、「美」とは何かを問い、世界の至る所からその答えを求めようとしていた古代人の思案が伝わってくる。その思案と探究心が、今日にも受け継がれているのを見ると、「美」とは、私たちが考える以上に本質的なもの、今もなお私たちを惹きつける魅惑的なものなのかもしれない。

目に見えるものと見えないもの

『爾雅』の記録から確認できることは、美しさは基本的に外面的で視覚的な要素を含むということである。例えば、人間の場合には、白く柔らかな手、三日月のように整った眉、滑らかで艶やかな髪、すらりとした背丈と歩き方などがそれである。視覚的な美しさは、人間だけではなく、周囲のあらゆるものに見い出すことができる。たてがみの見事な馬（美貌鬣、外貌を表現する「貌」の字をそのまま用いた）、建物の大梁に使われる優雅に生い茂った樹木、キラキラと光る美しい玉、雄大で色彩豊かな虹も一次的には視覚的な基準によって「美しい」と理解された。

美しさには、歩き方、話し方、言葉、所作などの個人の特性や、目には見えないが感性や印象でとらえるものも含まれ、徳や慈愛などの抽象的な概念も混在する。したがって古代人が美しさを認識する過程も、現代の私たちとそれほど相違はないと考えられる。「美

しさ」を説明する外面的な条件もあったが、資質、雰囲気、印象などで説明される主観的で抽象的な部分も少なくなかったのだ。人々に穏やかで好ましい印象や感想を与えることも、美しさの基準になった。

こうして物語をひもといていくと、またもや、ありきたりの結論に達する。視覚的な美しさは重要だが、それを超越した美的な属性や資質も無視できないということだ。「美」についての思考と変化は、物語の中にも隠れている。

悠久の時を経て伝えられてきた幾多の物語から、本書では、絶世の美女・水路夫人と宓妃（第２章）、人情あふれる三神ハルミと媽祖（第４章）、西王母（第５章）とソルムンデハルマン（第４章）を訪ねてみたい。物語の中に生きる彼女らは、読者の私たちに常に語りかけている。美しさのためなら苦労をもいとわないこの時代に、物語のヒロインたちは、どのようなストーリーを用意しているのだろうか。

彼女たちの最強の武器は、
その美しい容姿だった

一目惚れする、ということ

第2章

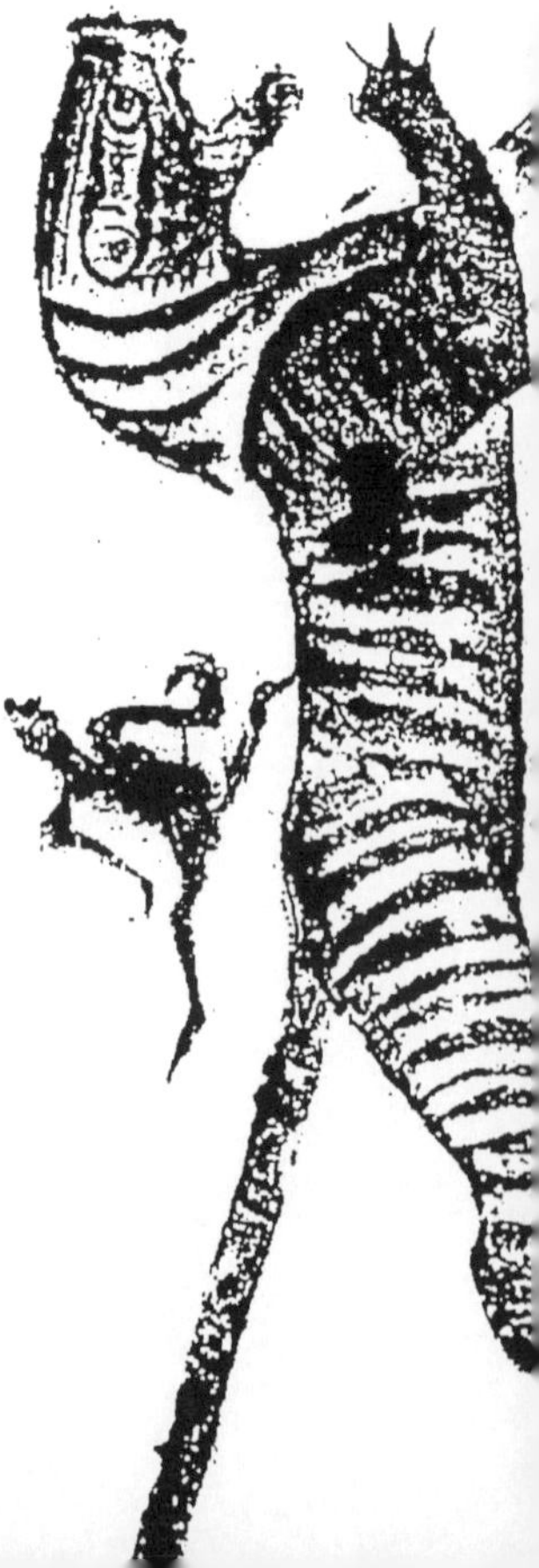

「美」という文字によっても確認できるように、視覚的な要素と資質の重要性は、そのどちらも看過することはできない。多くの文献や絵画は、対象が備える能力や資質・道徳などに先立ち、視覚的美しさが何よりも優先すると語っている。「一目惚れする」「一目で気に入る」などの表現も、容姿が無視できない力を持つことを示している。実際、「一目惚れ」させる魅力は、その人物の道徳、内面、品性とはほとんど関係がないように思われる。水路夫人、處容の妻、桃花娘、それに洛水女神の宓妃は、外見の美しさがどれほど絶大な威力を持つかを教えてくれる。

夫を持つ身、別世界の存在、そうした世俗的な条件では彼女たちへの接近をとどめることはできなかった。神々は水路夫人を傍《かたわら》に従えるために彼女を略奪し、疫病神は自分の身分を忘れて魔術を使い、曹植は水浴びする女神に惚れ込み自分が人間であることを忘れて二つの異なる世界を飛び越えようとした。鬼神と人間の境界を軽々と往き来した彼女たちの最強の武器は、その美しさだった。

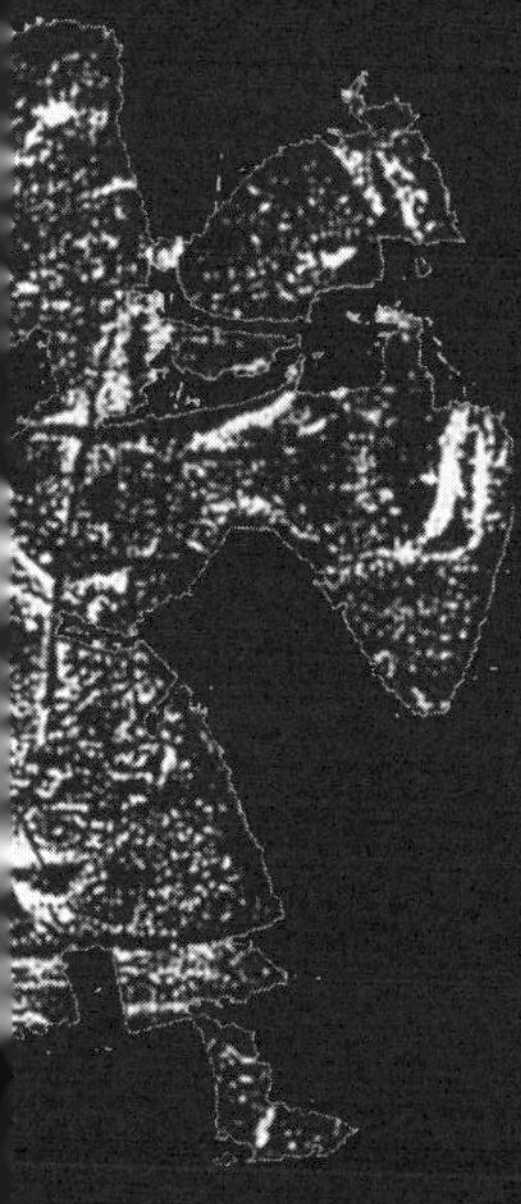

神々を惑わした女たち

「献花歌」の主人公、水路夫人

危険な美しさ

新羅時代、人と神の心をときめかせるひとりの女性がいた。「水路」という名を持つ彼女のことは『三国遺事』の「紀異編」に記述されている。

聖徳王（新羅の三十三代王）のとき、純貞公が江陵太守〔今の溟州〕に任ぜられて赴任する途中、海辺で昼食をとっていた。側は石山があたかも屏風のように、海にそそり立っていた。高さが千丈ほどもあり、そのうえに躑躅の花がいっぱい咲き乱れていた。公の夫人、水路がそれを見て、まわりのものに、「誰かあの花を摘んでくれないか」というと、従者どもは、「まだ人が足を踏みいれたこともないところだから」といって、応じるものがいなかった。

—『完訳 三国遺事』明石書店

赴任地へ旅立つ夫と妻、そして背後に従う大勢の人々。昼時の海

辺でくり広げられた食膳はロマンにあふれるものだった。そして、その昼食をさらに彩ったのは、屏風のように巡る絶壁とそこに危なげに咲く躑躅だった。恐らく水路夫人は自分の美貌に気づいていたのだろう。純貞公の妻という高貴な地位も手伝い、彼女は臆することなく崖の花を所望した。「誰かあの花を摘んでくれないか」との発言からは、一種の傲慢さが見て取れる。彼女は危険な要求をあたかもチャンスを与えるかのように、凛とした気品をもって口にした。

危険を冒してその花を摘むことに成功したら、報奨は十分に与えられるはずだ。美しい女性にかしずいて、花を捧げるロマンチックな光景は、想像するだけでもうっとりとさせられる。だが、切り立った絶壁を見上げた人々にとって、登攀はとうてい考えられないものだった。彼らは互いに目くばせし、慰めの混じった自己弁明にも似た返事しかできなかった。「まだ人が足を踏みいれたこともないところだから」と。

それが命をかけねばならぬほど危険な行為であると水路夫人も分かっていた。しかし、だからこそ、彼女はその花を強く所望したのだ。従卒がそれに応じられずにいると、牝牛を引いて通りかかった老人が、やおらその花を摘んで彼女に捧げた。老人が捧げたのは花だけではなかった。老人は花とともに内心の欲望を無心に表現した「献花歌」を彼女に献じたのである。

紫の岩辺に、
牝牛の手綱放ち、
障りを厭い給わずば、
花を手折りて献げまつらむ。

―前掲『完訳 三国遺事』

夫の任地へ向かう途中でしばし立ち寄った海辺でのこのエピソードは、大勢の人々の想像力を刺激する。絶壁の花を求める毅然とした女性、その危険な要求に命をかけることもできたはずの人々、だが勇気を出せずにたじろぐ従者らを差し置いて、牝牛を引いて通りかかった老人がいともたやすく花を摘み、水路夫人の前に歌とともに捧げたことで生み出された場面、ここで自分の美貌を誇る水路夫人と、その美しさの前で己《おのれ》の老いさえも忘れた男の像が重なる。

若くても勇気がなかった者は、自分への慰めが必要だったのだろう。そこで人々はその老人を普通の人間ではないことにした。古老、村長、観音の化身、さらに超人と見なすことにしたのだ。もしその老人が神であったなら、人々は自分たちの勇気のなさをそれ以上は責めずに済む。続く「その老人は誰であるか、わからなかった」との記述は、その場で赤面の極に達していた人々にとって、少なからず慰めになったのだ。

神さえ抗えぬ美しさ

赴任先へ向かう純貞公の行列は続いている。水路夫人の美貌に端を発する一幕のエピソードはこれで終わりではなかった。海辺の臨海亭では、一匹の龍によって昼食のひと時がまたしても台なしになってしまった。突然、海中から躍り出てきた龍が夫人を連れ去ってしまったのだ。目の前で起きたこの思いがけない出来事に、夫の純貞公は地団駄を踏むばかりだった。すると、そこに再び、あの老人が現れて、水路夫人を取り戻す方法を教えてくれた。

「昔の人の言葉に、大勢の口は鉄をも溶かすといっていますから、海中のものだって、大勢の口を恐れないはずがありません。この地方のものたちを呼び集めて、歌を作り歌いながら、棒で岸をたたけ

ば、夫人を見つけだすことができましょう」といった。そこで公が、（老人の）いうとおりにすると、竜が夫人を捧げてきてさしだした。

―前掲『完訳 三国遺事』

老人が提示した方法とは、海中のけだものにも聞こえるように、歌を作り歌うことだった。だが、その歌の内容は頼みというよりは脅しに近いものだった。のちに人々が歌った「海歌」の歌詞は、老人から教わったものと大差はなかった。人々は海中の神に乞うのではなく訓戒を垂れている。他人の妻を奪う大罪を問いただし、死の刑罰によって脅かしている。

亀よ亀よ、水路を出せ、
人の女を奪うとは、罪も大きい、
いやだと出さずば、
やいて食うぞ。

―前掲『完訳 三国遺事』

人間世界の道徳が神をどう拘束したのかは分からないが、神は水路夫人を人々のもとへ返して寄こした。しかし、それも一瞬のことで、水路夫人はその後、何度も略奪を免れることはできなかった。

水路夫人は絶世の美人であったために、いつも深い山や大きい池などを通りすぎるさいは、しばしば神にさらわれるのであった。

―前掲『完訳 三国遺事』

水路夫人がさらわれた後、人々が脅しの混じった歌を作って唄うと、龍が夫人を連れ戻してきた。ここで興味深いのは、純貞公と水

路夫人の会話である。美しい妻がさらわれたので、何をされたのか気になった純貞公は、感情を抑えきれずに彼女に尋ねた。夫人の返事は意外にも淡泊なものだった。

> 公が夫人に、海の中のことを聞くと、夫人がいうには、「いろいろの宝石で宮殿ができていました。食べものがおいしく柔かく、しかも芳ばしくさっぱりしていて、この世の料理ではありませんでした」。夫人の着物からは、不思議な香りがただよって、世間では嗅いだことのないものであった。
>
> ―前掲『完訳 三国遺事』

「略奪」は、むしろ彼女の美しさと魅力を引き立てた。龍にさらわれて戻ってきた彼女の口からは、恐怖や恥辱などは感じられなかった。神は彼女の美しさに惚れ込み、みずから二つの世界の境界を破壊した。彼女の美しさは手厚いもてなしにつながり、彼女もこれについて語った。海から戻った彼女の体からは、この世でかぐことのできない不思議な香りが漂っていた。この香りは彼女をいっそう魅惑的な女性にした。神との接触が異なる二つの世界の境界さえも破壊する、彼女の美しさを極大化させたのだ。

ここまで来ると、水路がどんな容姿の持ち主だったのか、ひどく気になってくる。しかし、神に略奪や逸脱までさせた彼女のことを『三国遺事』は具体的に描写してはいない。彼女の美貌はただ周囲の反応を通じてのみ伝えられる。海岸で解放されてから、神秘的な香りが加わった魅惑の女性のうわさは、広く世間を駆け巡ったことだろう。

水路の顔

水路に会いたがり、近くに置きたがるのは、当時の人々だけではない。物語の中の彼女が神と人間の世界の境界を破壊したとするなら、現代人は時空間という頑強な壁を壊して、彼女との出会いを期待する。詩人の徐廷柱《ソ・ジョンジュ》は、新羅時代の美人である水路夫人に思いを馳せて作品を書いた。そこにも水路夫人に関する具体的で繊細な描写はない。『三国遺事』の記録と同様に、周囲の人々の反応を通じて彼女の美しさを讃えるだけである。子リスのように、断崖をサッと駆け登った老人、自分が神であることも忘れ、彼女を盗み見てこっそり連れ去った龍、水路を返せと海辺に押し寄せた名もない男たちもそうだった。

彼らは魔法にかかったように行動した。詩人はそれを水路夫人の容姿に端を発すると解釈した。彼女の容姿は何気なく牝牛を引いて現れた老人や、海中で休んでいた龍を「一目で」突き動かした。詩人はためらわずに、詠んだ詩に「水路夫人の顔」という題をつけた。

1
牝牛を引いて通りかかった
白い髭の老人に

手にした手綱を
容易く手放させるほど、

その手綱を放して
高い断崖を
リスの子のようにサササッと駆け登らせるほど

駆け登って
ツツジを摘み

歌を一首詠み
捧げさせるほど、
（中略）

3
村中の男たちに
棒を振り回し出てこさせるほど、
村中の男たちの棒という棒が
一度に岸を叩き打つほど、

村中の言葉という言葉が
こぞって一気に押し寄せるほど、
「解き放せ
解き放せ
われらの水路を
解き放せ」
多くの言葉は鉄をも溶かすと
水中千里を貫き
海の奥底まで届くほど、

4
水路を背負った龍も独り占めはかなわず
江陵の地へ返さねばならぬほど
（中略）

それで
その体からは
あらゆる龍宮の香りまでもが
ひとつひとつすべて焚きつけられたのだ。

このように、詩人徐廷柱はもうひとつの献花歌を捧げた。老人の正体について、詩人は従者らが強く主張していた異人ではなく、水路の顔に「一目で」惚れ込み、自分でも分からぬうちに牛の手綱を放し、断崖を「子リスのようにサッと」駆け登った、ごく平凡な老人だという。

海辺からさらわれた水路夫人は、彼女を取り戻すために、「村中の男」がこぞって押し寄せ、岸を叩くほど美しい女性だったと想像される。一目見ればみんなが惚れてしまう水路の顔、この世のものではない龍宮の香りが加わって、彼女の美貌はいっそう犯しがたいものとなった。

彼女の美しさを揺るぎないものにしたのは「周囲の反応」である。水路夫人に関する記録において興味深いのは、彼女に関する描写のなかに、美人に対する常套的な表現が一言もない点である。後日、詩人がつけた「美人を称える新羅的語法」なるサブタイトルは、彼女の美貌に興味を持った詩人が、自身の興味を解消するために付け加えたものかもしれない。

水路夫人の真の美しさに出会えるのは想像の世界だけである。想像はどこまでも個人的なものなので、それぞれの想像の中で具現化される水路夫人はかなり違った姿なのかもしれない。しかし、彼女がどんなイメージで具現化されようとも、その姿は最も美しい姿をしているはずであり、そのイメージを作り出した個々人も、彼女の

美しさに心を奪われたのである。想像でしか会えないからこそ、その美しさはいっそう欲望と好奇心を刺激したのだ。

疫病神を惑わした處容の妻

女性の美しい顔、優美な姿に惚れ込むのは、人間に限られるものではない。水路夫人を見て水から躍り出た龍がいるかと思えば、また別の記録には、處容《チョヨン》の妻に惚れた疫病神が現れる。彼女は名前もなく「處容の妻」とだけ書かれている。處容は東海（日本海）に住む龍王の七人の息子のうちのひとりで、王政を補佐するため、この世に贈り物のように遣わされた半人半神の存在だった。

第四十九代、憲康大王の時代には、京師から海の入口に至るまで、家と塀とがあい連なり、草ぶきの家は一軒もなく、道には笛の音、歌の声が絶えることがなく、風と雨が四季を通じて順調であった。

そのころ大王が、開雲浦（鶴城の西南にあり、現在の慶尚南道蔚山市内）に遊んでから、帰る途中、昼になったので川辺で休んでいると、にわかに雲と霧がたちこめて道さえ見分けられないほどになった。怪しんで左右のものに聞くと、日官（観象庁の役人）が「これは東海の竜の仕業であるから、なにかよいことをしてこれを解くべきであります」と申しあげた。そこで担当の役人に命じ、竜のために近所に寺を建てるようにさせた。王の命令が下りると、雲は晴れ霧が散った。それでそこを開雲浦と名づけた。東海の竜が喜んで子供七人を従えて王の前に現れ、徳をたたえながら舞い、音楽を奏でた。そのうちの一人の子は王につれられて都にのぼり、政事を補佐した。名前を處容といった。王は美しい女を彼に娶らせて留めおき、級干の職を与えた。

彼の妻があまりにも美しかったので、疫病神が惚れこみ、人の姿に化けて、夜その家に行きこっそり共寝をした。

―前掲『完訳 三国遺事』

疫病神は疫病を招く恐ろしい神だったはずなのに、記録にある「惚れこみ」という文章からは、處容の妻に対する疫病神のときめき、躊躇、ためらいが見て取れる。ある人妻の前で、疫病神は自分の本分を見失った。けれども疫病神は、自分が人間よりはひとつ抜きん出た能力を持つ「神」であるという点だけはきちんと心得ていた。疫病神の姿では到底近付く勇気がなかったのか、彼は人間の姿に化けて彼女をむさぼったのだ。

疫病神の冒険は長くは続かなかった。疫病神は彼女の傍を離れがたかったのだろうか、あるいは夫が来るのを知っていながら立ち去らなかったのか？　疫病神は神という地位を利用して、夫に「彼女」を堂々と要求することもできたはずだ。彼は神なのだから。しかし、物語はまったく別の方向へ展開していった。

處容が外から家に戻ってきて、寝室に二人が寝ているのを見ると、歌をうたいながら舞いを舞い、そこから出て行った。その歌はつぎのとおりである。

みやこ　月の明き夜　遊びて　夜ふけ帰れば
わが寝室《ねや》　内に脚よつ
ふたつは　女房の　残りふたつは　誰がもの、
もとわれのものとて　盗《と》られては　はて術《すべ》もなし。

―前掲『完訳 三国遺事』

處容はまさしく妻の不倫の現場を目撃した。月明りの下で明け方まで遊んで帰った處容にとって、妻は安らぎではなく災難だった。これ以上どんな証言や証拠も必要なかった。だがどうしたことか、處容は歌をうたい舞いを舞いながら、出て行ってしまった。處容が歌ったという「もとわれのものとて　盗られては　はて術《すべ》もなし」という詩句は、怒りというよりも諦めの境地に近い。

夫と疫病神の張りつめた緊張関係のなかで、葛藤の原因である處容の妻は一言も発することはなく、何もしない。結局、魔術を使い處容の妻をこっそりむさぼっていた疫病神が先に屈服してしまったのだ。

「私は公の妻に恋慕していま過ちを犯してしまいました。だがあなたは怒ろうとしない。ありがたく見あげたことでございます。誓って今後は、貴公の姿を描いたものさえ見れば、決してその門の中には入りません」

―前掲『完訳 三国遺事』

彼女の美貌の恩恵に預かったのはその国の民だった。人々は處容の人形を門に貼りつければ、あらゆる不浄を退けることができた。ある者は疫病神相手に、そんなことがあるはずはないと言い張った。きっと處容自身が、疫病神さえ手を出すことができない高貴な身分で、優れた能力を持つ人物だったのだろうという者もいた。東海の龍の子どもだからそういうこともあり得るだろう。しかし、この過程の始まりには處容の妻がいた。彼女がいなければ、疫病神がまさか自分の本分を忘れることなどなかったはずである。

疫病を起こさねばならぬ疫病神の好色心さえも揺さぶった女性。彼女のおかげで人々は疫病から免れる方法を手に入れた。だが、こ

「平壌監司歓迎図」から處容舞の場面、韓国国立中央博物館所蔵

れは處容の仁徳によるものだろうか？　相手が處容の妻でなければ、疫病神はみずからの足元をすくうような変身の術などを、使用しなかったはずである。花のように優美な處容の妻の美しさは、人々を死から引き戻す道を切り開いた。

誰かの心をつかむほど美しいということは、単なる「美人」の意味を超越する。處容という高貴な人格の前には、疫病神に天の戒律を破らせたひとりの美しい女性がいた。この話は疫病神と處容、處容の妻の間の切ない欲望、愛が作り出した奇妙な祝福である。疫病神をつき動かしたのは、多くの供物でも神仏に祈願した祭事でもない。彼女の美しさにほかならなかった。

美しさ、一目惚れさせること

『三国遺事』はその名のとおり『三国史記』に収録されずに、残った話を集めて作った書物である。正史に編入されなかった話、だが捨て去ることのできない逸話が『三国遺事』に収められている。捨てられた話をかき集めたといえば、自尊心を傷つけられるが、『三国遺事』はまさにこの点で光り輝いている。正史のように見せかける必要はなく、そう見てくれと頼む必要もない。装い飾ることもなく、あるがままに読む者に出会うのである。虚飾のないストーリーがむしろ人々を魅了する。捨てられて残った話の饗宴なのである。

著者の一然は「歴史」という冷静な物差しによって爪はじきにされた話を、つましく集めながら、特に荒唐無稽で奇異な話の処遇に随分苦労したようだ。そこで、一然は『三国遺事』に「紀異篇」を設け、それらの話を別に編纂した。

こうして生身の人間に命をかけさせ、海の龍に略奪の欲望を引き起こさせた水路夫人や、疫病神に自分の身分を忘れさせ、変身の術

を使わせた處容の妻の話は、すべて「紀異篇」に収められることになった。女性の美貌に心を奪われた人間と神、死後の霊を奇異と考えたのか、彼らを惑わすほどの美貌を奇異と考えたのかは定かではない。いずれにせよ、ここに収録された話はみな「歴史」の周縁を巡る魅惑の物語である。

海の神である龍と、疫病神を虜《とりこ》にしたのは彼女らの「美しさ」だった。二人の神は女性の美貌に「一目で」惚れ込んだ。人間は命を賭け、神は自身の威厳をかなぐり捨てて美女をさらった。災いをもたらすという重大な任務を忘れ、人間に変身し、他人の妻をむさぼり、鬼神になっても、なお彼女の周囲をうろついた。

鬼神に自分が鬼神であることを忘れさせた女性の「美しさ」は、この世に、そして人類に与えられた祝福だった。彼女らの美しさは、人々を疫病から解放し、人々に鬼神に対して勇敢に命令を下す資格すら与えた。女性の美しい容姿は、人々を締めつけていた疾病と恐怖、苦痛から解放する道を開いてくれた。ある意味で、美しさは神の贈り物だった。神話の風景は美しさが持つ二重構造をありありと示している。美しさとは苦痛かつ治癒であり、安全でありながら危険で、世俗的ながらも神聖なものなのである。

境界を取り去る麗しさ

桃の花のように美しい桃花娘

『三国遺事』「紀異篇」には、「姿かたちがあでやかに美しい」と表現される桃花娘が登場する。桃の花のように美しい顔を持つという彼女の生きた時代を治めていた権力者は、真智大王。在位わずか四年の国王。しかも廃位させられ歴史の中から消えた彼に対する人々の視線は厳しかった。死後に「真の知恵」を意味する「真智」という諡《おくりな》を与えられてはいるが、「紀異篇」には、彼のために政治がひどく乱れたと表現されている。

> 第二十五代、舎輪王の諡《おくりな》号は真智大王で、(中略) 国を治めること四年で、政治がはなはだしく乱れたために、国の人が王をやめさせてしまった。

一前掲『完訳 三国遺事』

彼の功過は何もなく、ただ、「はなはだしく乱れた」としか記述されていないのは、さぞかし無念であったろう。あるいはその短い表現は、市井の女性に心を奪われた世俗的な心情と態度を、非難するためのものだったのかもしれない。桃の花のように美しい女性が

いるという「うわさ」は王の心を揺り動かした。彼女にはすでに夫がいたが、王は構わずに彼女を宮中へ呼び入れた。

沙梁部に百姓の女がいた。姿かたちがあでやかに美しかったので、当時の人びとは彼女を桃花娘と呼んでいた。王がこれを聞いて、宮中に呼び寄せてから犯そうとすると、女がいうには、「女が守らなければならないことは、二人の夫に仕えないことでございます。夫があるにもかかわらず、他の人に身を任せるようなことは、たとえ万乗の君の威厳をもってしてもできないことであります」。王が「お前を殺したらどうするか」というと、女は「たとえ殺されて、さらし首になってもかまいません」。王が戯れて「夫がいなければよいのか」というと「それならかまいません」と女が答えたので、王は許して帰してやった。

―前掲『完訳 三国遺事』

桃の花のように高潔なのは外見ばかりではなかった。彼女は王に二人の夫を持つことはできないと頑《かたく》なに抵抗した。死の危機の前でも純情な心を捨てなかった彼女が残したのは、「夫が死ねば」という確証のない未来への約束だった。この約束を守る前に王は廃位させられて死に、女の夫も死んだ。桃花娘は独り身となったが、彼女を訪ねてくるはずの王もまた、すでに死んでいた。しかし最高の権力をもってしても彼女の心を得られなかった王は、鬼神となって再び彼女の元を訪ねた。

この年、王は廃位させられ、また世を去ったが、その後三年たって彼女の夫も亡くなった。（夫が死んでから）十日たった日の夜中に、王が生きていたときと同じように、ひょっこり女の部屋に現れて、

「そなたが以前、承知したとおり、今はそなたの夫もいなくなったのだから、（私と寝ても）いいだろう」というのであった。女は軽々しく返事できなかったので、このことを両親に聞いてみると、「王様のお言葉にどうして逆らえようか」といって、娘をその部屋に入らせた。

―前掲『完訳 三国遺事』

鬼神になった王との間に生まれた子どもが、鬼神を操ることのできる鼻荊《ヲカシ》である。鼻荊は鬼神に鬼橋という橋を架けさせ、人々に害を与える鬼神を捕らえ、人間世界を平穏にした。桃花娘と真智大王の魂が結合して生まれた鼻荊が人々の安全を守ると、人々はこんな歌をうたった。

「聖帝の魂が生みし子、鼻荊の家ここにあり。飛び走る雑鬼どもよ、ここに留まることなかれ」

―前掲『完訳 三国遺事』

人々は鼻荊の名前を唱え、恐れ多くも鬼神に命令を下した。鼻荊の名前を聞いただけで鬼神はたじろぎ、後ずさった。處容の妻がそうであったように、王の魂を地上に彷徨わせた桃花娘の美しさが、鬼神を捕らえる鼻荊の誕生を可能にした。そして鼻荊のおかげで人々は鬼神に命じ、彼らを追い払うこともできるようになったのだ。鼻荊は恐れと苦痛の道の中にあって、喜んで人々の道しるべになってやった。鬼神を治める鼻荊の能力は、鬼神になった王のおかげだといわれる。だが、むしろもっと大きな功績が桃花娘にはあった。彼女こそ、鬼神になってこの世を去ろうとした王をこの世に留めた張本人なのだった。

洛水の女神、宓妃

皇帝の庭園で出会った女性たち

『史記』の「司馬相如列伝」に登場する言語の錬金術師、司馬相如。持てるものといえば、四方を壁で囲まれた古びた家だけだった彼は、その歌と琴の腕前によって、巨万の富を持つ卓王孫の娘で寡婦の、卓文君の心を瞬時にとらえた。そしてその優れた文章力で、傲慢な卓文君の心だけではなく、皇帝の心までもつかんだ。

彼は皇帝のために自身の宝物をためらうこともなく捧げた。彼の中の隠された原石だった言葉は、皇帝の寵愛を受けて宝石になった。彼はその言葉を使って、この世で最も美しい皇帝の庭園を建築した。その庭園の中には、世にも珍貴な宝物はもちろん、世俗を超越したものまで余すことなく揃っていた。人間の五感すべてを刺激するその庭園には、麗しい女人、青琴《せいきん》、宓妃《ふっぴ》も漏れずに入っていた。彼女たちのおかげで皇帝は目と耳を楽しませ、心の喜びまで手に入れることができた。

かの青琴（古えの神女）や宓妃（洛水の女神）のごときむすめたち、
俗（世）のたぐいを絶殊えかけ離れて、
姣冶たり嫺都たり（うるわしく、あでやかで）、
（中略）
芬き香たかく漚鬱り、酷烈く淑郁り、
その皓き歯なみは粲爛き、宜れる笑みは的皪かにして、
長き眉は連娟やかにつらなり、微睇にみるさま綿藐しく、
その色で授い魂で与し、
〔天子の〕お側で心を愉かせるのです。

―『史記列伝 4』岩波文庫

上林は皇帝の庭園である。言葉で建立された庭園は想像を越える威容と美しさを誇った。異世界から来た奇異な動物と植物が先を競って育つ場所。湧水さえ甘く香り立つ場所に青琴と宓妃がいた。

司馬相如は彼女らのことを、美人のなかでも世俗を超越した美貌を誇り、なによりも「姣冶たり嫺都たり」という言葉で称賛した。それが男性中心の社会で女性に求められる徳目だったのかもしれないが、彼女らを包み込んでいたのは雰囲気でもあった。彼女らには、身なりはもちろん、漂う柔らかで甘い香りと白く整然と並んだ歯、華やぐ笑顔があった。彼女たちの視線は、魂を投げうってでも駆け寄りたいほど魅惑的だった。

司馬相如は青琴と宓妃を絶世の美人ともてはやし、「姣冶たり嫺都たり」として、彼女らの身なりや化粧、微笑を誉めそやした。眉の動きひとつさえ逃さぬ彼の描写のおかげで、彼女たちは今なお息づいて動いているようにも感じられる。それほど美しい彼女らを、この世で最も美しい皇帝の庭園から外すわけにはいかなかった。

宓妃の美しさに溺れた人々

宓妃の美しさを称えたのは司馬相如だけではなかった。文才で名高い曹操《そうそう》の息子、曹植《そうしょく》の筆も彼女の美貌の前では留まることを知らなかった。曹植が洛水を通りがかった際に描写した「洛神賦」には、洛水の女神である宓妃の美しさが見事に表現されている。

その姿は
驚いた白鳥が姿を現したようであり
龍が戯れるようにしなやかで
秋の菊の花のように華やぎ

春の松のように優美に生い茂る。
軽やかな雲が月を覆うがごとく
流れるように吹く風が白い雪を舞い上げるがごとく。
遠くから眺めれば
暁に昇る太陽のように明るく
近くで見つめれば
青い波紋の中で輝くように咲く蓮の花のごとし。
（中略）
肩はなだらかで、
腰は白い絹で結わえたよう。
すんなりと伸びた美しい首、
透き通るように白い肌。
香しい化粧水をつけるまでもなく、
白粉も必要ない。
結い上げた髪は山のように高く、
眉は柔らかに伸びている。
華やかな赤い唇、
その奥に隠れた白い歯
白く澄み、くっきりとした瞳と
えくぼを浮かべたまろやかな頬。
玉のように美しい姿、
静かで艶めかしい所作。
柔らかな表情と温和な姿、
物いう姿も愛しい。
（中略）
輝く絹の衣をまとい、
煌めく玉の耳飾りを下げていた。

金と翡翠でできた髪飾りを付け
光り輝く珠飾りでその身を着飾った。
遠出の折に履く見目麗しい刺繍の履物が
裾を引く薄い絹衣の足元からのぞく。
立ち込める蘭の香りに、
足取りは片隅を彷徨う。

皇帝の夢幻的な庭園にいた宓妃は、洛水へ遊びに行った際に、偶然、曹植に出会った。曹植の目に入った女神は果たしてどんな姿だったのだろうか？　水路夫人と處容の妻に心を奪われた神のように、人間界の曹植は二つの世界の隔たりも忘れ、彼女の美しさに「一目で」魅了された。美しい宓妃に心を奪われた曹植はこう歌っている。

宓妃の美は、自然の中から最も美しいものだけを集めて掛け合わせた、至極の美そのものであった。驚いて姿を現した白鳥のような姿、戯れる龍のようなしなやかさ、秋の菊の花のような華やぎ、生い茂る春の松のように優美な容姿、軽やかな雲に隠された月、輝き出ずる太陽、青い波紋の上で咲き誇る蓮の花と、高く結い上げた髪はすべて彼女の美しさを表現するために用意された言葉だった。この世のすべての美を集めた彼女の姿は惚れ惚れするほど艶やかだった。なだらかな肩、華奢な腰、長い首、白い肌、真っ赤な唇と白い歯、くっきりとした瞳とえくぼ、そして可憐な声音は宓妃の美しさを引き立てた。

美しさは天性のものだけではない。彼女はみずからを最も際立たせる、あらゆる装飾品でその美しさを極限化させた。宓妃は髪を高く結い上げ、絹の衣を着て、金と明珠、玉などの華美な宝石、この

魏晋南北朝時代の画家である顧愷之が描いたとされる「洛神賦図」洛水の女神である宓妃が水の上をさっそうと歩き、背後にいる曹植を見やっている場面を模写したもの

世ではかぐことができないほど優雅な香り、細やかな刺繡を施した履物まで身に着け、それこそ頭の上から爪の先まで、抜かりなく美しく着飾っていた。人間だけではなく神の心まで奪った彼女は「美」そのものだった。

洛水を通りがかった折に、洛神の妻である宓妃に出会った曹植は、たったいちどの偶然の出会いにもかかわらず、すっかり彼女に心を奪われてしまった。宓妃に一目惚れした曹植は彼女が女神であることも忘れ、宓妃をその場で妻に迎えたいとまで思った。

彼は美しさに惹かれ、かなわぬ約束をした。

「良き仲人がおらぬゆえ縁を結べませんでしたが、さざ波に伝言を頼みます。真の心を伝えるため、この玉佩を解いて約束しましょう」

このような愛の誓いまでした曹植は、寝食さえ忘れるほど彼女に深く心を寄せた。しかし、曹植は女神である彼女との愛を遂げることはできなかった。いかに愛する心が大きくても、所詮は人間と神との間のこと。互いに異なる二つの世界の巨大な隔たりを越えることはできなかった。手にすることはかなわず、かなえることができないという現実は、夢をさらに切なく、強い思いにしたのかもしれない。

宓妃の影に隠された中国のヘレネー、甄氏夫人

魂を奪われたように書き綴られた曹植の華やかな言葉をひも解くと、宓妃の美しさの奥に甄皇后《しんこうごう》の影を見ることができる。袁紹《えんしょう》の子、袁熙の妻であった甄氏は、その美貌のおかげで戦乱の中でも生き残った。平穏な日など一日とてない戦乱の三国時代。曹操を浮き立たせたのは外敵の侵奪だけではなかった。彼は鄴城を攻め落とすと、気もそぞろに「さっそく」甄氏を呼んでくるように命令を発し

た。


魏の甄后は聡明でしかも美貌だった。最初は袁熙の妻となり、非常に愛された。曹公（曹操）は鄴を陥落させると、さっそく甄氏を召しだすように命じた。側近の家来は言った。

「五官中郎（曹丕）がもうお連れになりました」

曹公は言った。

「今年、賊を破ったのは、まさにあいつのためにしてやったようなものだ」

―『世説新語』第5巻、「惑溺」平凡社

彼に告げられたのは、すでに一足遅かったという残念な返答であった。

「何だと？　一体誰がそんなことをしたと言うのだ。恐れ多くも、この私を差し置いて！」

その犯人こそ、曹操の愛する息子曹丕であった。刀を持った曹丕は、彼女の美貌に一瞬で麻痺し、その任務を忘れた。刀舞う戦場で彼は感嘆を隠せなかった。


袁紹の死後、袁熙は幽州に赴任していたが、甄氏は鄴城に残って姑と暮らしていた。鄴城が陥落すると五官長（曹丕）がすぐに袁紹の家に入った。すると、甄氏が恐怖で青ざめた顔をしながら姑の膝の上に顔を埋めていた。

五官長が袁紹の妻袁夫人に甄氏の顔を上げさせると、彼はその抜きんでた美貌に感嘆した。（中略）（曹丕は彼女を妻に迎え、彼女は）数年間寵愛を独占した。

―『魏略』

息子に先を越された曹操は、鄴城を落としたのは甄氏のためであったのに、と無念さを噛みしめねばならなかった。甄氏はすでに袁熙と婚姻した人妻であったが、彼女を目にし、彼女のうわさを聞いた男なら、みな、彼女に強く心を惹かれた。『世説新語』の著者は、この話を「魅了され心惹かれる」という意味の「惑溺」編に収めている。

美女の前にさらけ出された奇妙な利害

甄氏に惹かれたのは曹操と曹丕だけではなかった。『魏氏春秋』によれば、彼の弟である曹植もまた甄皇后を思慕した。親子三人がみな、甄氏の美しさに魂を奪われたのだった。強大な権力を持った父子のもとで引き起こされた一人の女性を巡る争いは、どんな形であれ解決しなければならない。そこで、女のために生じたわだかまりを危惧した孔融は、解決策を講じることにした。

> 五官長が袁熙の妻を迎えるや、孔融が太祖に書簡を送った。
> 「(周の)武王が(殷の)紂王を討伐した際、(紂王の妻)妲己を(弟の)周公に授けました」
> 太祖は博学な孔融の言葉を信じ、本当に(そうした事実が)書物に記録されているのだろうと思った。しかし、(太祖が)のちに孔融に会って尋ねたところ、孔融が答えた。
> 「今の立場で昔を推し量れば恐らくそうするだろうと考えたのです」

鄴城の地を攻略したのが彼女のためだったとしても、それを理由に息子との間に禍根を残すわけにはいかない。こうした状況を察した賢明な孔融は太祖に書簡を送り、周の武王が殷の紂王を討伐した

際、美女妲己を弟の周公に授けたという古い歴史を持ち出した。広く世間を揺るがすほどの権力を持った武王が、誰でも一度見れば逃れられないほどの美女であり、妖女である妲己を弟に譲ったという美談を聞かせたのだ。

曹操は意を汲み取った。孔子が夢にまで見るほど恋焦がれてやまない周公を引き合いに出した孔融の言葉には、曹操が甄氏を諦めることは、周の武王の雅量に比肩する立派な行為であるという旨の称賛も含まれている。曹操は武王の信任こそ周公の存在を可能にしたことを知っていた。

では周公とはいかなる人物なのか？　周の土台を作った真の英雄で、甥の成王を助けて立派な摂政を行った偉人だった。逸材が訪ねて来れば、沐浴中でも髪を握って飛び出し、食べていた食事を吐いてまで客を迎えたという意味の「吐哺握髪《とほあくはつ》」の主人公でもある。曹操もまた「短歌行」の中で、「周公が食べていた食事を吐き、沐浴中に髪を握って出ると、天下が皆、彼に心を寄せた（周公吐哺、天下帰心）」と彼に対する敬慕を吐露している。

だが、博識の孔融の助言を聞き入れつつも、後日、孔融にそんなことが本当に記録として残っているのか、と訊ねているところをみると、曹操には未練があったようだ。そんな彼に孔融は、今の立場で昔を推し量れば、恐らくそうするだろうという「推測」だと、平然と言いのけている。

事実、司馬遷は『史記』で、紂王の寵妾がみな、みずから死を選択したと記録している。周の武王の美談は、父子の間がこじれることを懸念した孔融の作り話にすぎなかった。息子に譲った甄氏夫人を引き戻すことができない口惜しさを、曹操はみずからなだめるしかなかった。

ここから分かることは、「妲己を授かった周公」を見る彼らの視

線である。作られた話ではあるが、曹操をも黙らせたこの話からは、周公のような立派な聖人君子でも美人を退けられなかったということ、加えて紂王を破滅に追いやった妖物だというのに、拒絶しなかったこと、誰であっても魅惑的な女性だったら排除しなかっただろうという、「美しさ」の威力に対する秘かな同意が見て取れる。

このように曹操は大業のために甄氏を諦めたが、曹植は容易く諦めることはできなかった。だからといって曹植に名案があったわけではない。父である曹操が甄氏を曹丕に与えると、曹植は夜も眠れなくなってしまった。彼は離れていても彼女を見られることで自分を慰め、冷めぬ思いを鎮めるしかなかった。だが、そんな慰めも長くは続かなかった。華やかな美貌のために敵も多かった甄氏は、若くしてこの世を去ったのである。

曹植は大きな悲しみで涙をこらえられなかった。かなわぬ彼女への愛は、彼の想像と作品のなかで完成した。一人の男性が女神に溺れ、その真の愛と敬慕をうたう「洛神賦」はこうして出来上がった。のちに学者の李善は『文選注』で、「洛神賦」について次のように述べている。

魏の東阿王（曹植）は、漢末期に甄逸の娘を慕ったが、得ることはできなかった。太祖が五官中郎長に（甄氏を）授けると、曹植は（心が）ひどく乱れ、夜も眠れず、食事も喉を通らなくなった。

黄初年間に曹植が入朝した際に、皇帝は甄氏が使っていた玉と金で装飾された枕を彼に見せてやった。曹植は枕を見ると思わず涙した。この時、甄氏はすでに郭貴嬪の讒訴によって死んだ後であった。皇帝もまたそれを悟り、太子に宴会に残るよう命令を下した後、曹植に枕を授けた。曹植は帰り道に轘轅を通りがかった折に、しばし洛水に立ち寄り甄氏を思った。

軍まで動員させた東洋のヘレネ―甄氏夫人。彼女の美しさは絵画で表現できるものではなかったかもしれない。甄氏に心を奪われた曹植に許されたのは、彼女を洛水の女神に例えて心ゆくまで敬慕の情を表現することだけだった。人間の間の規則と戒律は、神と人間世界の越えられない隔たりのように深い。何よりもかなわぬ恋、満たされることのない愛は、その美をさらに切なく魅力的なものにしたのだ。

物語の中の水路夫人、處容の妻、桃花娘、宓妃は人間でありながら神を魅了し、神でありながら人間の心を奪うほどの美しさを持つ女性だった。文字の記録として残る彼女たちは、テキストの行間に染み込み、作品を通じて彼女たちに出会った人々の胸をときめかせ、男たちの興味をかき立てた。

宓妃の影に隠された甄氏の美しさは、死をもっても断ち切ることのできない愛おしさであり、戦いを引き起こし、父子間の葛藤を増幅させる破滅をもたらした。神の心を動かした女性、そして神に自分の任務を忘れさせ、人々を疾病や恐れ、苦痛から解放した彼女たちの美しさは祝福すべきものだった。それが肯定的な結果をもたらそうと、その反対の結果になろうと、ひとつ確かなことは、彼女たちの「美しさ」が人類の歴史を動かし、人々の心を大きく揺さぶったということである。

言葉で表すことのできない魅力は、
憧れと恐れを併せ持っている

美しさの光と影

第3章

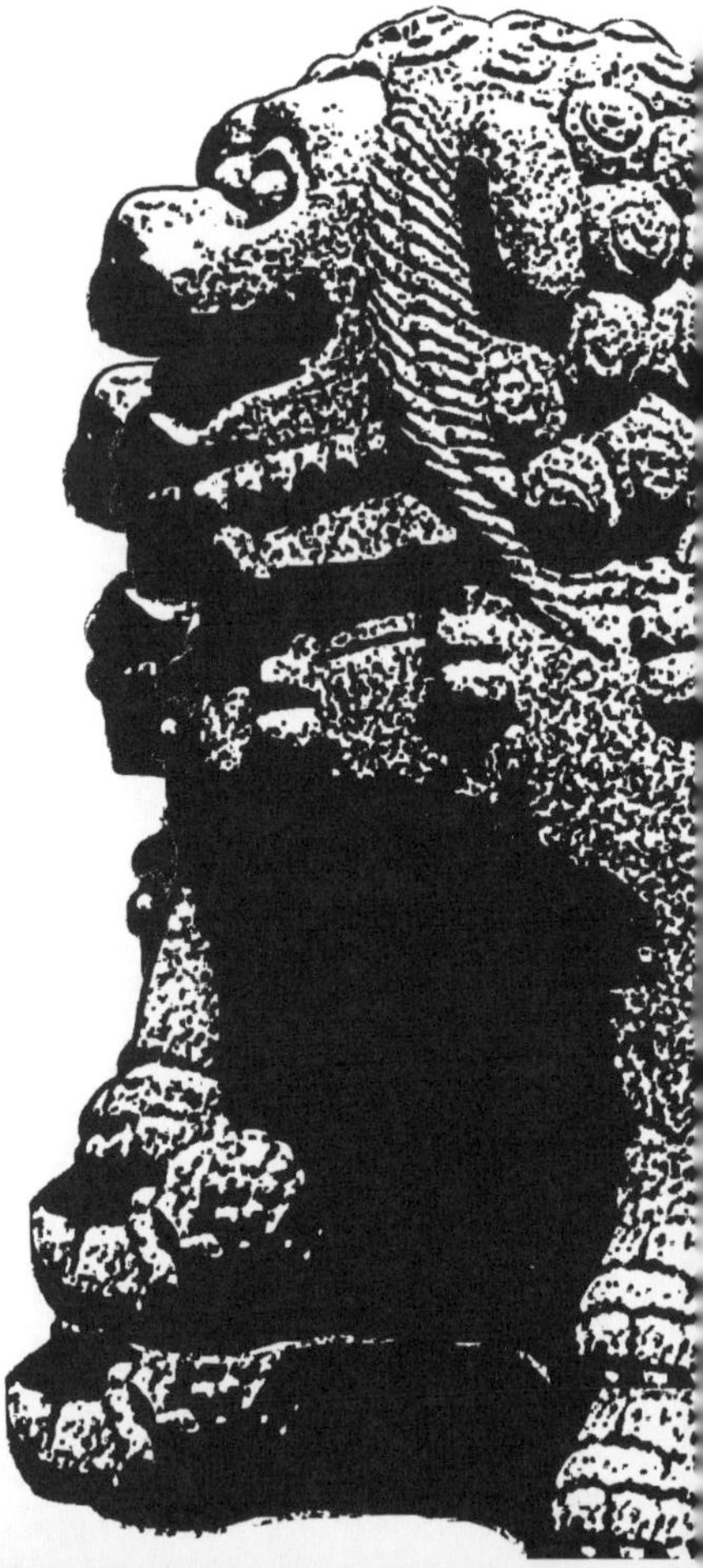

行く者は羅敷を見れば
擔《に》を下して髭《ひ》鬚《げ》を捋《ひね》る
少年《わかもの》は羅敷を見て
帽を脱いで帩頭を著はす
耕す者は其の犂《からすき》を忘れ
鋤《す》く者は其の鋤《すき》を忘る
来り帰って相怒怨するは
但だ羅敷を観しに坐《よ》る

―『古楽府の起源と継承』白帝社

美しい容姿は人の目を楽しませるだけでなく、時には人の心を動かしもする。古代中国のある歌には、羅敷という美しい女性に目を奪われた男たちが、なすべきことを忘れてしまった様子が興味深く描かれている。

背負っていた荷物を下ろさせ、草刈りをしていた人の鎌や鋤の動きを停止させるほどの羅敷の美しさは、瞬時に終わりはしなかった。羅敷と出会った人々は帰宅してから、理由もなく腹を立てた。この歌は美しい容姿がどれほど強い力を持つかを巧みに語っている。美は人を一瞬のうちに麻痺させ、抗うことのできない感情を引き起こす。

この言葉にならない魅力は憧れと恐れを同時に持ち合わせている。美しい女性はキツネが化けたものとか、妖怪の化身と根拠もなく信じられてきたことが、その証拠である。度の過ぎた美は憧れと羨望を呼び起こし、同時に漠然とした恐れを感じさせる。男性は自分を身動きできなくさせる美女の前で、魅力と恐れを同時に感じる。美女によって破滅させられた無数の男性の歴史があるにもかかわらず、そうした破滅の歴史は現在も変わらずに、小説・映画・ドラマを通じて限りなく再現されている。

破滅の歴史を描かせた女性たち

『漢書』の一部を執筆した班固《はんこ》の老夫人は、前漢時期に最も放蕩な皇帝として有名な成帝の側室の班婕伃《はんしょうよ》である。文筆家であり、詩人としても名高かった彼女は、趙飛燕姉妹らとは異なり、知的で典雅な魅力のために成帝の寵愛を受けた。そんな彼女を大切にしていた成帝は、ある日、皇帝が使用する小さな輿に一緒に乗ろうと誘った。しかし班婕伃はそんな成帝のロマンチックな提案を拒絶しこう言った。

> 古えの絵図を観ますと、賢聖の君はみな名臣がその側に乗っていますが、三代の末の君主では、愛人が同乗しています。いまわたくしに乗れとおっしゃいますのは、これに似ていないと言えますでしょうか。
>
> ―『漢書８　列伝Ｖ』ちくま学芸文庫

成帝は端然とした班婕伃の言葉に従い、彼女は太后から称賛された。班婕伃が言及した三代の最後の君主とは、かの有名な桀《けつ》・紂《ちゅう》・幽王《ゆうおう》である。最後まで君主の傍らを守った末喜《ばっき》、妲己《だっき》、褒姒《ほうひ》は、君

主を破滅に導き王国を滅ぼした悪徳の女人に描かれている。漢の劉向は『列女伝』を編纂し、この三人を破滅を招く災いの女人という意味で「孽嬖伝」に入れた。こうして彼女らは、その後「孽嬖」という文字の監獄に閉じ込められた。

司馬遷は『史記』で桀王が末喜のために追放されたと書いたが、末喜に関する記述は数行の短い描写が、すべてと言っても過言ではない。彼女に対する証言はむしろ後代になるほど増えている。短く貧弱な文章の間隙は、想像力の育つ好ましい土壌となり、彼女に対する描写は若葉のごとく生い茂った。その結果、彼女は悪女として後世に伝わることになった。

『史記』には妲己と褒姒の話が詳しく説明されている。司馬遷は躊躇することなく、妲己と褒姒の描写に多くの紙面を割いた。あたかもそれが歴史の重要な教訓とでもいうようにである。

紂王の女、妲己

妲己は殷王朝の最後の王である紂が愛した女性だった。司馬遷は『史記』の「殷本紀」で、紂王は彼女の言うことなら何でも聴き入れたと証言している。妲己に関する具体的な記録がないため、彼女の魅力が何であったのかは正確には分からない。しかし、彼女が紂王の心を「動かすことのできる女性だった」ことだけは確かである。

妲己を愛し、妲己の言うことなら何でも聴いた。

—『史記１、本紀』「殷本紀第三」ちくま学芸文庫

妲己が何かを要求したとの記録はないが、後に彼女は周の武王が

紂王を攻める決定的なきっかけを与えた悲劇の女性となる。酒色に溺れて道理を顧みない紂王を征伐するために集まった諸侯と兵士に、武王は声を上げた。武王は妲己に対する非難を出征の理由とした。武王は妲己を、輝かしい殷王朝を終わらせた張本人として非難した。紂王は美女のために自分自身だけでなく、家族や王朝までも滅ぼした不運の人物として描かれている。

優れてはいたが傲慢だった紂王

紂王は本当に妲己のために破滅したのだろうか？　そうかもしれないが、歴史の記録は少し異なっている。司馬遷は『史記』の「殷本紀」で、紂王は聡明で力も強く、臣下の諫言が必要ないほど賢く、仕事もうまくこなしたが、性分に問題のある人物であると書き表している。

> 帝紂は天性能弁で行動敏捷、見聞にさとく材力人にまさり、手で猛獣をたおすほどであった。悪知恵があって諫言でも反対にやりこめることができ、口も上手で悪事を善事と言い飾ることができた。自分に能力があるのをほこり、天下に誰も及ぶものがいないと高ぶった。酒が好きで溺れるほど飲み、女にたわむれて妲己を愛し、妲己の言うことなら何でも聴いた。
>
> ―前掲『史記１、本紀』「殷本紀第三」

しかり！　紂王は自分の過ちを隠せるほど口がうまく、自分に能力があることを誰よりもよく心得ていたので、それを誇示したがる王だった。さらにそうした人物特有の、他人は自分より劣っていると考える傲慢さがあり、「酒、歌舞、女」をことさら好んだと伝えられている。彼の才能のひらめきと創造性は意外なところで発揮さ

れた。彼は今でも酒色に溺れて道理を顧みないことを意味する「酒池肉林」という言葉を生み、炮烙《ほうらく》という刑罰を新設した。

……神霊もないがしろに大勢の者を集めて沙丘に遊楽した。酒をそそいで池とし肉を懸けて林とし、男女を裸にして、その間に駆けさせ、長夜の酒宴を張った。天下の者は怨望して諸侯の中にもそむく者があった。すると紂は罪を重くして炮烙の刑（銅の柱に油を塗り炭火を下に焚いて罪人にその上を渡らせ焚死させる刑罰）を設けた。

—前掲『史記１、本紀』「殷本紀第三」

紂王は退廃的なパラダイス「酒の池と肉の林」と、生きた人間同士の凄惨な悲鳴が絶えない地獄を作った。『列女伝』では炮格の刑を、より刺激的な「炮烙」と名付け、この刑罰に対する説明を付け加えた。炮烙の「烙」は「火であぶる」の意味である。炮格（烙）の刑は、油を塗って滑りやすくした銅製の丸太を燃え盛る火の上に渡し、罪人にその上を歩かせる刑罰だった。銅製の丸太の熱さに耐えられない罪人が、火の中に落ちて燃えるにおいと、むごたらしい悲鳴が王国を埋め尽くした。

そんな君主を見つめる臣下の心は黒く燃え上がった。国王の心を入れ替えさせようと、九侯は自分の美しい娘を王に捧げた。だが教養高い九侯の娘は、酒池肉林に溺れた王の心を変えることはできなかった。むしろ彼を怒らせてばかりいた彼女は死に追い込まれ、紂王は九侯を殺害し、その肉を削いで塩漬けにした。衝撃と憤怒から抗議した鄂侯もまた塩漬けの刑に処せられた。

妲己は破滅の花なのか？

紂王の悪事は人々の我慢の限界に達した。九侯、鄂侯とともに三

公を務めた西伯昌の息子である武王は、紂王の悪事を終わらせようと決心した。そして「太誓」を作成し兵士に出征の理由を説明した。

> 殷王紂は、婦人の言を用いて、自ら天命を失い、天地人の正道を壊し、王父母弟（祖父母の族）を遠ざけ、祖先の楽（音楽）を棄てて淫楽をつくり、正音を乱して婦女をよろこばせた。
>
> ―前掲『史記１、本紀』「周本紀第四」

ほかにも様々な理由があるが、武王は紂王の女を重要な要因と見なした。武王の「太誓」には紂王がこれほど残酷になった理由は、愛する女の言うことだけを聞き、その女のために淫楽を作ったためと書かれている。「雌鶏歌えば家滅ぶ」という古いことわざは、妲己のために準備されたようなものだった。武王は紂王が酒色に溺れて道理を顧みなくなったのは、彼女のためだと声を上げた。紂王は最後には首を切られ、妲己はこの悲劇のなか、みずから命を絶った。

妲己は後代の挿絵では、尻尾を九本もつ美人と描かれている。美しいが邪悪で怪しい女性、そのため彼女は本物の妖怪なのではないかと疑う者もいた。しかし司馬遷の証言によれば、酒色に溺れて道理を顧みなかったのは紂王自身だった。漢の劉向は彼女が炮格の刑を見て「笑った」という言葉を付け加え、彼女に悪女のイメージを植え付けた。男性が文字の権力を独占していた時代だったため、彼女は自分を弁護することも、守ることもできなかった。紂王の破滅を妲己のせいにして、いまだに彼女をそれほどまでに厳しく非難するのは、魔法にかかったように美に魅了された男性自身の、破滅感のもうひとつの表現にほかならない。

江戸時代の画家・葛飾北斎が描いた妲己、「九尾の狐」に変身した姿

一笑千金、褒姒

笑顔の対価

「烽火を上げろ！　諸侯を招集しろ！」

威厳ある国王の命令、そして燃え上がった烽火だったが、誰も助けにやって来なかった。結局、敵の前で自分の身を守ることさえできなかった悲運の王。幽王《ゆうおう》は愛する女性のために、烽火を上げることの重大さを忘れてしまった。彼の別名は「狼少年」である。

紂王《ちゅうおう》は妲己のために王朝を破滅させた。そんな紂王を処断した武王が建てた周王朝の十二代の王が幽王である。妲己と紂王にまつわる悲劇を呼び起こすには、あまりにも長い時間が経過してしまったかもしれない。幽王は名前こそ「褒国の女」という平凡極まりない意味の褒姒を寵愛した。美しい女性として知られているだけで、彼女の容姿と性格についての具体的な記録はない。

だが幽王はその女人に深くのめり込んだ。彼女は他の女性とは異なり、笑うこともなく、終始、何事にも無関心な態度を持していた。幽王はそんな彼女の姿にやきもきし、彼女の前では幽王も一人の男にすぎなかった。彼女を幸せにできるなら何でもする準備ができていた。そしてついに幽王にその機会がやって来た。褒姒が息子を産んだのである。幽王は王妃の申后と太子の宜臼を廃位させ、褒姒と彼女の息子にその地位を与えようとした。

> 幽王は褒姒（褒は国名、姒は褒国の姓で褒姒は褒国の女の意。これが名前に通用したのである）を寵愛した。褒姒が子の伯服を生んだので、幽王は太子を廃そうとした。太子の母は申侯の女で、幽王の正后であったが、その後、幽王が褒姒を愛して申后を廃し、あわせて太子の宜臼をすて、褒姒を后とし伯服を太子としようとしたのである。

―前掲『史記１、本紀』「周本紀第四」

歴史において太子が変わる事件は数多くあるので、目新しさはないが、興味深いのは褒姒が何も要求しなかった事実である。王妃が廃位され太子が変わる歴史的な事件は、一人の女性からの愛を渇望した国王の自発的な決定に由来するものだった。

褒姒は王妃になっても相変わらず無口で、息子が太子になっても無関心だった。彼女は無口なだけでなく笑顔もなかった。笑わない彼女の冷たい美しさは、神秘さを倍増させた。「一度だけでいいから！」、幽王は褒姒の笑う姿を見たくて色々と試みたが、すべては水の泡だった。けれども、完全に無駄になったわけではなく、努力は意外なところで実を結んだ。烽火を誤って上げたため、諸侯が急いで駆け付けた様子を見ていた褒姒がついに笑ったのだ。それも大笑いしたのだった。

褒姒はなかなか笑わなかった。幽王はなんとか笑わそうと、いろいろやってみたが、ことさらに笑わなかった。幽王は烽燧《ほうすい》（のろし。昼は烽を燃して火煙を望み、夜は燧を挙げて火光を望む）と太鼓をつくり、寇が侵入して来た時、烽火を挙げて合図としていた。ある時、たわむれに烽火を挙げると諸侯はみな駆けつけて来たが、来ても寇はなかった。これを見て褒姒がはじめて大いに笑った。幽王は褒姒をよろこばそうと、その後たびたび烽火を挙げた。

―前掲『史記１、本紀』「周本紀第四」

幽王も烽火を誤って上げたことが、どんなに致命的な過ちであるかを、はっきり理解していたはずだ。だが褒姒の笑顔は麻薬のようなものだった。彼は自分を正当化し、つじつまの合う理由を探し出

した。

「周の王がそんなことさえしてはならないと言うのか！」

幽王は彼女のために再び烽火を上げた。それを見て慌てて駆けつけた諸侯国の兵士を見て彼女はまた笑った。彼女の笑い声とともに、諸侯の幽王に対する信頼は霧散していった。

幽王の蒔いた不幸の種はひっそりと、だが確実に成長していた。幽王は褒姒のために王妃であった申后を廃位しようとした時に、申后の父が諸侯だった事実を忘れていたのだろうか。幽王は、彼が娘の理由なき廃位にどれだけ憤怒していたか、まだ知らなかった。婿の納得できない行動に腹を立てた申侯は、繒、犬戎とともに幽王を攻めた。切羽詰まった幽王は威厳に満ちた命令を下した。

「烽火を上げろ！　諸侯を招集しろ！」

しかし、もう誰も彼の命令に従わなかった。幽王は驪山で最後を迎えた。褒姒は捕らえられ、もともと太子であった宜臼が王位に就いた。宜臼は平王になったが、国内は平穏ではなかった。彼は北方の民族を避け、東の洛邑へ首都を移した。

彼女に隠された出生の秘密

「褒姒が捕まった！」

国王は死んだが、王妃であった褒姒は死なずに、生きたまま捕らえられた。紂王の女であった妲己は死んだが、幽王の后であった褒姒がどうなったのかについては、憶測が飛び交っている。人々は、彼女は死ななかった、死ぬことができなかったと推測する。彼女は俗世の美人とは異なる「出生の秘密」を抱えていたからだ。彼女の物語は遠い古代の夏王朝にまでさかのぼる。

夏の帝王の庭に神龍が二頭降下してきた。驚き慌てた国王は易を立てた。龍を殺したり、追い出したり、また、とどめておいても不

吉との結果が出た。再び占ってもらうと、龍の漦をもらい保管すれば縁起が良くなると言われた。そこで龍にお供えをして祈願すると、二匹の龍は漦を残して消え去った。人々は龍の漦を箱に収めてその痕跡を消した。時が流れ夏王朝は滅び、殷の時代になったが、恐れ多くて誰もその箱には触れなかった。龍の漦が入ったその秘密の箱は、パンドラの箱も同然だった。長い歳月が流れるにつれ、人々の好奇心は増すばかりだった。

周の厲王の末年に、誰かがその箱を開けた。数百年間、箱の中に溜まっていた龍の漦は光に出会い外に流れ出た。すると直ちに黒い玄黿《いもり》に変わり、国王の後宮に入りこんだ。黒い玄黿は後宮の中にいた女の子に出くわした。彼女は大人になると、男性との接触なしに娘を産んだ。生まれた娘は不吉だとして、すぐに捨てられたが、褒の地に逃げた夫婦によって育てられた。こうして神秘的な秘密を抱えて生まれた少女は、褒姒という普通の名前をつけてもらい、平凡に育つが、のちには贖罪の贈り物として周の幽王に捧げられもした。彼女は最終的に、もともとの出生場所である後宮に戻ってきたのだった。

褒姒は美しかったが決して笑わなかった。彼女のために幽王がおこなった健気で涙ぐましい努力は、最後は破滅という悲惨な結果に終わった。一人の男性が女性のために尽くした純情な努力は、後世の人々に厳しい教訓を残す「他山の石」となった。彼は国を失い、命を失う瞬間に、やっときれいな女性に溺れてはならないと悟ることができた。いや、死ぬ瞬間まで、彼は後悔しなかったのかもしれない。

ひとつ気になるのは、男性は何も考えずに美人に溺れながら、その罪をなぜ女性に着せるのかということである。紂王は傲慢で、幽王は自分に何も要求しない褒姒の前で烽火を上げたりもした。だが

男性はみずからの愚かさについて、相変わらず沈黙している。「仕方なかった」との反論は、自分の欲望を抑えられなかった彼らの遅すぎる言いわけにすぎない。

長安のラブストーリー

絶世の美女として知られる妲己や、褒姒の美貌に魅了された男性には罪がないとも言えるが、彼らが国王であったことが深刻な結果をもたらした。紂王は殷王朝の終焉を告げた不幸な最後の王であり、幽王もまた西周時代を終わらせる王になった。現代の視線で見ると、妲己と褒姒は「ファム・ファタール」（運命の女）も同然である。抗いがたい魅力で男の魂を魅了し、ついには国を滅亡に導いた彼女らは、ずば抜けて美しかったのだろう。

だが彼女らは「美人の代名詞」というよりは、「悪女」の汚名を着せられ、実際にそう呼ばれている。

妲己と褒姒は長きにわたり、男性に恐れとときめきを与える名前だった。男性は女性のせいで失敗したり破滅に至った場合、その女性を「妲己」や「褒姒」に比肩させた。そして、それは常に人々をうなずかせる見事な言いわけになった。千余年前に魅力と恐れの間で、心が千々に乱れた長安の書生がそうだったように。

唐の有名な詩人で伝奇作家であった元稹は、美しい女性と愛し合った自分の恋愛経験を『鶯鶯伝』という物語に完成させた。多才な男性、張生と鶯鶯という名の美女との交際は終末を迎えた。愛の未完は科挙に合格した元稹が、家柄の良い女性と結婚するために、彼女を捨てたことに始まる。主人公の張生は彼女に申し訳ないとは思わなかった。彼はむしろ、美女によって破滅に向かった数多くの人物の悲劇的な歴史を回顧しながら、自分は災難の種を取り除いたと自慢げに告白した。

大体において、天がすぐれた女性に下す運命というものは、自分の身に災いが降りかからない時は、必ずその女性とかかわりのある人物に災いが降りかかるのである。もし崔の娘が、富貴の運に巡り合い、貴人の寵愛を受ける勢いに乗るならば、雲や雨にならないのであれば、蛟とか竜となって、私は彼女がどんなに変化するか見当もつかない。昔、殷の紂王や周の幽王は、百万の軍を持つ大国を土台にして大した勢力であった。しかし、一人の女性がこれを滅ぼしてしまうと、その軍隊はくずれてゆき、天子は殺されて、今に至るまで天下の笑い者となっている。私の徳はこうした災いに勝つことはできない。だから、その女性への気持ちをなくしてしまったのだ。

―『新書漢文大系 10、唐代伝奇（新版）』元稹撰「鶯鶯伝」明治書院

元稹は張生の口を借りて美しい女性の持つ破壊的な力について語った。元稹は紂王の傲慢さと酒色に溺れて道理を顧みなかったことや、幽王の愚かさについては何も言わずに、歴史の悲劇は妲己と褒姒が元凶であると述べた。心から愛し合った恋人を、最後には顧みなかった申しわけなさを、物語を通じて謝罪しようとしたのかもしれない。元稹は自分自身を破滅に導くほどの美しさを受け入れられなかったと述懐し、彼の告白に一同は感嘆せざるを得なかったという。

彼は科挙に合格してから、家柄の良い女性と結婚するために恋人を捨てた自身の卑怯さを最後まで語らなかった。さらに時が流れても、彼女を心のうちから完全に消すことはできずに、彼女の夫に遠い親戚という口実をつけてまで、彼女に会いたいと頼み込んだりした。すでにほかの男性の妻になっていた鶯鶯は、詩を作って彼の頼みを断わった。「あの時は嫌だと言って捨てたのに、今になって未

練ですか？　今の奥さんを大切にしなさい！」という鶯鶯のストレートな答えに、張生は恥ずかしくなり顔を真っ赤にしたことだろう。

> 棄てられた身には、何も言うことはありません。かつてあなたとの交わりは、私のほうからしかけた恋ですもの。
> どうか今は、かつて私にお示しになつたあたたかいお心で、目の前におられる人（張生の今の妻）を愛していただきたいと思います。
>
> —前掲『新書漢文大系 10、唐代伝奇』「鶯鶯伝」

若き日に華やかな恋愛をした二人は、それぞれ別人と結婚して平凡な日々を過ごしているように見える。元稹は美しい女性を露骨に「災難の種」と貶めて非難したが、彼女は決して災難の種ではなかった。振り返って考えてみると、張生もやはり鶯鶯のために、自分の身分を顧みず無理やり一線を超えた。そうして手にした出会いを甘くうっとりと受け入れた。ただ彼女の美貌の前で、礼儀や掟を守れなかった彼に、さらに大きな魅力として迫ってきたのが、立身出世の欲望と安楽な未来だった。災難の種は彼女の美しさからではなく、彼自身の欲望にあった。男性は女性の美しさを責めるに先立ち、自分自身の欲望を見つめるべきなのだ。

美の罪

美女と妖怪の間

美女に対して人々が持つ感情は実に多様である。男性は先を競って美女を見たがり、彼女らと交わることを望んだ。容姿に恵まれなかった女性は、終わることのない嫉妬心に襲われた。人間を一瞬にして麻痺させる力、恋い慕う思いを持続させる力は、人に矛盾した感情を持たせる。それは限りない憧れと、ぞっとするような恐怖心である。

朝鮮王朝時代に、美しい容姿によって「妖怪」なる汚名を着せられ、悲劇的な生涯を送ることになった一人の女性の話が伝えられている。粛宗時代に礼曹判書を務めた呉挺昌には二人の美しい娘がいた。いくら隠していても美貌は最後には知られてしまうものだ。人々の口から口へと伝えられた姉妹の美貌は、とうとう粛宗《しゅくそう》の耳にまで入り、長女は粛宗の側室になった。

呉挺昌は次女の結婚相手を探している最中に、鄭漢柱という青年の名前を耳にした。参判を務めていた鄭鑰の孫だった。人をやって調べてみると、容姿も優れ教養も高いとの噂のため、多くの家々が

狙っていることが分かった。呉挺昌は焦って次女と鄭漢柱との結婚を急がせようとした。

呉挺昌の娘（呉氏）と鄭漢柱は、いちども顔を会わせることもなく夫婦になった。当時の慣例に従い鄭漢柱は妻の実家で婚礼を行い、その後にやっと妻の顔を見ることができた。それまで東学で聖賢の教えと文筆に専念してきた鄭漢柱は、妻と顔を合わせてから異なる世界があることを知った。妻の美しさを通じて出会った世界は、華麗な美辞麗句を散りばめた聖人の言葉や教訓では、決して味わえない境地だった。彼は一瞬たりとも美しい妻のそばを離れたいとは思わなかった。

翌日、実家には鄭漢柱が科挙に首席で合格したとの吉報まで舞い込んできた。鄭漢柱はもはや世界中の誰もうらやましいとは思わなかった。世界で最も幸せな者がいるとすれば、それはまさに自分だと考えた。科挙を首席で合格した男、世界で最も美しい妻を持った幸せな男、鄭漢柱ははち切れんばかりの喜びを抱いて実家に帰った。やがて人々のうわさ、嫉妬、ねたみが影のように若い夫婦に付きまとった。鄭漢柱は妻とともに祠堂に赴き、先祖に挨拶を捧げた。心から感謝の気持ちがあふれ出るのだった。続いて祖父にあたる鄭鑰に挨拶をしようとすると、鄭鑰は孫の嫁の顔を見ると驚きの声を上げた。

「これからは孫の嫁がわが家の災難になるだろう。あまりにも美しい女のことを傾国美人と言う。国を滅ぼすと言われているから、一家を滅ぼすことぐらいは朝飯前だろう。こんな妖怪を連れてきて、わが一族をどうするつもりなのか！」

鄭鑰は最後まで孫の嫁からの挨拶を拒んだ。抜きんでた容姿のために妖怪とまで言われたうえに、きちんと挨拶もできないまま席を立つしかなかった呉氏は、部屋に戻ると声を潜めて静かに泣いた。

鄭漢柱は時間が経てば解決するだろうと、傷ついた妻を慰めることしかできなかった。だが新婦に対する鄭鑰の憎しみは時間が経つにつれ深まっていった。彼女も日に日に物思いにふけるようになり、唯一の慰めは夫の変わらない愛だった。

「庚申換局」が起こり、政権が覆ると情勢は激しく揺れ動き、多くの血が流れた。早々と長女を粛宗の側室に送った権勢家の呉挺昌も例外ではなかった。呉挺昌は謀反を企てたと問い詰められ、過酷な試練を経験することになった。すると鄭鑰は、これらの不幸はすべて新婦の美貌のためだと主張し、孫に勢い込んで妻を追い出せと命じた。謀反事件に自分の家門が巻き込まれることを恐れたのである。ほかの家族も、家門のために妻と離縁してくれと、昼夜を問わず鄭漢柱に頼み込むのだった。

「ああ、私だけの問題ならよかったのに！」彼は家門についてあれこれ言う家族の前で、これ以上、我を通すことはできなかった。最後は妻に少しの間だけ離れて暮らそう、必ず迎えに行くからと、あてのない約束をした。半強制的に婚家を去ることになった妻は、島流しにされる実父の世話をすると言い残して去っていった。鄭漢柱は世間から見放された二つの魂を力なく見つめるしかなかった。けれども、彼はこれが最後になるかもしれないとの思いから、妻の後を追うことにした。歩みは遅く日は短かった。彼は変わらぬ気持ちで根気強く妻の後を追いかけ、ついに妻に追い付くことができた。二人は感動にあふれる再会を果たした。

だが、呉挺昌は配所の珍島に行く途中に再び連行され、父親とともに配所に向かっていた妻はまたも独り取り残された。彼女は頼りにするものが何もなくなった。夫に自分を捨てないでほしいと涙ながらに訴え、必死に頼み込んだが、彼はまともに答えることができなかった。この世界で独りぼっちになった寂しさと孤独感、悲しみ

に苦しんだ彼女は、とうとう夫が寝ている間に首を吊り、自分の人生に終止符を打った。夫の後悔と熱い涙も彼女を救うことはできなかったのだ。

家門のために妻を捨てねばならなかった鄭氏一族、最後までその言葉に逆らうことのできなかった若い夫、鄭漢柱の人生はハッピーエンドだっただろうか？　彼は科挙に首席で合格したが、高い官職には付くことはできずに、若くして亡くなったという。鄭漢柱の不幸、彼の短い人生について、人々はあれこれと解釈をした。ある人は妻をあまりにも恋しがったあまり病気になったと言い、またある人は妻の魂が彼を連れて行ったと主張した。

昔の人の話と記録からは、寂しさと辛さの中で死を選択するしかなかった彼女への同情よりは、高い官職に就くこともできず、若くして生涯を終えた鄭漢柱を気の毒に思う様子が見て取れる。さらに若い妻については、最後まで自分の願いを聞いてくれなかった夫を、あの世に連れて行った冷たい魂として記憶されてもいる。

誰も手にすることのできない美しい容姿を持って生まれた若妻の幸せ、天女のように美しい妻をもらった鄭漢柱の幸せ、望んでも誰もが得られるわけではない祝福を受けた美女の幸せは、人々の言葉によって災いへと変わった。人々の言葉で美女は妖怪にもなる。若妻の物語のなかには、誰も持つことのできなかった美貌を授かった女性、その女性と結婚した男性の不幸に対して、憧れと恐れを持って眺める視線が行き交っている。

美しすぎて

歴史や小説に登場する女性、黄真伊《ファン・ジニ》は、朝鮮中宗期に黄進士の妾の子として生まれたことで知られている。生まれた時から並外れた美貌の持主だったため、彼女に関する多くの話が今日まで残され

ている。美しく成長した黄進士の娘は、思いがけない事件から妓生の道を選択することになる。彼女に一目惚れした隣家の青年が恋焦がれて、ついに死に至ったとのうわさを聞いた黄真伊は、人々が止めるのも聞かずに上着を脱ぐと、青年の棺の上にかけてやった。すると、それまで動かなかった棺が動き出すという新鮮な経験をした。彼女は、美しさは祝福であるだけではなく、時には誰かを死に至らせる刑罰であると悟った。

> 彼女が生まれた際に、部屋には不思議な香りが立ち込め、三日の間消えなかったという。部屋から三日間も奇妙な香りがした。黄真伊は素晴らしい容姿を持って生まれた上、文才にも恵まれた。
> 彼女が十数歳になった時に、隣家の青年が偶然彼女を見て恋に落ち仲良くなろうとしたが、かなわなかった。青年は、このために病気になり亡くなってしまった。棺が黄真伊の家の前に達すると全く動かなくなった。青年が病気になった時からすでに彼の家族は知っていたため、人をやって黄真伊の上着をくださいと懇願した。上着を棺の上に掛けると、停まっていた棺が動き出した。
>
> —金澤榮「韶濩堂文集定本」

生まれた時から奇妙な香りに包まれていた彼女は、ほかの妓生とは異なり華やかな服を着たり厚化粧をすることはなかったが、その美しさは他の妓生とは比べようもなかった。黄進士宅の奥にある閨房で学んだ話術と文才は、彼女の美しさを持続させる秘訣でもあった。

黄真伊の美貌と才能を認めた者のうちに、開城の地方官だった宋公がいる。開城に赴任して初めて迎えた節句に、彼の部下は人々を招待して小さな宴会を催した。風流といえば宋公、そんな彼は黄真

伊の姿を見てすぐにただならぬ女性と気づいた。彼は知らぬ間に「名不《ミョンブル》虚《ホ》伝《ジョン》」（さすが、名に恥じないという意味）という誉め言葉を口にしたことだろう。だが彼のこの言葉は惨憺たる事件を呼んだ。二人の様子をのぞき見していた宋公の妾は、髪を振り乱して戸を蹴飛ばしては出入りし、当然ながら宴会は混乱して客はあわただしく席を立つ始末になった。

> 黄真伊は容姿と才能が秀でているうえに歌まで上手で、人々から天女と称えられた。開城の地方官である宋公が赴任したばかりの頃、ちょうど節句があり、郎官らが官衙で彼のために宴会を開いた。黄真伊もこの席に出たが、美しい容姿に立ち振る舞いまでこのうえなく洗練されていた。宋公は風流のある人物なので、黄真伊を見て普通ではないと分かった。周りにいる人々にこう言った。
> 「名不虚伝だ！」
> 宋公の妾もまた関西では有名だったが、戸の透き間からこの場面を見て言った。
> 「本当に美人だわ。あ！　私の出番は終わったのね」
> そう叫ぶと裸足で髪の乱れたまま戸を蹴って飛び出すことを繰り返した。宋公は驚いて立ち上がり、同席の客もみんな帰って行った。
>
> —李徳洞「松都記異」

宴会を台無しにしたのは黄真伊の美しさと宋公の賛辞だった。関西で有名な宋公の妾が黄真伊を盗み見てからの感情的な反応は、黄真伊の持つ美しさが、決して他人が真似できるものではないことを示している。

韓国の昔の小説にも、多種多様に描かれる黄真伊の美しさは、容姿だけを指すものではない。広く知られているように、儒学者、徐

敬徳との交流、女性でありながら金剛山を遊覧したこと、実に三十年間も面壁（座禅）していた修道僧の知足禅師を破戒させたこと、李士宗との短い人生のひと時は、彼女の自由奔放でありながらも、哲学的な生涯の一コマを示すものだった。はからずも隣家の青年の死から始まった妓生としての人生、彼女の美しさは、人々の羨望と賛辞の裏側に濃い影を落とすものだった。男性の理性を麻痺させ、女性には病的な嫉妬を引き起こす究極の美しさは、彼女から平凡な人生を奪い続けた。あまりにも美しすぎたため、かえって平凡な歳月を手に入れることができず、疲れてむなしい人生を終える瞬間に、彼女はありふれた葬儀を拒否した。

私が死んだら布や冠をかぶせることなく、遺体を古東門の外の砂浜に置いて蟻や狐に貪らせてください。世の中の女性らが黄真伊の身体を戒めとするように。

—金澤榮、前掲書

遺体を蟻や狐の望むままに、との彼女の言葉からは、ある青年の死から始まった思いがけない人生の苦しさがにじみ出ている。死ぬ瞬間まで人々の視線が交差する身体、長い間、何度も人々のうわさに上った彼女のつらい人生をうかがうことができる。

周の武王は、酒色に溺れて道理を顧みない紂王を征伐するための名目として妲己を挙げ、唐の元稹は『鶯鶯伝』で「大体において、天がすぐれた女性に下す運命というものは、自分の身に災いが降りかからない時は、必ずその女性とかかわりのある人物に災いが降りかかるのである」と言い、自分の卑怯な行為についての言い訳をした。だが、男女に関係なく、花のように美しい人に視線と心を奪われ、悲劇で終わる物語は現在でも相変らず続いている。

美しさは祝福なのか、あるいは罰なのか？「ファム・ファタール」と呼ばれるほど美しかった妲己、褒姒、鶯鶯、呉氏、そして黄真伊が避けられなかったつらい生涯の理由を、生まれ持った美しさのゆえとしなければならないのか、彼女らを見て分別と心情を抑制できなかった男性のゆえとすべきなのか、知りたくてならない。彼女らが望んでいたものも、やはり、幸せな人生であったはずだから。

老いは自然の理《ことわり》

ゆるやかな誘い

第4章

老い、刑罰と祝福の間

老人は、ただ自然のままなのだ
若い君たちがもつ美しさが自然であるように。
君たちの若さが、みずからの努力で得られたものではないように、
老人の皺も、みずからの過ちによって招いたものではない。

―朴範信『ウンギョ』

時に、若さは美の同義語として解釈される。一七歳の少女を愛した老詩人は、屈託のない少女のはつらつとした若さを目の当たりにして、若さが努力によって得られたものではないように、老いもみずからの過ちに対する罰ではないと繰り返しながら、自分を慰めるしかなかった。しかし、こうした心理的な慰めは、すぐさま肉体的な衰えという巨大な城壁にぶち当たった。ありとあらゆる病に埋め尽くされた老人の容貌は無残だった。

ガリガリに痩せてくっきりと浮き出た骨格、シミだらけのイ・チョギョ詩人のすぼまった口元とまばらな白髪、井戸のように落ちくぼんだ目が浮かんだ。老詩人は歳月の痕跡が縦横に織り込まれた生気のないムシロのような肉体をかぶり、ただ一つ生存している明るいまなざしを窓ガラスに向けていた。

―朴範信、前掲書

炎天下のカエルのように
干からびた四肢、ひなびた乳房

まぶたは雲母のごとく、眼球を覆い
木の節目のような口
まるで、お前の若さを私にちょっとだけ分けてくれ、
とでも言いたげに。

―黄仁淑『夢幻劇』

生気を失って衰えていく肉体は死へと向かう。老いは罰ではないとの抗弁も時間の前では無力なのだ。決して分かち合うことのできない若さを渇望するような老人のまなざし、それは美しさとは程遠い。

「肉体のムシロ」と化したハリのない皺だらけの肌、歯がすっかり抜けて腰が曲がった姿は、人々の恐怖の対象にもなり得る。だから、西洋の童話ではおばあさんが強欲な老婆、思いやりのかけらもない老女として描かれたりもする。細く突き出た顎に気味の悪い笑みを浮かべ、恐怖を抱かせる彼女の名は魔女。老いていくのは、時にこのようにおぞましいことでもある。誰もが望む長寿、長生きは祝福ではあるが、手放しで喜んでばかりもいられない。長寿の陰には老いが必ず潜んでいるからだ。

しかし、人は青春や若さ以外にも、美を「感じる」。謙遜、美徳、善良さのような美徳は、人を美しくする根源になる。外見的な美とは関係なく、人々から愛された説話の中の女神や女性たちは、様々な形の審美感を見せてくれる。

ひと目で人を魅了するほどの美貌ではなくても、美徳と慈愛が彼女らの美しさをより輝かせる。時が経つほど想像力や名声が膨らみ、ついには生きた女神となった女性たち。これから紹介するソルムンデハルマン、三神ハルミ、麻祖はそんな女神たちである。

ハルミたちの饗宴

若さや青春とは反対に、「老い」は人の心を徐々に豊かに彩っていく。人々はこのような美しさに「本質的」とか、「真正な」などの修飾語をつける。これはある種の美しさが別の美しさに分離される過程でもある。固定観念をほんの少し取り除けば、多種多様な美しさに出会うことができる。

韓国の神話には、「ハルモニ」「ハルミ」「ハルマン」(いずれも老女の意味) などの名称を持つ女神が多い。三神ハルモニ、開陽ハルミ、スジョンハルミ、タジャグハルモニ、ソルムンデハルマン、麻姑ハルミ、セギョンハルマン、靈登ハルマンなどである。このなかにはひとりで、いくつもの名前を持つ女神もいる。呼称から推測できるように、彼女たちは老女である。「ハルモニ」は「ひとりのオモニ」という意味で老婆ではない、だから今なお美しい女神、聖母であると主張する者もいるが、私たちの脳裏にはハルミやハルメの姿でしっかりと焼きついている。だから、語源まで分析して事細かに説明しても、人々は彼女たちを文字どおり老婆と思い込み、そう記憶している。

実際のところ老婆だからといって、美しくないわけではない。美

しさは若さの上にのみ成立するものではないからだ。「美しさは心で楽しむもの」と王弼が語ったように、朝鮮神話のハルミとハルマンからは、温かく穏やかな美しさの一端を見出すことができる。

素朴な巨人の女神、ソルムンデハルマン

貧しくも逞しい、はにかみ屋の巨神

八百万《やおよろず》の神の故郷、済州島。名称、性格、来歴の異なる神が住む済州は、女神の島でもある。痩せた土地で閉ざされた島という環境のなかで、生きていかねばならなかった島民の話が詰まった済州の神話には、しとやかできれいな女神よりも、気丈で逞しい女神が多い。そのなかに、チャチョンビ、カムンジャンアギ、ペッチュトなどの若くて個性豊かな女神に取り囲まれても、決して存在感を失わない年配の女神がいる。その名は「ソルムンデハルマン」である。

美しい済州島の各地に彼女の痕跡が残っている。ところが興味をひくような物語はほとんど見当たらない。ハルマンの物語は、ほんの僅かな説話として残っているだけだ。それもハルマンがかくかくしかじかの仕事をしたとの大まかな話ばかりで、中身を検証してみると、この女神に対する島民たちの愛と親しみが読み取れる。

済州島に光と闇が交叉していた頃、巨人ハルモニがいた。巨大な体を持つ彼女はせっせと世界を創造し、済州島の多くの場所が彼女の手で作られた。彼女がすくい取った土がこぼれて漢拏山になり、途中でこぼした小さな土の塊がオルム（寄生火山）になり、彼女のおしっこが海峡になったというほど、とてつもない威力をもつ女神だった。済州島を両足の間に置いて洗濯をしたというから、どれほど大きかったかは想像に余るほどだ。

どうやらハルマンは、女神ではあるが、人間に対して威圧的だっ

済州島東部にある渉《ソッ》地《チ》岬《コジ》(上)
漢拏山水長兀(下)

たり残酷だったりする、ありふれたタイプの神ではなかったらしい。ある日、島民が彼女に陸地までとどく橋を架けてほしいと頼み込んだ。それは彼女にとってたやすいことだったが、彼女は返事を渋ったあげく、思いがけない提案をしてきた。何と自分の下着を一枚つくってほしいと要求したのだ。島民は彼女の下着の素材として、絹織物百反を集める作業に取りかかった。絹織物一反が五〇疋だから、彼女の下着を拵《あつら》えるにはなんと五千疋もの絹織物が必要だった。しかし、島民は九九反までしか集められず、とうとう下着を完成させることはできなかった。こうして済州島は、橋のない島として現在に至っているというのだ。

彼女にまつわるもう一つの物語がある。彼女にはソルムンデハルバン（ハルバン：お爺さんの意味）なる連れ合いがいたが、巨人夫婦はいつも空腹だった。ある日、ハルバンは彼女にいい考えがあると告げ、自分が魚を追い込んでくるから島の端で足を広げて座っているようにと命じた。彼が男根を揺さぶって巨大な潮の流れをつくると、それに押されて魚たちが彼女の子宮の中へ吸い込まれていった。そうして捕まえた魚は巨人夫婦の腹の中に収まった。

彼女が座った場所はその巨体に押されて絶壁となり、ハルバンが作った巨大な波の痕跡は今も残っていて、満ち潮と引き潮が行き交うたびに神秘的な美しさを見せてくれる。彼らが空腹に駆られて漁をした神話的空間は美しい絶景として残っている。彼女が両足を広げて魚を捕まえた場所は、映画やドラマの背景によく使われている渉地岬《ソッチコジ》である。巨人夫婦の暮らしの一コマを垣間見せてくれるこの岬は、ソルムンデ岬とも呼ばれている。

背丈の高さに自信があったハルマンは、よくそれを自慢したがった。島民が龍淵渓谷の水が深いと言えば、彼女はすぐに出かけて浸ってみたが、やっと足の甲に届くだけだった。興里の水が深いと

いう話を聞きつけると、またもや出かけて足を踏み入れてみたが、やはり彼女の膝までしか達しなかった。ある日、島民から漢拏山にある水長兀《ムルチャンオリ》（オルムの噴火口にできた池）こそが深いと聞かされて、早速出かけて湖に足を入れてみた。

ところが、どうしたことか、足が吸い込まれるように沈んでいく。私はハルマンだ！　済州島の沖で洗濯をしていた巨人ではないか。彼女は深みにはまっていくのを知りながら足を抜かなかった。彼女の足と膝を引き込んだ湖は、ついに彼女を完全に呑み込んでしまった。

そして何と、島の中にあるちっぽけな湖に嵌まり死んでしまった。人々は、彼女が背丈自慢の果てに水に溺れて死んだと言ったり、五百人もいた息子たちに食べさせる粥を煮ていて、誤って釜に落ちて亡くなったとも言ったりした。その一方で、彼女の死そのものは否定しないものの、神様だから絶対に死ぬはずはないと信じてもいる。漢拏山の山頂にある水長兀の枯れない湖水、巨人の彼女をまるごと呑み込んでしまったその湖は、彼女の永遠の存在を物語る生き証人なのだ。

島になった彼女に捧げる歌

女神でありながら、自分の暮らしぶりをありのままに見せてくれた彼女の痕跡は、今も済州の漢拏山、オルム、渓谷や奇岩に残っている。済州の人々の暮らしは、彼女が残した痕跡の上に花咲いた。詩人文忠誠《ムン・チュンソン》は作品「ソルムンデハルマン」において巨人の女神である彼女の生涯をこんな風に歌っている。

1
天と地が創造された日に

済州の海が生まれ
海の中から炎の島、済州島が現れた
島にはソルムンデハルマンが住んでいる
ハルマンは、島をこの世の極楽にしようと思い立ち
平たい島じゃつまらんと
チマでせっせと土を運び
島の真ん中に山を作ったとさ。
チマの破れ目からぽろぽろこぼれた土が集まって
あちらこちらにオルムもできた。（中略）

3
五百人の息子を育てるために、
下着も付けずに、一張羅のチマチョゴリを着ていたが
ある日、木綿で下着を一枚作ってくれるなら、
本土まで橋を架けてやると約束した
島民は異なる世界を見たさに
喜び勇んで木綿をせっせと集めて下着を作り始めた
済州の海の向こうにはどんな世界があるのだろう。
桃源郷離於島か、離於島があるのかな
貧しい島民たちは、木綿が１反足りなくて
島中の木綿をかき集めたが
とうとう仕上げることはできず
済州の海を渡る橋の夢は粉々に、はかなく破れて海の藻屑となったとさ
済州島は永遠に島のまま、貧しさとため息の地となった
ハルマンは、漢拏山を枕に横たわり
海に足を突っ込んで、つらい渡世のごとき波をたて

その荒波に打ち勝つ我慢強さも育んで
赤貧洗うがごとき暮らしに負けてなるものかと
息子を五百人も育てつつ
島民と幸せを分かち合ったとさ
涙はどこから来るのだろう
涙の深い世に対する愛から来る

万物を愛すればこそ、愛される道理を教え
ため息は疲れた体と耐え難い苦しさに耐え抜くためのものだと
ハルマンはため息をつくすべも教えたと

4
ハルマンがさりげなく背丈の自慢をすると
漢拏山の水長兀は底なしだと島民たちがささやいた
あんなに深いと言われた龍淵も足首まで
西帰浦の西興里の興里湖もひざまで浸かっただけだから
それじゃあ胸まで浸かってやるかと
漢拏山の湖にのっしのっしと踏み入った
足首が沈み、足が沈み、胸が沈んで
湖の青い水は、とうとうハルマンの首まで達した
底なしだあ、だんだん抜け出せなくなって
どんどん沈んで、とうとう済州の海のはるか彼方まで行ったとさ
手のひらの皺をほどいて水平線を紡ぎあげ
滾々と豊かな水を湛える湖となった
ついにハルマンは
涙をポロリと流し
この世の生と死の重みを悟ったのさ（中略）

ソルムンデハルマンが粥を煮た釜とされている蓮池

ソルムンデハルマンの石像が子どもを抱いている
済州島「石文化公園」

揺れる済州島を守るハルマンは
島民とはるか昔から生きて来た
伝説になり、風になり、栄誉となり恥辱となり
離於島を夢見る夢になり、歌となって（後略）

高低入り混じった山々とオルムからなる済州島は、ソルムンデハルマンそのものだ。世界を創造した巨人の女神が残した暮らしにまつわる物語は、我々に人生の神秘を語ってくれる。ハルマンによって漢拏山とオルムができたが、時折身も心も疲れ果てた彼女は、漢拏山を枕に横になって眠ろうとした。すると、巨大な彼女の足はザブンザブンと大きな音を立てて済州島の沖に浸かった。時折、済州島を両足で挟み、海水で洗濯をした。ソルムンデハルバンと夫婦になってからは、一緒に漁に出かけたり、島民に下着一枚と引き換えに橋を架けてやると約束したこともある。

今、済州島には彼女が洗濯をしているときに脱げてしまった帽子や、ご飯を炊くとき使った釜や皿が残っている。漢拏山と湖、大小の島々と美しい奇岩怪石は、すべて彼女の暮らした痕跡なのだ。

また、他の伝説によると彼女は粥の中に落ちて死んだことになっている。彼女には五百人もの息子がいたが、ひどい凶作になったある年、息子たちは食べ物を手に入れようと出かけて行った。彼女は息子たちが帰ってから食べる粥を作っていたが、よく煮えているかどうか、のぞいたはずみに、誤って釜に落ちて死んでしまった。そうとは知らない息子らは粥をよそって食べた。

そうして末っ子が最後に残った粥を食べようとすると、大きな骨を見つけて母親が死んだことに気づいた。末っ子は、母親が落ちて死んだとも知らずに、粥を食べた兄たちと一緒に暮らすわけにはいかないと言い残して家を出た。彼は母親を捜しながら石になり、他

の兄弟たちも母を恋い慕いながら石になったという。石と風の島、済州島は、彼女と彼女の息子たちが残した痕跡が色濃く残る島なのである。

彼女が残したもの、もの悲しくも愛にあふれた暮らしの物語

下着と引き換えに島民に橋を架けてやろうと約束したものの、とうとうそれを身に着けることができなかったハルマン、空腹で漁をした巨人夫婦、岩に明かりをともして針仕事をした彼女のつましい姿は、その暮らしぶりがどんなものだったかを教えてくれる。巨人の女神ソルムンデハルマンにまつわる物語は、貧しく、わびしいわれわれの生活そのものだった。

神なのに飢えと隣り合わせの貧しさに喘ぎながら、どん底の暮らしをする彼女の逸話が済州島を支えている。島民にとって、彼女は貧しい暮らしと荒波に打ち勝つ我慢強さ、涙の深さと死の意味を語ってくれる女神だった。「死」で終わった神話の中のソルムンデハルマン。彼女は死後に星にも月にもならず、神になって永遠を約束することもなかった。

ついに死から逃れることができなかった彼女は、島の一部になった。死ぬはずのない神だから、彼女の死は消滅ではなく浸透だったのかもしれない。彼女の日常が作り出した空間で、島民たちはみずからの空間を生きていく。働いたり、結婚したり、食事を作って食べたり、洗濯したりしながら、平凡に暮らしていた彼女の日常は、われわれ人間の日常でもある。死を避けることができずに、またあえて死を避けなかった彼女の生涯は、死の前では平等な人間の有限性を気づかせてくれる。

巨大な女神が日々の暮らしの中で残した痕跡、彼女は平凡な暮らしこそ神聖なのだ、とそっと教えてくれたのだ。

巨人ソルムンデハルマンが残した痕跡は、青い済州島の各地に残っている。しかし、巨人化生神話（巨人が死んだり、変化して天地自然が形成されたという神話）に登場する、体の一部がバラバラになって変化したものではない。彼女が土を運んだり、釜で飯を炊いて食べたり、小便をしたり、子宮で魚を捕まえたりした日常のひとコマが散らばり、島を作り上げたのである。

どれほど長く生きたのか見当もつかない彼女にも、花のように美しい時代があったはずだ。だが人々は、自分の日常をありのままに見せて共有していた頃の彼女の姿を思い浮かべる。彼女は島民の暮らしの拠り所であり、日常を体現したありがたい心の温かい女神である。王弼が美しさとは、心で楽しむものと解したことを改めて振り返ってみると、巨人の創造女神ソルムンデハルマンは美しさそのものと言えるのである。

命を開花させた温もり、三神ハルミ

三神ハルミほどたくさんの名前を持つ女神がいるだろうか。赤子を授けてくれるというハルミの物語は、ソルムンデハルマンの神話が、主に済州島で語り継がれてきたのとは異なり、朝鮮半島全域に広まっている神話であり、信仰でもある。子どもを産んで育てるのが、それほど楽ではなかった時代、人々は清らかな水一杯と金糸を捧げてハルミを呼んだ。三神、三神ハルミ、三神ハルモニ、チアンハルミ、三乗ハルマン、メンジン国ハルモニム、インガンハルモニム、現世ハルモニム、セジュンハルモニと、彼女の別名は方言の種類に匹敵するほど多い。

子どもをこの世に送り出すことは、最も平凡であると同時に神聖なことである。人々は、かつて誰かの娘であり母親だったハルモニ、生きていくことの辛さや子どもを産み育てる喜びと、苦労を知

り尽くしている頼もしいハルモニに、とても大切な仕事を託したのだ。ある者は三神ハルミの「三神」から高貴な神聖や神性について述べたり、「三《サム》を“胎”の生粋の朝鮮語である固有語ととらえて、出産をつかさどる神と解釈する者もいる。

三神ハルミの三神に関する研究や関心は今も続いているが、三神ハルミの別名がチアンハルミ、メンジン国ハルマニム、インガンハルマニムなどであることを考えると、注目しなければならないのは、三神よりも「ハルモニ」のほうなのは明らかである。

三神ハルミの物語は、貧しさと苦しみの中で救いを求める庶民が行ったクッ（ムーダン（巫堂）が行う祭祀）や叙事巫歌に含まれている。私たちの暮らしにもっとも近いつながりのある物語でもある。

ハルミの誕生については、その名前と同じくらいさまざまな話が混在している。最も広く知られているのは、三神ハルミが明鎮国の娘だったという話と、タングムアギ（タングム娘子）こそ三神ハルミであるというものだ。

※　叙事巫歌は物語形式で神々の来歴を語るものである。済州島では本解《ポンプリ》という。本解（叙事巫歌）には守護神としての堂神本解、お産の神や農耕神等を祭る祭儀の時の本解である一般神本解、巫祖神本解がある。また、一般神本解は神ごとに本解があり、お産の神に関する有名な本解として、明鎮国の娘が登場する産神婆様本解や本土で「帝釈本解」や「タングム娘子」と言われる人間の産育、寿命、財福を祈願する帝釈クッの巫祭において唱えられる本解がある。ちなみにタングム娘子は太陽の日の光を浴びて身ごもったとされている。

参考文献『韓国の女神』北島由紀子著、三恵社

「花咲かせ比べ」に勝った明鎮国の娘

幾多の罪を犯した東海の龍王の娘に死の罰が下った。母親は娘を不憫に思い、死の代わりに人間世界へ流刑に処した。母親は人間界で子どもを世の中に送り出す尊い仕事をするように命じ、彼女に三神ハルミという格式高い神職を与えた。ところが、龍王の娘は怒っ

た父親に大声で怒鳴りつけられたことに恐れをなし、慌てて旅立ったため、子どもを身ごもる術だけを学び、分娩の方法は学ばないまま人間界へ降り立って役目を遂行し始めた。

人間界にやって来た東海の龍王の娘は、子どもがいなかったイム博士の妻に子を授けてやった。子どもは胎内で健やかに成長し、やがて臨月を迎えたが、分娩の方法を知らない三神ハルミは手も足も出なかった。窮地に陥ったのは夫人と子どもも同じだった。その様子を見かねたイム博士が玉皇上帝に哀訴すると、玉皇上帝はすぐさま賢いことで評判の明鎮国の娘を遣わした。

しかし、先に三神ハルミの職を担っていた龍王の娘は、これを受け入れることができなかった。子どもを誕生させる高貴な神職を巡って、二人の女神が互いに一歩も譲らず争いを始めた。この様子を見た玉皇上帝は、彼女たちに賭けを提案した。二人はその名の響きも美しい「花咲かせ比べ」を快く受け入れた。勝負に勝ったのは明鎮国の娘だった。彼女は、西天の花畑の五色花と輪廻転生の花を用いて、地上の生命を花咲かせた。この物語の中には、この世のすべての生命は天の種から生まれた美しい花というかぐわしい秘密が織り込まれている。

一方、勝負に負けた龍王の娘は、死んだ子どもの霊魂を鎮めるという新たな神職を司ることになった。大勢の子どもを支配するために、彼女は子どもに病をうつして強引に連れ去ったりする性悪なハルマンになった。人々は明鎮国の娘を産神ハルマン、五色花ハルマン、インガンハルマンなどと呼び、龍王の娘には旧産神ハルマン、チョスンハルマン（チョスン：「あの世」の意）などと呼んだ。

この物語には、すべての人生は華やかに咲いて散る花という香しい隠喩とともに、生きとし生けるものには始まりと終わりがあるという、まぎれもない真理が含まれている。一粒の種から始まって、

それぞれの花を咲かせるこの世のすべての人々の生涯、それぞれ異なる色や形や香りを持つ生命の花には、ハルミの温かな手のぬくもりが宿っていたのだ。

三神ハルミになったタングムアギ

一方、三神ハルミはタングムアギにほかならないという物語も伝わっている。西天西域国（インド）のタングムアギの家は、高い塀に一二の門があって空を飛ぶ鳥やすばしっこいネズミすら入り込めない固く閉ざされた場所だった。ある日、音もなく一二の門が開くのを見た彼女は、召使の二人に命じて外の様子を探らせると、ひとりの僧侶がお布施を求めて念仏を唱えていた。その托鉢僧は子孫を増やすという三韓施尊（三韓世尊）の化身だった。

絹の球に刺繍をしていた娘は、身なりを整えて托鉢僧を迎えた。彼女の美しい容姿に驚いた僧は、お布施として彼女が食べていた米を要求したり、日が暮れたので彼女の部屋で一晩お世話になりたいと申し入れたりした。紆余曲折の末に彼女は托鉢僧と同衾することになり、その晩夢を見た。右側の肩に月が浮かび、左側の肩には太陽が昇っていて、三個の星が口の中に入ったり、三個の玉が落ちてきてチマの中に入って来たりする夢だった。その話を聞いた僧侶は、息子三人を授かることになる夢だと言い残して、旅立とうとした。

彼女が托鉢僧に行かないでくださいと哀願すると、彼は瓜の種を三粒渡しながら、この種から出る蔓を辿れば自分に会えると言うなり、たちまち煙のように消えてしまった。彼女のお腹が大きくなり始めてから九か月目、両親と兄弟が帰って来た。彼らは結婚もせずに子を身ごもった彼女を許さず、生かしておくわけにはいかないと口を揃えた。

彼らにとって大きくなった彼女のお腹は災いの種だった。すると、あわてた母親が自分たちが手にかけなくても、石室に入れておけば自然に死ぬだろうと、激高する彼らを説得した。宮殿のような邸宅で掌中の珠のように慈しまれ、汚れも知らずに育った彼女は、一夜にして未婚の母となり、家族から見放される惨めな身の上になってしまった。

「石彫三神ハルミ像」
江陵市「大關嶺博物館」所蔵

時が過ぎたある日、母親が石室の戸を開けてみると、タングムアギは三人の息子の母親になっていた。天から青鶴と白鶴が舞い降りて子どもたちを守るのを見届けた母親は、タングムアギと彼女の息子たちを石室から連れ出して育てた。三人の息子は人並外れて聡明だったが、成長するにつれて父親がいないとからかわれるのを悲しんだ。悲しみに打ちひしがれる息子たちを慰めていたタングムアギは、ふと僧侶が残していった瓜の種のことを思い出した。三粒の種を植えてみると、一夜にして魔法のように蔓がどんどん伸びていった。そして、蔓を辿って行った場所にあの僧侶がいたのである。

ところが、僧侶は彼らを喜んで迎えるどころか、本当に息子なのかどうか試してみると言い、とんでもない課題を出してきた。それ

は、紙の足袋で水一滴たりとも濡らさずに川を渡ること、生きた鮒を刺身にして食べてからそれを吐き出し、川を生きた鮒で満たすこと、古い牛骨から牛を生き返らせて、三兄弟がそれぞれ牛に後ろ向きに乗って来ることなどの奇想天外なものばかりだった。

しかし、この兄弟はほかでもない三韓施尊とタングムアギの間に生まれた子どもたちである。彼らはこれらの課題をすべてやり遂げて、ついに僧侶の息子として認められた。息子たちは、順に泰山、漢江、平澤と名付けられて、それぞれ金剛山神霊、太白山文殊菩薩、大関嶺の堂山の守護神になった。高貴な名前と職分を授かった三人は、母親にも職分を与えてほしいと懇請した。

すると、僧侶は家々に息子や娘を授ける三神ハルミの職分を彼女に託した。今でも私たちに子どもを授けたり、生まれた子どもが無事に丈夫に育つように、手助けするのが彼女の役目である。父親のいない子どもを身ごもった罪で、家族から冷遇されながらも生き延びた女人、石室の中で子どもを産んだ女人、九死に一生を得て生き延びた後も、子どもを慈しんで育てた女人、そして我が子が父親を無事に訪ねていけるように、導いた女人に与えられた三神ハルミの神職は、家々に生命を授け、子どもが健やかに育つように手助けする気高い祝福だった。

両親の許しもなく子どもを身ごもり、家族の手で死の淵まで追い詰められながら、ひとり寂しく出産した女人、父親のいない子どもを育てながら彼らの疎外感と悲しみに心から寄り添った女人、そんな彼女に三神ハルミの職分を与えたのは、この大地の人々である。彼女は、世の中のありとあらゆる艱難辛苦を味わうことによって涙の意味と、その深さを理解したからこそ三神ハルミになれたのである。

平凡でありながら神々しい名前、ハルミ

ある地域では明鎮国の娘が三神ハルミだといい、またある地域ではタングムアギが三神ハルミだという。二つの物語の主人公は、経歴も物語の粗筋も異なるが、二人には善良な心の持ち主という共通点がある。聡明な明鎮国の娘、美しく勇敢なタングムアギは、知恵と勇気、そして忍耐を通じて困難を克服していった。三神ハルミになるまでの「過程」で、彼女らは人間の苦しみや涙をみずから経験することで理解できるようになったのだ。

社会的弱者である女性として生まれ、苦難に満ちた人生経験をした後に得た「ハルミ」の名称には理解、寛容、愛がすべて溶け込んでいる。弱者として生まれて、人生の苦海の中で花開いた長い人生こそが、子どもがいないと悩む人々を理解する共感の源泉である。

三神ハルミの話を聞いて、はるか彼方の昔に想いを馳せてみよう。数え切れないほどの長い歳月を耐え忍びながら生きたハルミは、誰かの娘で母親だったが、再びハルミになった。社会的弱者である子どもの味方になり、その話を聞いてあげる情の深いおばあさんは、不幸せな人々に背を向けたりはしない。

明鎮国の娘とタングムアギには花のように美しい時代があった。天から物見遊山でふらりと托鉢にやってきた僧が、欲望を抑えられなくなるほど美しい女性だった。人びとは彼女にもそんな時代があったことなどすっかり忘れて、もっぱら、皺だらけの顔にくぼんだ瞳を持つハルミの姿が脳裏に刻み込まれている。人々の涙や苦しみをいつでも受け入れることのできる温かくて懐の深いハルミ、彼女らは最も美しい女神だった。

年輪を刻むことによる穏やかさ

三つの顔を持つ女神、媽祖《まそ》

中国には万人から慕われる女神媽祖がいる。慈愛の情の深さでふるいにかけたら、観音にも決してひけをとらないことから、台湾の人々は観音と媽祖を切り離して考えられないという。しかし、媽祖は宋の時代に実在した「福建の林氏」がモデルという点で観音とは異なる。福建で生まれて台湾と中国の海岸地域、香港などであまねく崇拝されていることを考えると、見方によっては観音の地位をはるかに凌いでいると言えるかもしれない。

媽祖の誕生に関しては諸説があり、彼女の誕生日は、実に三百年もの開きがある。現在も変わらずに人々からこれほど敬愛される女神、媽祖とは、いったいどんな人物なのだろうか。人々は媽祖について次のように語っている。

乙女の夢

息子を授かるために神仏に真心を捧げて祈っていた林氏夫婦に授かった生命は女の子だった。赤ん坊は無事に生まれたが、産声どこ

ろか、一か月過ぎてもまったく泣かなかった。しかし、両親はこの娘を大切に育てて、彼女に「沈黙」の意味を込めた「黙」という名前を付けた。彼女の名前は林黙、しかし、人々は彼女を林黙娘、すなわち、林家の沈黙少女と呼んだ。

月日は流れて、沈黙していた幼な子は立派に成長した。ある日、意識を失ったように深い眠りに落ちた媽祖は、夢か現《うつつ》か見分けのつかない夢を見た。

（媽祖の）兄弟は島々を行き来して商いをしていた。ある日、媽祖の手足がまるで意識を失くしたように力なくだらりとした。しばらく経ってもなかなか回復しないので、両親は彼女が風疾《ふうしつ》にかかったと思い、あわてて彼女の名前を呼んで起こそうとした。彼女は目を覚ますと、腹立たしげに言った。

「どうして私に兄弟たちを最後まで守らせて下さらなかったのですか？」

しかし、両親は彼女が何を言っているのかわからなかったので、問い返しもしなかった。

まもなく兄弟たちが帰って来ると、彼らは三日前に嵐が起きて天に届くほどの波に襲われたと言った。彼らはそれぞれ別の船に乗っていたが、長兄が波にさらわれたとの知らせを聞いたと涙ながらに語った。その話をしながら、彼らは、風が吹き荒れていた時に一人の女性が現れて、船五艘を曳いて行くと、たちまち波が平地のように凪いだと、その時の様子を仔細に語った。息子たちの話を聞いて、両親はやっと媽祖が昏々と眠るように意識を失っていた折に、彼女の霊魂が兄弟たちのもとを訪れていたことに気づいたのだった。

—「三経源流大全」

意識を失ったように昏々と眠る娘を心配した両親の気遣いは、期せずしてより大きな災いを招いた。彼女は夢の中で激しい嵐で危機に瀕していた兄たちを救おうとしたが、両親が起こしたので長兄を救えないまま目覚めてしまった。それで林氏夫婦の長男はとうとう帰らぬ人になってしまった。

両親が仏に祈りを捧げて生まれた娘、媽祖は、海辺で暮らす人々が抱く海に対する原初的な恐れを解消する神通力を持つ女神だった。実在の人物だった彼女は韓国ではあまり知られていないが、中国と台湾の海岸地帯では広く崇拝されている女神である。幼い頃から神通力があって人々を進んで助けていたが、未婚のまま二八歳の若さでこの世を去ったと伝えられている。なかには一八歳で死んだという説もある。後世の記録においては、媽祖は困難に直面している人々を助け、その公徳により白昼昇天したと伝えられているが、多くの人々は彼女の「昇天」を固く信じている。

媽祖の素晴らしい業績は彼女がこの世を去った後にも続いた。彼女は没後にも、時々赤い衣を着て現れては険しい航海で難渋する人々の水先案内をした。危険や危機に直面した時に、人々は赤い衣の彼女と出会い、危険を免れることができたのだった。

> 宋の国の路允迪と李富が宦官を連れて使臣として高麗に赴く途中、湄州を通り過ぎたところで風がひどく吹き荒れて船が転覆しそうになった。すると、急に周囲が明るくなって美しい奇雲が広がり、誰かがマストに上がり踊るように舵を操作しているのが見えた。すると、間一髪で難を逃れて無事に海を渡ることができた。宦官は人々に理由を尋ね、路允迪と李富は、媽祖のお陰だという話を聞くと、南方を向いて並び、感謝のお辞儀をした。（中略）帰国後、彼らは朝廷にその旨を報告して、媽祖を霊恵夫人に奉じてほしいと詔書を提

「金面媽祖像」マカオ「媽祖文化村」所蔵

「粉面媽祖」（左）青島「天后宮」所蔵
「黒面媽祖」（右）青島「天后宮」所蔵

出した。こうして渤海の美州に廟が建てられ、家々は媽祖のために香が焚かれれるようになった。 ―「三教修身大全」

危機に陥った人を、ためらうことなく救い、いたわる彼女を人々は今も忘れない。そして、花の盛りにこの世に別れを告げた彼女に思いを寄せる。天井聖母、天聖聖母、天后、天后娘娘天后、天妃娘娘などの称号、各地に建てられた廟、そこで絶えることなく立ち昇る香は、彼女に対する熱烈な愛と崇拝の証しなのである。

「中年」として蘇った清純な乙女の媽祖

注目すべきは媽祖像である。中国の青島、赤一色の華麗な都市、香港。整然とした雰囲気のマカオ、そして台北にある天后宮の最も高い場所に祀られている彼女の像は、花のような芳紀とは程遠い中年女性の姿をしている。彫刻した職人が彼女の年齢を知らなかったのか？　それなら補修の過程で手直しをするか、作り直すこともできたはずである。

しかし、彼女は再び芳紀の姿に戻ることはなかった。時間と異物をつぎ込んで若返ろうとする現代人の努力とは裏腹に、彼女は時計の針を先に進めた。皮肉なことに彼女は自分が一度も経験したことのない未来の姿になったのである。これは人々が彼女に対して、安らぎを感じさせてくれる中年女性のままでいてほしい、と願ったためかもしれない。

人々のそうした願望と実践は、年配の貫録ある彫刻像の建立にとどまらず、彼女に色違いの風変わりな化粧まで施したのだった。彼らは媽祖に明るい肌色と黒、金色の皮膚を献上した。その結果、彼女は三種類の顔色を持つ女神となった。平凡な肌色、黒、金色の顔を持つ彼女を、人々は粉面媽祖、黒面媽祖、金面媽祖と呼んでい

る。粉面、すなわち顔に白粉を塗ったようなきれいな顔は、人間世界で林氏夫婦の平凡な娘だった頃を彷彿とさせる。

黒面は、彼女が人々を苦しめた二体の悪鬼と戦った当時の顔だというが、みんながいつも焚いている線香のせいで黒くなったと言う者もいる。金面はこの世で人助けのための仕事をすべてやり遂げて天に上った時の彼女の顔の色である。全身を金色で覆われたその姿は、何者も汚すことのできない高貴さと、清らかさの結晶であり、人々の信仰が反映されたものである。

顔の色はさておき、顎のラインがふっくらと表現されている点は三体とも、共通している。青春の溌溂さよりもどっしりとした重厚さが媽祖像に威厳を感じさせる。固く結ばれた口、ふくよかな頬、この世を見下ろすような伏し目がちの瞳。そこから、人間世界の艱難辛苦が感じられる。

この世に生を受けた瞬間ですら泣かなかった彼女の閉ざされた口元は、この世を去った後にも固く閉じられている。彼女の姿からは乙女の恥じらいも、青春の溌溂さも見出すことはできない。後世に人々が付け加えた数十年の生涯は、たぶん人生の重み、苦難の深さなのだろう。美しい青春の女神ではなく、喜怒哀楽が入り混じった苦海を渡って来た彼女の前に人々は跪く。彼女の前で人々は苦しみの香を焚き、願いを込めたロウソクに火を灯すのだ。

犠牲、愛、そして憐憫の別名

現在も残る徳の厚い中年の媽祖像は、彼女の犠牲が一時的な衝動からではなく、人間と現世に対する深い理解と憐憫に発する信仰から作られたものだ。それだけに今でも多くの人々の心を惹きつけてやまない、彼女が持つ美しさの根源なのだ。

年齢を重ねることで生まれる美しさ、それは老いという宿命を

「媽祖を祭る天后宮」青島所在

「天后宮内部」台北所在

写真「媽祖閣」1488年建立 マカオ所在

負った人間の諦めでもなければ、哀れな慰めでもない。人々は、媽祖が苦海を渡らねばならない宿命を背負っている人間を、深く理解していると考えている。夢の中で、嵐に遭った兄たちの急場を救い、危険な海路を行く人々を助ける海神だった彼女が、人間の苦難に深く寄り添う女神になったのは、人間と人生に対する広くて深い理解があったからだろう。

後に、彼女は海賊や外敵を鎮圧したり、奸臣を追い出す役割までも果たすようになる。困難に直面した人々を見て見ぬふりをしないとの評判は、より広まっていったのだ。人々は雨が降らない時も、水害に襲われそうな時も、疫病が流行った時も、バッタの群れに襲われた荒涼とした平原を見た時も、彼女に救いを求めた。彼女は雨を降らせたり、時にはあふれるほどの雨水をせき止めたり、疫病で死にかけている人々のために治癒の湧水を手に入れて、彼らを死の淵から救い出してくれたりした。子どもができなくて悩む女性たちは、子を授けてくれと彼女の前にひざまずいた。彼女自身は結婚どころか、乙女のままこの世を去ったにもかかわらずである。

媽祖は、苦しみと悲しみに満ちた人間を何も言わずに受け入れ、慰めてくれる女神である。人間のあらゆる苦難を寛大に、そして深くかかわってくれるありがたい女神、さらに健康や幸運をもたらしてくれる女神とも見なされている。これが中国、香港、マカオ、台湾などの各地に建てられた彼女の廟と彫像に、人々のお詣りが絶えない理由なのだ。彼女の前に焚かれる香と祈りは、これからも決して絶えることはないだろう。

歳月とともに老いていくのは、つらい人生と向き合う中で、その深さを理解できることを意味するから、人は自分の心の奥底をさらけ出すことができるのかもしれない。それこそが今もって人々が中年の媽祖の前に額ずき、香を焚く理由なのである。

ある美しさ

この世の誰もが、人間は誕生と同時に死に向かって駆け出し、その間に経験する疾病、苦痛、老いなどは、みずからに課せられた逃れようのない運命であることをよく知っている。それなのに、せめて自分だけはその軛《くびき》から逃れたいとの煩悩も持ち合わせている。それが若さへの嫉妬や渇望をもたらしたりする。「君たちの若さがみずからの努力で得られたものではないように、老人の皺もみずからの過ちによって得たものではない」（『ウンギョ』）とつぶやく老人の言葉からは、溌溂とした若さと対峙する一人の人間のやるせない気持ちが読み取れる。

視覚的な、外的美しさには客観的な要素が明確にある。水路夫人と處容の妻がそうだったように、美貌は一瞬にして人の心を奪うこともあるが、それが効果を発揮できない場合もある。ソルムンデハルマンや媽祖がその例になるだろう。まちがいなく彼女たちにも咲き誇る花のような輝かしい時代があったはずだが、それにはみんなが無関心なのだ。

水路夫人、處容の妻、桃花娘や宓妃のような女性は、多くの神々や男たちを虜にしたが、後世の人々は、魂を奪われるほどの美貌や美しく装い、この世のありとあらゆる装身具で着飾った女性を無条件に賞賛することはなかった。彼らは美しい彼女たちを差し置いて、皺だらけの三神ハルミや懐の深い中年の媽祖に安楽を求めたのである。

「美しさとは何か」という問いは、「人間とは何か」という問いと同様に、簡単には答えられはしない。しかし「美しさ」は、流動的な属性を持つもので、人の心を動かすものだという点だけは異論があるかもしれない。少年の王弼が語った「美しさとは、人が心で楽しむもの」いう簡潔な説明のように。

「バリ公主図」朝鮮朝時代、寧越民画博物館所蔵

献身の高潔さ

一味異なるお姫様、バリ公主

苦しみ、美しさ、痛み、幸福のように感覚や感情で感じ取ることができるものは、相対的に認識される場合が多い。苦しみを通じて幸福を感じたり、醜さを通じて美しさを感じたりすることが、時として耐え難い人生の苦しみの治癒と幸福への道標になることもある。バリデギが歩んだ人生の旅路が苦しみの昇華と治癒の意味を持つのは、美しい處容の妻が疫病神の心を虜《とりこ》にしたのとは異なるやり方で進められたからである。

捨て子、バリ

死者を極楽に導く死霊祭である「チノギクッ」「アンアンパックッ」「オグクッ」などを唱える際に欠かせないバリ公主（王女）の叙事巫歌は、ありふれた公主の物語でもある。死者のための巫祭に招待された公主バリは、人間の生と死の境界、最もつらい場所で人々を救う女神なのだ。

バリ公主の物語は美しい王国、仏羅国が舞台になっている。仏羅

国の名君烏白《オグ》大王は美しいキルテを妻に迎えた。婚礼の儀にあたって大王が卜者（占い師）のキリ博士に占わせると、その年に結婚すると七人の公主が生まれ、翌年結婚すれば三人の世子（王子）が生まれると予告された。ところが、怖いもの知らずの大王は、卜者の言葉を無視してその年のうちに結婚してしまった。

若く美しい夫婦の暮らしは幸せに満ちあふれていた。時が過ぎて夫人が最初の子どもを産んだが、それは可愛らしい公主だった。大王は内心落胆したが、妻と娘をとても大切に育てた。

「公主を産んだから、これから世子を産めばよいではないか？大切に育てなさい」

最初の公主にはタリダンシという名前と、青竹公主という称号を授けた。夫人は次々に子どもを産んだが、予言どおり娘ばかりだった。こうして大王と夫人は六人の公主の親になった。不安を募らせた夫人は、ある夜、夢を見た。大明殿の大梁に青龍と黄龍が巻きつき、右手に若鷹、左手には白馬を戴き、左の膝には黒い亀が乗り、両肩に太陽と月が昇っている不思議な夢だった。夫人の夢事（夢の内容）を聞いただけで、大王は吉兆に相違ないとひどく喜んだ。ところが、生まれた子どもはまたしても娘だった。母親の夫人も、父親の大王もひどく落胆して無念の涙を流した。

期待が大きかっただけに、失望も大きかった大王は、これまで堪えて来た憤怒と無念さを露わにし、物凄い形相で、末娘を捨ててくるように命じた。大王の怒りを知った夫人は大王の命令を拒むことはできなかったので、せめて名前だけでも付けてほしいと涙ながらに訴えた。

「何が何でも捨てるつもりだから、バリと名付けよ」

こうして七番目の公主は、捨てられた子どもという意味の「バリ」と名づけられた。そして玉函に収められて海に流されたが沈む

ことはなかった。玉函は遠くまで流れて、山守の乞食功徳ハラビ（お爺さん）と、乞食功徳ハルミ夫婦のいる所に辿り着いた。天が授けた子どもバリは、両親には捨てられたが、子どものいなかった老夫婦の下で育てられることになった。そして、バリは老夫婦の愛を一身に受けて賢い娘に成長した。

天が授けた子を捨てた罪で、オグ大王夫妻は同時に病の床に就いた。不治の病に罹った後に、ようやく七人の公主を授かるという占卦を出した卜者を呼んだ。卜者は大王夫妻が死ぬ運命にあると告げ、一五年前に捨てたバリ公主を探すようにと付け加えた。占卦を聞いた大王はひどく落胆した。深い眠りについた王は、夢の中で一人の童子に会った。童子は病を治すためには、東海の龍王と西海の龍王の龍宮から薬をもらって飲むか、西天西域国にある不死の薬水を飲まなければならないと告げ、またもや大王にバリ公主を探すようにと言うのだった。

難しいことではあるが、助かる方法を見つけた大王は、臣下たちに西天西域国の薬水を持ってくるように命じたが、実現困難な依頼に進んで名乗り出る者はいなかった。愛情を注いで育てた六人の娘でさえ、死の床に横たわる父親の切なる頼みを拒絶した。大王はやっと、自分が不治の病に侵されたか弱い一人の老人にすぎないこと、拒絶された痛み、そして捨てられた悲しみの深さに気づいたのだった。ある臣下の働きでようやく末娘バリと再会した大王は、後悔の涙を流した。

「娘よ、泣くのはおやめ。お前が憎くて捨てたと思うか？　癇癪を起し、怒りに任せて捨てたのだ。春三月はどのように過ごし、冬三月はどのようにしのぎ、ひもじいときはどのように過ごしてきたのか？」

バリ公主は涙をこらえて答えた。彼女はそれまでのつらい暮らし

の痕跡を隠そうとはしなかった。「寒さも耐え難く、暑さも耐え難く、空腹も耐え難とうございました」

大王の寄る辺のない境遇を知った彼女は、自分が西天西域国までの遠い旅路に出ると申し出た。捨てられた痛み、拒絶された悲しみを知っているからこそ、出た言葉である。何もしてやれなかったと詫びる両親に、お腹の中で育ててくれた十か月の恩に報いると言い残し、彼女は旅立った。こうしてようやく再会した両親と再び離ればなれになる彼女を、カラスとカササギが引導した。

日常から汲みあげられた治癒の薬水

西天西域国までの道のりは、計り知れないほど険しかった。剣山地獄、火の山地獄、毒蛇地獄、寒氷地獄、無限地獄、蛇地獄、門地獄が果てしなく広がり、そこから罪人が次から次へと現れた。目のない罪人・腕のない罪人・足のない罪人・首のない罪人らが次々と現れ、バリにすがって助けてほしいと懇願した。彼女は彼らから顔を背けなかった。幼いながらも人生の奥深さを理解していた彼女は、彼らのために極楽に行けるように祈ってあげた。

あの世では、無上神仙が彼女を待っていた。彼は一二の地獄を越え、すべてのものが沈む三千里の海を渡って来た彼女を賞賛するどころか、通行料として薪拾い三年、人蔘代としてかまど焚き三年、水代として水汲み三年を要求した。こうしてまる九年をすごした彼女は、もはや少女ではなく、ひとりの女人になっていた。すると、無上神仙は彼女に結婚して息子を産んでくれと申し出た。彼女は望まれるままに彼と結婚して七人の息子を産んだ。彼女はたったひと瓶の薬水を手に入れるために長い歳月を耐えた。満を持して、患っている父のためにと、薬水を要求すると、彼はこともなげに答えるのだった。

「お前が汲んでいる水が薬水なのだ。刈った草も開眼草だから持ち帰りなさい。裏山の庭の花は息を吹き返す花、骨を蘇らせる花、肉を作る花だから、それも持ち帰りなさい。そして、三色花は目に入れ、開眼草は体に抱かせ、薬水は口に入れなさい」

宝物はほかでもない、彼女が日頃慣れ親しんでいた場所にあったのだ。寂しく薪を拾ったり水を汲んだりした場所、彼女が暮らしの中で歩き回ったあらゆる場所が、魔法の大地だった。両親のもとを去るときは独りだったが、帰り道は寂しくなかった。彼女の傍らには無上神仙と息子たちがいた。地上に到着すると、両親の棺が並んでいた。彼女は無上神仙が教えてくれたとおり、三色の花を撒き、薬水を口に入れて両親を生き返らせた。大王夫妻はぐっすり寝た後のように、気持ちよさそうに目を覚ました。

少し異なるお姫様の物語

歓喜に満ちた昔のように宮殿は賑わっていた。大王はバリに「望むものはすべて」与える、国の半分でも分け与えると言ったが、彼女は何も求めなかった。バリの物語は他の公主物語とよく似たところもあるが、童話のようにハッピーエンドとは少し異なる形で終わる。七番目の娘として生まれたとの理由で捨てられた彼女は、継母と二人の姉からひどい仕打ちを受けたシンデレラや、命を狙われ捨てられた白雪姫と同じ境遇である。ところが、シンデレラや白雪姫が、最後は王子と結婚して幸せに暮らしたのに対し、彼女はこの世の暮らしをみずから放棄し、あの世に旅立つ人々の引導役を引き受けたのだった。

他の公主は現世での安らかで幸せな人生を褒美としてもらったが、彼女は富貴栄華を約束された瞬間ですら、自分が人生の旅路で出会った人々のことを忘れなかった。地獄に行く海、血の海、火

の海を渡る際に見た人々の阿鼻叫喚は、彼女に他の公主とは違う道を歩むように示唆してくれた。人生の深い苦しみを理解した彼女にとって、決断は難しいものではなかった。彼女は今も鈴と扇を持ち地図のない世界の険しい道を案内している。彼女に祈りを捧げて歌を唄いながら、韓国の人々はバリに感謝の意を表明するのである。

昔の人々は、澄んだ瞳ときれいに並んだ白い歯を持つ美人に心を奪われたり、時には寛大で善良な心を持つ女性に美を感じたりした。だが、バリに対する人々の尊敬が教えてくれるように、みずからを犠牲にして他人に献身する高潔な心の持ち主は、決して忘れられたりはしない。現代のバリとも言われる詩人、姜恩喬は『今日もあなたを待つ』で、不幸な人生に傷ついているすべての‘あなた’にこんな風に語りかける。

あなたにご飯を食べさせてあげたい
私のホカホカと温かな血管に包まれたご飯一杯を

バリは自己犠牲と献身の象徴である。彼女は人々のためにムーダンになった。我々は彼女を今も忘れずクッの祭場に招いたり、この瞬間にも小説や詩、演劇やオペラにまで登場させている。それは、つらい人生の痕跡、深い苦しみの根、地獄の海をやっとの思いで乗り越えて、再び我々に深く温かい視線を送る彼女に、ありがたさ、とりわけ清らかな美を見出したからにほかならない。

善良なうら若き仙女、麻姑

古代中国の仙女、麻姑

麻姑女神は、中国と韓国で広く知られている女神のひとりであ

る。特に、中国ではあまたの神仙のうち、老若男女の誰もが知っている有名な神仙である。韓国と中国は「麻姑《マーコ》」という同じ名前を共有し、かつ彼女の神聖性を認めていることから、彼女は中国から韓国に伝わって広まった神仙のひとりと考えられている。中国の晋の国の葛洪が著した『神仙伝』の「王遠」に登場する麻姑は、まぎれもなく美しい仙女である。

「王方平（方平：字）が、謹んで申し上げます。久しく人間世界に参っておりませんでしたが、只今当地におります。麻姑殿に暫時こちらにお出で頂きお目にかかることが叶いますでしょうか？」（中略）

「麻姑が拝復致します。お目にかからぬまま、いつしか五百余年も経ちました。尊卑には序があると申しますが、貴殿を恭敬することには序はございません。ずっとお目にかかることを望んでおりました。（中略）使いの者が貴信を携えて参った時に、すぐさまかの地に参上致すべきところ、先頃、蓬莱山《ほうらいざん》へのお供に加わり赴くべき御用を申し付けられ、これより暫し参向しなければなりません。程なく帰還致し、のちにお目にかかりますゆえ、即刻御帰還なさることのなきようお願い申し上げます」（中略）

麻姑が来ると、蔡経とその家族全員が挨拶した。それは美しい人で、年のころは一八、一九。頂《いただき》を髷《まげ》に結い、残りの髪は腰まで垂らしていた。衣装には模様があり、絹ではないが、光彩目を奪うばかりで、人間世界にはないものであった。
家に入ると王遠に挨拶をした。すると王遠もこれに応じて起立した。さて座席が定まると、食事が始まったが、黄金の皿や玉の杯など、挙げればきりがない。御馳走も多くは各種の花や果物だが、そ

の香気が内外にまで広がった。（中略）麻姑が言った。
「あなたにお目にかかりましてから、早くも東海が二度も桑田に変ずるのをこの目で見ました。先頃蓬莱に参りましたが、これまた水が昔のように少なくなってほぼ半分に減っておりました。やがてはまた陸地となるのではございますまいか」（中略）

麻姑の指の爪は、この世のものとは異なり、鳥のようだった。

—『抱朴子 列仙伝・神仙伝山海経』平凡社

俗世の人間と異なる人々、時空間を自由に行き来しながら生きていく彼らのいちばん大きな特徴は「時間の釣り合い」である。王遠と会ってから五百年も経ったと言いながら、過去を回想する彼女の面差しは、二十歳前の乙女にしか見えない。人間にとって容貌は美しさを現す道しるべであると同時に、己が限りある命の人間であることを、事あるごとに気づかせてくれる一種の刑罰でもある。しかし、永い歳月の痕跡を拭い去ったかのように、一八、一九歳ほどの若い女性として描写される彼女は、誰もが願う不老の象徴なのだ。東海が三度も桑畑に変わるのを見たと、こともなげに語る「滄海桑田《そうかいそうでん》」は、彼女の長生きを物語る心惹かれる物語として残っている。たとえ爪が鳥の爪のようであっても、それが彼女の美貌を半減させなかったほど絶世の美女だった麻姑。若々しい彼女の姿態と容貌は、さぞかし人々を恍惚とさせたことだろう。

麻姑に倣い長生不死を学ばんとす
鹿を捕えて宴を開き、桑田を語らん

—白居易「麻姑山」

不老長寿の化身、麻姑は後の世の詩人たちに無限の霊感を吹き込む魔力を持つ神仙となった。楽しい宴の中へ彼女を呼び寄せて、ともに桑田の変貌を語りたいとの詩人白居易の欲望が詩語から滲み出ている。

心優しいうら若き醜女

中国の道教が民衆を基盤にして広まったように、麻姑も口伝えで長い歳月にわたって広まったが、そこで語られる物語は「神仙伝」の記録よりも面白い。麻姑は人を魅了する美しい容貌を持つ女神だったが、元々それほどきれいだったわけではない。口伝によると、生前の彼女は秦の始皇帝の娘だったが、天然痘に罹って顔が痘痕だらけの醜い乙女になった。

> 麻姑にまつわる伝説がある。秦の始皇帝には娘がいた。顔が一面あばたで被われていたので、みなは彼女を麻姑と呼んだ。麻姑の顔は美しくはなかったが、とても聡明で善良な性格だった。
> 始皇帝は万里の長城を築くにあたって、工期を早めようと大勢の兵士を動員し、人夫を監督させたが、仕事を怠ける者は全員、むち打ちを免れることはできなかった。さらに冷酷な皇帝は、太陽を沈まないままにし、日が暮れないようにしたので、三日が一日と同じだった。さらに、皇帝は娘の麻姑を遣わして、休みなく働いている彼らに三日に一度だけ食事を与えるとの皇帝の聖旨を読み上げさせようとした。ところが、心優しい彼女は、とてもそんなことはできないと言うなり、皇帝の前に跪いて、彼らの労働があまりに過酷で骨と皮がつくほどやせ細っているので、彼らに恩恵を施し、帰宅させ家族と会えるようにしてやり、監督も緩くしてほしいと懇願した。

「麻姑献酒図」

皇帝はその頼みを聞くなり怒りを露わにして怒鳴った。

「このけしからん不孝者めが！　私の頼みが聞けないのであれば、お前を生かしておいても何の役にも立たないではないか？　おい！誰かこの娘の首を切れ！」

　すぐさま死刑執行人が彼女を宮殿の外に連れ出した。この日が七月一五日だった。この国の民のうち、この言葉を聞いて胸が痛まない者はいなかった。毎年七月一五日になると、人々は殺された麻姑姫を讃える儀式を行うのが習わしになった。


今でも中国の河北省には麻姑を讃える「麻姑節」がある。この行事の主人公は、天然痘に罹って顔があばただらけの不細工な麻姑である。彼女は、始皇帝の娘として土木工事で苦しんでいる人々の苦境をどうしても見過ごすことができず、父親に慈悲を施すよう頼んだために処刑された悲劇のヒロインである。父、始皇帝の冷酷さから生じた苦しみを、民草と分かち合おうとした麻姑の尊い心が、彼女を世界で最も美しい女性として伝えられることになったのだ。彼女が処刑された悲しい日は、今や祝日になった。この日、人々は酒や餅を準備して彼女に捧げている。

　一方、麻姑は麻秋の娘だったという伝説もある。土木工事に苦しめられている人々を休ませてやりたい一心で、自分の危険を顧みることもなく、力を尽くしたというのである。


麻姑は後趙時代の麻秋の娘である。麻秋は残忍さで悪名高かったが、とりわけ昼夜を問わず怒鳴り散らし人夫たちを厳しく監視していた。一日中、休む間もなく工事をさせて、鶏が鳴く頃にやっと少しだけ休ませた。麻姑は人夫たちを休ませてやりたいと思い、鶏の鳴き声を真似たところ、その鳴き声を聞いた鶏たちが釣られて次々

に鳴き出した。彼女のお陰で人夫たちはつかの間の休息を取ることができた。父親がこれを知り、彼女を捕まえてムチ打ちにしようとすると、麻姑は山中に隠れてとうとう神仙となって去って行った。

―『堅瓠秘集』

土木工事に強制的に駆り出された人々の苦しみをいたわる乙女、彼らの苦しみが自分の父親の指示によると知ってからは、みずから民衆とその苦しみを分かち合おうとした麻姑、とうとう父親の逆鱗に触れて、生まれ育った家を出て行かざるを得なかった。彼女は父親のもとから逃げ出して神仙になったと伝えられているが、彼女が見せた献身、犠牲、博愛の行動は、多くの人々の崇拝へとつながっていった。

人々に向ける温かなまなざし

風光明媚なことで有名な麻姑山の秘境は、善良さと吉兆、そして相変わらず不老を夢見る人々の心を込めた祈祷が合わさり一層光を放つ。道教の書である「雲笈七籤《うんきゅうしちせん》」では、麻姑山を道教の福地（楽園）であると述べている。若くて善良な仙女、吉兆と不老長寿の奇跡の起きるこの場所は、長い間、万人に開かれていた仙山だった。

麻姑の有名な逸話の一つに「麻姑献壽《まこけんじゅ》」がある。崑崙山に実る蟠桃（三千年に一度実がなるという仙界の桃）の宴会において、麻姑が霊芝茸で作った酒を西王母に献上したという「麻姑献壽図」の物語で、彼女は長生不死の象徴であるだけでなく、それを分け与える吉祥の仙女として魅力を発揮する。彼女の善良さは後に、災いを除いたり、人々の安寧を護って健康と長寿を授けたり、さらには子どもを授けるという信仰へとつながった。他人の痛みを誰よりも深く受け止め、とまどうことなくその苦しみを癒そうとした麻姑に、人々

は目に涙を浮かべながら万感の思いを込めて祈るのである。

道行く老婆や子どもまでもが歌うやさしい彼女に、通りすがりの家々の窓や壁、涼をとる扇で気軽に出会える。ほんのりと赤い頬をもつ彼女の顔に、もうあばたは残っていない。彼女は天上の桃と霊芝茸を手にして人々を温かく迎えるのだ。

数百年生きたにもかかわらず、相変わらずきれいな乙女のままの彼女は、畏敬と憧れの対象である。数百名もの神仙のうち、彼女が今も人々の心に生き残ることができたのは、善良さと優しさのためだった。彼女は貧しく薄幸な人々の心を理解するだけではなく、死の使者である麻疹や天然痘から人々を救う治癒の女神でもあった。父親が絶大な権力を持つ皇帝、あるいは強い権力を持つ将軍だったにもかかわらず、彼女は傲慢や自惚れに陥ることなく、虐げられている人々に積極的に救いの手を差し伸べ続けた。そして、彼らの日々の暮らしにまで細やかに見守った。だから人々から愛される仙女として記憶され、現在もそうなのである。

人間はいつも変化と
変身を夢見る

変化そして変身の秘密

第5章

何か違うものに変わることができたら！　人間はいつも変化と変身の夢を見てきた。人々は現世で果たせなかった夢を、何か異なるもので実現させようとしたり、現実逃避のために別の何かに変わることを願ったりする。

「霧と共に変身し、浮気をする」という不名誉な物語の主人公ゼウスは、変身の代名詞である。彼は自分と愛を交わしたイオを雌牛に変えたり、自分が美しい雄牛に変身して女性を誘惑したりした。両親の反対で結ばれなかったギリシャ神話のピュラモスとティスベの魂は、赤い桑の実に変わった。

こうした物語は韓国と中国でも大きな違いはない。夫を待ちながら死んで相思木になった妻もいるし、太陽と競争をして喉が渇いて死んだ夸父《こほ》が投げ捨てた杖は、深く根を下ろして鄧林（大きな森）となった。人間であれ、神であれ、地上でかなえられなかった夢と愛は、時には木や魚になり、さらに蝶にも鳥にもなった。

変身譚の多くは、生と死を境界にしているが、生きながら変化する神もいる。ある女神は美しく変化し、反対に女神から怪物や魔女に転落する説話も少なくない。美しさを自慢し、蛇の髪をもつ怪物に変えられてしまったメデューサもいる。彼女たちが本来の姿とは異なる姿になる過程には、興味深い物語がある。

怪物から女神に

西の崑崙山の女神、西王母《さいおうぼ》

古代中国には神聖で侵されることのない偉大な山があった。神仙たちの家、または東方のオリンポスとも呼ばれる聖山、先端科学の知識や言語を集めても、何ひとつ解明することのできない神秘の場所、甘くかぐわしい醴泉が湧き、この世の言葉では形容できない美しい瑤池のある高い山、その名は崑崙山《こんろんさん》である。

古代の崑崙山は水源の場所であり、太陽と月が輝く神秘的な空間でもあった。隠れていた太陽と月が順に現れて世の中を照らし、開明獣という神はこの山のために進んで門番をした。世の中から完全に遮断されたこの場所を、誰も訪ねることはできなかった。古代の奇書『山海経』と司馬遷の『史記』が崑崙山の存在を証明している。

崑崙山は誰もが渇望する、誰も訪ねることのできない場所、ただ想像の世界と絵画でしか見ることのできない憧れの空間だった。人々はその場所の神仙がどのような姿をしているのか、醴泉はどれほど甘いのか、そこに隠れて光り輝く太陽と月は、どんなにまぶし

いものなのかを、ただ語り合うだけだった。

虎の歯で口笛を吹く神

想像でしか近づけない場所、物語でしか訪ねることのできないその場所には、特別な神が住んでいた。「西王母」と称されるその神は、人々が名前に「母」を付けたことからも、生物学上の性別では女性だったようだ。ある記録では「人」といわれているが、砂がひっきりなしに飛び交う砂漠の流沙の中に位置し、すべてのものを焼き尽くす炎火山と、羽毛さえ重く沈む弱水淵の断絶された場所で暮らしたという西王母は、むしろ神に近い存在だったのだろう。

西王母の外見をみると、人間かもしれないという疑いは一気に消え去る。西王母は荒々しいヒョウの尻尾と恐ろしい虎の牙を持っていた。あるいは神よりも怪物に近い存在だったのかもしれない。さらに三羽の青い鳥なのか、または三青鳥という名前なのかわからない鳥が、休む間もなく西王母のために食事を運んでいた。人間のようでもあるが、とどのつまり人間ではない。西王母はきっとそんな存在だったのだろう。山と水に関する経典『山海経』に、西王母に関する記述を見い出すことができる。

> 西海の南、流沙の辺、赤水の背後、黒水の前に大きな山があり、その名を崑崙山という。(中略)
>
> 山の麓には弱水の淵が囲んでいて、その辺には炎火山があって物を投げ入れると立ち所に燃え尽きてしまう。ある者は髪飾りを挿し、虎の牙にヒョウの尻尾をもち洞窟に住んでいる。名を西王母という。この山にはありとあらゆるものがいる。
>
> ―『山海経』「大荒西経」

「西王母画像石」山東省博物館所蔵

「武梁祠第一幅西壁画像」山東省嘉祥県武梁祠所在

西王母が机にもたれて、髪飾りを挿していた。その南に三羽の青い鳥がいて、西王母のために食事を運ぶ。崑崙虚の北にある。

―『山海経』「海内北経」

事実、西王母という女性らしい名前を除くと、何ら女性的な要素は見当たらない。ただ西王母は、人間がとても到達できない崑崙山に住んでいる神々のうちのひとりと見なされるだけなのだ。

不死の薬を分け与える女神

このように、外見は馴染みにくかったが、西王母には無視できない魅力があった。西王母はほかならぬ不死の薬をもつ神だった。それだけではない！　彼女は不死の薬を欲しがる人々に、それを分け与える優しい女神だった。単なるうわさでしかなかった西王母の親切心は、羿《げい》によって真実であることが明らかにされた。天神である「羿」は、空に突然現れた十個の太陽を始末してくれたありがたい神である。彼がいなかったら、焼けるように熱い太陽のもとで、世の中のすべてのものは渇きで枯れてしまっただろう。険しい冒険の最後に手にした不死の薬を妻の嫦娥に盗まれるが、彼はそれでも変わることのない英雄だった。

羿が不死の薬を西王母に頼んで手にした。

―『淮南子』「覧冥訓」

重要なことは、人間のために尽力した羿に、西王母は貴重な不死の薬を授けた点である。そのあとに、羿が西王母から不死の薬をもらったといううわさが流れたのだろう。不死の薬を手に入れた羿を妬んだ人々は、虎の牙に虎の眉毛、蛇のようにくねくねした体を

もったとうわさされる西王母の姿を石に描いた。頭にかんざしを挿してはいるが、鋭い牙があり、ヒゲや眉の一本一本が逆立った恐ろしい形相である。

西王母が不死の薬を分け与えたとのうわさが広まると、西王母が怪物だという話は徐々に薄れていった。虎の牙とヒョウの尻尾があったからどうだというのか。人々は西王母に人間世界の貴婦人のような衣をまとわせ、冠を被せてその前で頭を下げた。ふっくらと膨らんだ袖と高い五峰冠、豊かな裳裾は優雅なシルエットを描いた。食事を運ぶ三青鳥の代わりに、音楽に合わせて踊る飛天が西王母の周囲をぐるぐる回る。西王母は完璧な美しい「女性」になったのだ。

「怪物」だった西王母は「女神」に生まれ変わった。西王母は水路夫人、處容の妻、桃花娘のような美貌や、宓妃みたいな笑顔や香りがなくても構わなかった。不死の薬を作り出す神秘な能力を持ち、切実に救いを求めた者にそれを贈る西王母は、世界で最も美しい女神だった。

うわさは西王母を速やかに変化させる強力な武器になった。人々は世の中の貴重なもの、美しいものを持参して彼女に捧げた。この世のすべての山を見下ろせる崑崙山の最高の場所には、宝石がたわわにぶら下がり、彼女の頭上には優雅で華麗な花蓋が垂れ下がり、激しい太陽と雨から守り、大きく豪華な翼まで広げていた。西王母の美しさは、人と神を虜《とりこ》にする美貌ではなく、威厳のみなぎった美しさだった。

愛を分け与える美しい女神

英雄の羿でさえ頭を下げる女神、気品と威厳に圧倒される美しい西王母に、ヒョウの尻尾と虎の牙があるとは誰も考えなかった。今

や優雅さあふれる彼女に、地上の帝王たちも賛美の言葉を惜しまなかった。『漢武内伝』には、まぶしく輝く彼女の美貌の前で、魂を失ったようにぼんやりする武帝の話が登場する。

> 四月の戊辰日に武帝が承華殿でのんびりしていた。（中略）突然、青い衣をまとった美しい女人が現れた。武帝が驚いて尋ねると、彼女は答えた。
> 「私は西王母の使いで崑崙山からやってきました。（中略）七月七日に王母がこちらにまいります」
> そう言い終えると忽然と姿を消した。（中略）七月七日になると宮殿を片づけ、大殿に席を設け、赤い絹を敷き百和香を焚いて、雲の模様の絹の幕を張って九光燈を点けた。
> （中略）王母は殿に上がり東を向いて座った。彼女が着ている黄金色の衣は模様が鮮明で、彼女の顔は明るく輝いてみえた。霊飛の紐を垂らし、腰には道士が使う剣を差していた。頭には大華髻に太真嬰の冠をかぶり、鳳凰の模様が描かれた赤玉の靴を履き、歳は三十ぐらいに見えた。
> 背は適当で、天然の容姿には穏やかさがあり、顔つきが抜きんでて美しく、まさしく神霊そのものだった。（中略）西王母はみずから空の食事を準備したが、ひどく珍妙で、豊満で不思議な素晴らしい果物と赤紫色の霊芝など（中略）良い香りにあふれ、武帝もこれを表現することはできなかった。

武帝とはどんな人物だったのか？　十六歳で国王になり、実に半世紀を超える長きにわたって漢を治めた皇帝である。神仙を切望して童男童女を派遣したり、美貌の後宮、李夫人を忘れられずに、甘泉宮に彼女の肖像画を飾り、一日中悲しみに浸っているロマン

「瑤池宴図」京畿道博物館所蔵

ティックな男性だった。武帝が「神仙」と「美人」を求めてやまないので、人々は話の中でも武帝と西王母の仲を取り持ったのかもしれない。これ以降も西王母は敬慕される美しい姿で現れる。陶淵明《とうえんめい》は「読山海経」において、次のように彼女を描写している。

玉台に陽が当たり美しい。
王母はとび抜けた美人である。
玉台と王母は天地とともに生まれたが、
いつごろのことかは知る由もない。
神霊の変化は無限で
とどまる所はひとつの山ではない。
ほろ酔って歌を唱うと、
なぜ俗世の話なのだろうか?

陶淵明だけではない。後代になるほど西王母は多くの人々によって、さらに美しく輝かしい女神になった。人々は文章と絵画で彼女を賛美した。彼女が手にする蟠桃は夢の仙果だった。人々は西王母を壇上に押し上げて描いた。いつか必ず死ぬ運命を持つ人間は彼女を描くことで、彼女の心地よい仙境を所有しようとした。唐宋時代、さらに異民族が支配していた元の王朝の時期にも、西王母は人気を失うことはなかった。むしろその反対に、西王母は人々が楽しむ芝居の主人公になった。今日でも西王母は熱烈な崇拝の対象になっている。

南宋時代の方椿年が描いた「瑤池献寿図」は、様々なバージョンがあり、新たに描かれてもいる。無数に描写される「瑤池献寿図」は、西王母に対する人々の信頼と愛の大きさを教えてくれる。天上の蟠桃を分け与える優しい西王母は美しい女神になった。

最初から美貌の女神だったかのように

西王母が一時期、怪物の姿をしていた事実は、士大夫が大切に扱っていた文献にも記録されているが、誰も彼女を怪物とは思わなかった。不死の蟠桃の由来はともかく、彼女はいつも美しい女性であらねばならなかった。怪物が不死の贈物をくれるはずはなく、そうした素晴らしい贈物をくれる神仙は怪物であるはずはない、と思い込んでいたのだ。彼らは西王母の過去を完全に忘れていた。

人々を魅了する瑤池宴の女主人

遠く中国の西の端から韓国にまで伝わった西王母の宴会。それに参加するのは容易なことではなかった。中国人は西王母と彼女が分けてくれる蟠桃を謳ったが、韓国の知識人は蟠桃よりも、瑤池の宴会に注目した。西方にある神秘的な中国、そこからさらに西の果てを訪ねて、初めて西王母に会うことができると噂されていたからである。だが、困難であればあるほど、欲望はいっそう大きくなる。人々は西王母の持つ蟠桃だけでは満足できなかった。彼女が開く天上の宴会、瑤池宴への尽きない渇望は、「瑤池宴図」に対する流行を生み出した。中国と異なり海上群仙が強調された韓国の「瑤池宴図」は、青い波濤を越えてはじめて到達できる場所への、真摯な探求心の現れにほかならなかった。

美しく優しい女神、うっとりするような紅色をした蟠桃を持つ西王母は、敬慕の対象だった。中国の文献を学んだ韓国の昔の知識人は、先を競って西王母を褒めたたえた。朝鮮の国王とて例外ではなかった。『列聖御製』（巻12、粛宗編）「題瑤池大会図」では、瑤池の宴会を次のように描写している。

瑤池で宴会が開かれるので神宮たちが集まった。
めでたい霧と煙が欄干を包んだ。
柴の戸の外に立った仙女らは双鳳で身を飾り、
殿閣内に座っている西王母は九龍冠を被っている。
長寿の霊薬は金杯に満ちあふれ、
永遠に老いることない蟠桃は玉盤にあふれている。

瑞祥の霧と煙が欄干を包み込む神秘的な空間、枝折り戸の外に立っている仙女たちまでも双鳳で華やかに装った。九龍冠を被った西王母は、喜びと優雅さにあふれていた。彼女は招待客に永生の薬と見事な不死の蟠桃を贈った。

奇異な山と森、激しい波濤をかき分け、天上を行き来する駿馬に乗らなければ到着できない瑤池。そこで開かれる宴会は、華やかさと不滅の神秘に満ちた「夢の宴」だった。宴会を催した女主人は西王母である。彼女は最も美しい姿で人々を迎えた。瑤池にまで達する道程は、決して平坦なものではない。そこまで至るには、世の中のすべてが飲み込まれるという恐ろしい川と、吹きすさぶ流砂を越えねばならないが、冒険するだけの価値は十分にあった。朝鮮王朝時代になると、王室から士大夫や庶民が暮らす小さな通りにおいても、西王母は美しい女神として広く知られるようになった。

誰もが一度は行ってみたいと憧れる夢の宴、瑤池宴は瑤池という神秘の空間で開かれる。物語や絵のような想像の世界でしかない場所への熱望は、瑤池に対する新たな発想をもたらした。おもちゃの少なかった時代、拡大鏡の付いた小さな穴をのぞいて、その中が千変万化するのを見せてくれる万華鏡を、人々は「瑤池鏡」と呼んだ。瑤池鏡の中はあらゆる魔術と奇異な品々、幻想に満ちた世界だった。あたかも永遠の若さと美しさをもつ西王母の世界のように。

正体不明の怪物、美しい女神として生まれ変わる

西王母神話は、美がさまざまなスペクトルを持つことを教えてくれる。乱れ髪に虎の牙をもつ西王母が素晴らしい美貌の女神になれたのは、伝承の変化によるものである。伝承の変化は、無数にやり取りされた口伝に付け加えられたり、省かれたりした大小の「言葉」であり、新しく登場した言葉は、人々の口から口へと絶え間なく変化していった。古代人の口と耳は、強力なメディアだった。おかげでこの上なく奇怪に見られていた西王母は武帝の心を奪い、人々の心を弾ませる美しい女神に変身した。多くの男性の心をくすぐった春香の美貌を描写する際にも、瑤池の西王母が必ず登場する。

> 春香がなすこともなく堂上に上がり、拝してお目にかかる西王母は、瑤池宴の周の穆王にお目にかかるようだ。（中略）武陵桃花、一千の花が先を争って赤く染まったように、瑤池の茶蘭花、一万種が満開になったように、金粉牡丹がゆっくりと咲いて春を誇るように、池塘の白蓮が細雨を喜ぶように、碧月が昇るとき繊雲の跡もなく、芙蓉が半開したのに霞がいまや濃かった。
>
> —『南原古詞』

古代の多くの女神たちは、時間の流れに打ち勝つことは出来なかった。彼女たちは時間とともに年齢を重ねて消え去り、その空いた場所は新たに女神が登場して埋められた。しかし、西王母の居場所はむしろ強固になった。長い間、彼女が人々の心をつかんだ「あること」のせいだった。それは何だろうか？　怪物だった西王母が実に二千年の歳月を経て、朝鮮王室にまで美しい姿で伝えられた

のは、彼女が持つ人間に対する善良な心のおかげだった。天上に行く術《すべ》を失った羿に、快く不死の薬を分け与えた美しく慈悲深い西王母は、人々の頼みを拒むことはできないという思いと信頼のおかげで、みずから盛大な瑤池の宴会を開き、永生を与える美しい女神になった。

魔女や怪物になった女たち

麻姑《まこ》という仙女の痕跡を探し出すのは難しいことではない。中国や韓国の古い書物や絵画において容易に出会うことができる。だが、中国と韓国では理解の仕方が異なるので、人々は中国の麻姑と韓国の麻姑が異なる人物だと思い込んでいる。ある者はケヤンハルミ、ダジャグハルミ、アンガダクハルミがまさしく麻姑ハルミだと言い、またある者は、みんな名前が違うから、ケヤンハルミ、ダジャグハルミ、アンガダクハルミは、それぞれ人格が異なる神であると主張する。麻姑の実像に関する議論は、現在もなお進行している。ただ二つの文化において麻姑が「仙女」という点、「築城」と関連がある点、天然痘とある程度関連する点などから推測すると、双方の麻姑は決して無関係ではない、とかすかな推測を可能にするのである。

仙女から魔女になった麻姑

ほんのり色づいた桃色の頬

韓国神話の女神麻姑は複雑な存在である。まず中国の麻姑仙女との関連性からはじめよう。彼女の実像や性格は決して容易に理解で

きるものではない。麻姑の物語は韓国全域に伝えられたので珍しくはないが、ここには中国の美しい仙女から創造された女神や悪い魔女の姿まで、さまざまな物語が入り混じっている。
　麻姑が初めて紹介されたときは、長寿のあどけない顔をした仙女の姿そのものが伝えられたという。以後、美しく善良な麻姑は、新羅時代から遅くても朝鮮王朝後期まで、多くの作家の筆によって描かれ伝えられた。

ちり芥のような浮世で官途への苦難が恨めしい
麻姑を知った数年間こそが喜びだ
去る前に真心を込めて尋ねたように
海の水はいつか涸れてしまうのかと

―崔致遠「留別女道士」

春遅くまで麻姑の知らせがなく
蟠桃の花だけ乱れ散る
半生を風塵の中で白髪になり
上城に帰る夢はますます霞み
天台山は高く天に届くのに
裾をなびかせて石橋を渡る
美しく飾った宮廷の門を閉ざし
瑤池に黄竹の歌をどう聞くのか

―洪大容「湛軒書」

龍王は言った。「天台山は人間界から遠くないので簡単に行くことができます。けれども麻姑に会うのは難しいので、それがとても心配です」

また勇士を呼んで言った。（中略）

尚書はまた訪る場所がなく、東に向かって歩き続けたが、ふと山中から女が白い鹿が引く玉車に乗り、片手に天桃を持ったまま出てきた。その女の髪は雪のように白かったが、頬は桃のように鮮やかだった。（中略）

不思議に思った尚書が、文を詠みながら出てみると、谷の入口でぼろを纏った老婆が黒いむく犬を連れて若菜を摘んでいた。尚書が近づき拝して尋ねた。

「天台山はどちらですか？」

「ここが天台山じゃ」

「では玉浦洞はどちらですか？」

「あなたが降りてきたところが正に玉浦洞なんじゃ」

尚書はうれしくなりさらに尋ねた。

「それでは麻姑はどこにおられますか？」

その老婆は額に手を当て、じっと見つめながら言った。

「私は目が悪くてよくわからないが、あなたは誰だい？　私がまさに麻姑なんじゃ」

―『淑香伝』

新羅時代の崔致遠は麻姑に会った喜びを、朝鮮中期の張経世は龍が呼んできた麻姑を謳《うた》った。麻姑は多くのことを知る女神であり、人々に喜びと敬慕の念を与える美しい女神だった。一方、朝鮮朝後期の小説『淑香伝』では、雪のような白髪でありながら、桃の花のように輝く肌を持つ麻姑に出会える。小説の中の麻姑は、白髪だが桃色の頬を持つだけでなく、戦争の悲劇の中で捨てられた哀れな少女、淑香を助け、薬草を探す淑香に永生のきのこを手渡す優しい女神だった。

長い時を経て、彼女はついに時間の痕跡を残すことになった。しかし雪のように白い髪は、変わらず彼女を神秘的で美しく見せた。白髪の間から見える桃のようにほんのり赤い頬、片手に天桃を持った姿は相変わらず目を逸らすことのできない美しさだった。少女時代から老婆まで千変万化するなか、青春の美しさを見失わなかった彼女は、そののちに大きな変化を経験する。

魔鬼ハルミ、または瑞嫗ハルミ

今も真贋《しんがん》論争の続く『符都誌』において、麻姑は巨人創世女神として描かれた。神仙、老婆、創造というイメージが入り混じり、多くの物語が生まれた。巨人麻姑は石を運んだり城を築いたりした。たまに麻姑が人々の夢に現れると、慶事が起きたりもした。しかも、麻姑は人々に害を及ぼす魔女の姿で現れることもあり、どういうわけか時間の経過とともに、麻姑は人々の間では性格の悪い老婆として認識されてしまった。

麻姑は文禄の役のときに、倭軍に義兵が待ち伏せする場所を教え、そのせいで義兵が皆殺しにされるという悲劇を招いた張本人で、捨てられた幼い兄妹の妹のほうに過酷な築城をさせたりしたといわれる。彼女は自由自在に変身することが可能で、気の向くままに女性を妊娠させることも、流産させることもできる悪い老婆だった。人々は悪事をためらわない彼女を狐ハルミ、妖怪ハルミと呼んだ。もっとも広く知られる話は、江原道三陟郡の『三陟郡誌』に記録されており、三陟には今も彼女の痕跡として瑞嫗岩が残されている。

(三陟市)北坪邑朝雲里雪雲谷の入口、翠屏山の西、白月山の中腹にある岩穴の前に大きな岩がある。伝説によると「瑞嫗」という老婆

がこの岩の上に座り、「わしは鬼神の魂じゃ」と、鬼神にかこつけて人心を乱したという。彼女は未来を予言し、数十里離れた所で起きる偶発事故を突き止め、自分を愚弄する者がいれば、害を及ぼすことも多々あったという。手を合わせて何か祈っては病気を流行らせたり、近隣の集落の子どもたちを天然痘やはしかなどの熱病に罹らせて死なせたりもした。目をぎらつかせて石を握ると砂のように粉々になり、どんな固いものでもこねくり回したといわれ、今でも岩の上にその痕跡が残っている。一説では、狐が歳を取って怪物のような人間に化けて、こうしたいたずらをしたともいう。

昔はこの道が旌善郡を経て漢陽に通じる大通りであり、人々は頻繁に往来したが、これらの話が原因で途絶えるようになり、商人らは無事に通れるように群れをつくり、牛や財物をふんだんに捧げたという。そうしなければ被害を受けたのだろう。人や馬の足が地面にくっついて歩けなくなり、そのまま死んでしまうという悪質ないたずらもしたが、官の力でも止めることができなかった。彼女は狐や猫に変身することもできる魔女で、ある時は妖艶な女性になって人々を惑わし、生娘に薬を飲ませて子を孕ませることもあった。また、孕んだ子を跡形もなく消したり、姦夫に媚力を与えたりする反面、彼らを不能にする薬品を作ることもできた。顔立ちは乱れ髪にかぎ鼻（鷲鼻）で、長い爪をしていたようだ。

瑞嫗は、その腹の中にある胆力を与えるとの名目で情交を続けた。彼女が情交したい男が妻と交わると、爪で岩をひっかきながら嫉妬したといわれ、その嫉妬心の大きさは、岩にできた爪の跡で立証されるという。この妖女のために、村のすべてのもの、禍福生死からセックスまですべてのものが、悪魔に巻き込まれていった。だがこの頃、魔性に陥った朝雲里一帯の村々を救う英雄が現れた。天が派遣した孝行者の崔鎮厚と、力持ちで徳望の高い文学者の金眠で

ある。二人は議論して「こんな化け物がいたずらをして郡民と行人を苦しめるとは、君子の恥であり、受け入れることはできない」と、数十名の壮丁を動員して魔女を引き出して叱責し、鞭打ちの刑に処し、また彼女の頭に三百カ所もの灸をすえた。

魔女瑞嫗は「孝行者の罰に、抗うことなく甘んじて受ける」と言い、ついに気を失ったが、数日後に死んでしまったという。また髪（陰毛）三本を抜いたともいわれ、村の杵を振り下ろして陰部を打つと、騒ぎながら死んだという説もある。夜半にこっそり侵入して老婆の尻に生えた長い尻尾を切ると、魔力を失いゆっくり死んでいったとも言われている。

優しい巨人の女神から魔女になるまで

体は大きいが、優しく純朴だった女神が、どうして「みんな私のところに来て祈り供養しなければ、お前たちの子どもを天然痘にして殺す」と脅すようになったのか？　あらゆる悪事に明け暮れた妖女の名は「瑞嫗」、すなわち善良な老婆だったことを考えると、本来の瑞嫗は穏やか女神だったと推測することができる。

ところで、どうして彼女は名前にそぐわない姿になってしまったのか。彼女は自分を戯弄する者に復讐し、そのうえ子どもを熱病で殺したりした。ある時期、商人など人々の往来が頻繁だった通りは、彼女のために次第に荒廃してしまった。超自然的な方法で人々を苦しめた瑞嫗の悪行に対しては官の力も無力だった。こうした理由で人々は、老いた瑞嫗のことを老狐が化けた怪物であると考えた。乱れ髪に鷲鼻、長い爪を持った彼女は、性と生育に関する悪ふざけをし、生娘を妊娠させたり、胆力と引きかえに情交に明け暮れたりした。村の子どもから老人まで、彼女の手のうちから逃れることのできた者はひとりもいなかった。

しかし、瑞媼岩伝説は逆転することもなくむなしく終わった。気に入らなければ子どもでも大人でも容赦なく命を奪った瑞媼は、孝行者である崔鎮厚と徳望高い金眠に捕まり、罰を受けて死んでしまった。それまでの彼女の能力はまるで蜃気楼のように、二人の前では何の神通力も発揮することはなかった。その上、おとなしく死を受け入れる姿は、予期しなかったことで彼女らしくもなかった。神通力の高い道士でも僧侶でもない、孝行者の前で最期を迎えた彼女の死は滑稽ですらあった。村の大事、小事はもちろん、生育と関連した神秘的なことにまで関わった彼女だが、最後は戦ったり反抗したりもせずに、みずから死に向かっていったのだ。

瑞媼におとなしく死を受け入れさせた二人の「英雄」は、一体どうして神通力の高い彼女を倒すことができたのか？　彼女ひとりを引きずり出すために、数十名の壮丁を動員し、捕らえた彼女の頭に、なんと三百カ所も灸をすえると、瑞媼は突然、孝行者が罰を与えるなら甘んじて受けると言いだし、素直に死を受け入れたというのだ。生死禍福に干渉した女神の生涯は、こうしたあっけない結末になってしまった。

後に多くの研究者は、朝鮮王朝時代の儒教的価値観が瑞媼を魔女にしたと論じた。彼女を取り巻く民間信仰とシャーマニズム的価値観が、過去の儒教的価値観と衝突する過程で、この物語に変化をもたらしたという。長い間、長寿の女神として人々の願いを受け入れた優しい女神の麻姑は、男性中心の社会でみずから堕落し、消え去るしかなかった。瑞媼を排除して「英雄」になった孝行者と文学者、それは孝行と文章で世の中を改革しようとしたもので、儒学こそは最高の価値と崇めた男性の無邪気な夢だったのかもしれない。

しばしば夢に現れて慶事を予告した麻姑は、男性の口と筆を通じて儒教的イデオロギーに包まれ、魔女に変えられて殺害されたの

だ。「善良な老婆」、「良いおばあさん」という実像を失ったまま、おとなしく死に向かった麻姑の後ろ姿は、なぜか哀れに思われる。

天女からヒキガエルになった嫦娥

羿と嫦娥のすれ違う愛

中国の「嫦娥計画」！　宇宙大国としての地位を誇る中国では、以前から月に有人宇宙船を送っていた。「月世界まで」という人間の太古の夢を実現させる宇宙航空プロジェクトの名称は、中国の女神「嫦娥《じょうが》」に由来している。中国で打ち上げられた人工衛星「嫦娥」は、現在もしっかりと青い星、地球を見つめている。

嫦娥とは何者なのか？　中国神話の特徴である散発性、断片性を証明するかのように、嫦娥に関する文献記録は多いとはいえない。彼女に関する記録は中国各地にパズルのように散らばっている。

> 羿は不死の薬を西王母に頼んで受け取ったが、嫦娥がそれを盗んで月に逃げて行った。羿は茫然自失して悲しみながらも、彼女のあとを追うことはできなかった。
> ―『淮南子』「覧冥訓」

> 昔、嫦娥が西王母の不死の薬を飲み、月に飛んでいって月の精霊になった。
> ―『帰蔵』

> ヒキガエルになり月の精霊（月精）になった。
> ―『淮南子』

原本には残存せずに、他の本に引用されてかろうじて残っていた文章は、無数に書き直された痕跡をもつ。こうしてこまめに集めて

みても、嫦娥の姿を完全に描き出すのはやはり容易ではないが、いくつか重要な手掛かりを得ることはできる。彼女が羿と関係があったということ。また不死の薬を「盗む」という、はしたない窃盗事件以降、月世界に飛んでいき精霊になったが、その精霊は美しい妖精ではなく、醜いヒキガエルの姿をしていたというのだ。

後世の人々は、これらを手がかりに物語を作った。物語は遠い古代、太陽が十個あった当時へとさかのぼる。天帝の息子だったいくつもの太陽は、一日交代で昇って世の中を明るく照らしたが、ある日、十個の太陽が同時に昇る事件が起こった。地上の草木と水はすっかり渇いてしまい、人々のうめきと涙、苛立ちの訴えが天帝の耳にまで届いた。天帝は窮余の策として名射手の羿を呼びだし太陽を射落とさせた。彼は名射手だったので、彼が命中させられないものはなかった。しかし、自分の本分に忠実なあまり、太陽の父である天帝の感情をまったく考慮せずに太陽を射落としたのは失敗だった。彼の優れた腕前のおかげで、空にはひとつだけ太陽が残り、地上にも平和が訪れたが、天帝の傷ついた心はたやすく和らぐことはなかった。天帝は任務を完璧にこなした羿が、再び天上に戻ってくることを許さなかった。

地上に残された羿は、それほど意に介すことなく、人々の頼みを聞き入れてあちこち駆け回り、怪物を始末して世の中の災いの解決にあたった。彼は地上ではもっとも歓迎された英雄だったが、二度と天空には戻ることはできなかった。それでも羿の人生はそれほど悪くはなかったのだろう。どこに行っても人々に歓迎される英雄の羿は、天上ではなく地上で初めて人生の意味を見いだしたのかもしれない。

重要なのは、羿が妻のある身だったからである。羿には嫦娥という女神の妻がいたが、夫のせいで彼女も急に地上に取り残されてし

画像石の嫦娥（左）
現代に描かれた「嫦娥奔月」中国美術館所蔵（右）

まった。不滅の女神だったのに、突然限りある人生を生きることになった傷心と憤怒、衝撃と失望はどれほど大きかったことか。優しい羿は、そんな妻のために思い切って旅に出た。不死の薬をもつ地上の唯一の女神、西王母に会うために。彼は羽毛一本さえ重く沈ませる川、恐ろしく燃える炎火山を越えて、ついに神々の聖山、崑崙山にたどり着いた。

幸い親切で優しい女神の西王母は、苦労をいとわぬ羿に不死の薬を渡しはしたが、残念なことに不死の薬はたった一つだった。西王母はそれを夫婦二人で分けて飲めばともに不死でいられるが、一人で飲めばまた天空に戻ることができると付け加えた。

不死の霊薬を手にした嫦娥はどんなに喜んだだろうか。たったひとつの不死の薬を受け取った瞬間、嫦娥はまた天空に帰る自分を思うさま想像したのだろう。決定は難しいことではなかった。

嫦娥は羿の妻である。羿が西王母から不死の薬をもらっても、まだ飲んでいなかったのに、嫦娥は盗んで飲み、神仙になって月に逃げて月精になった。

―『淮南子』

羿は西王母に不死の薬を頼んで受け取った。嫦娥は不死の薬を盗んで飲み、月に逃げる前に有黄に占ってもらった。有黄はこう言った。

「めでたい！　帰妹卦が出たから一人で西に飛んで行き、暗く曇っても驚くことなく恐れるな。後には大きく栄えるだろう！」

嫦娥は月に身を委ねてヒキガエルになった。

―張衡『霊憲』

彼女は夫がちょっといない間に不死の薬を盗んで飲んだ。西王母

の霊薬は嘘ではなかった。嫦娥の体はふわりと浮かび上がり、遠い月に向かって昇っていった。彼女のために与えられた所は寒く冷ややかな月だった。それでも上空の天神として生きていけるなら！
しかし、嫦娥は気づかなかった。月に向かって飛んでいく彼女の体が、徐々にヒキガエルに変身している事実を。

月世界に行った嫦娥

嫦娥に関する記録のうち、彼女の容姿に対する評価は見つけにくい。嫦娥は女神だったこと以外、彼女の外見や雰囲気についての話は伝えられていない。あるいはすでにヒキガエルに変わった彼女の外見に対して、敢えて評価する必要はなかったのかもしれない。

夫を裏切った妻にはどんな弁明も修飾も許されなかった。あれほど願った「不滅」を手に入れはしたが、不滅はむしろ罰だった。恐ろしい外見で永遠に寂しく生きなければならない罰！　彼女はただ、不死の薬を窃取したり泥棒をする悪い妻、無残で醜い「ヒキガエルの精霊」になったのである。

後漢の画像石には、空に向かって飛んでいる嫦娥の姿が鮮明に残されている。ヒキガエルがいる丸い月と、画面に点々と刻まれた丸い星、その間を包み込む神秘的な雲気は、彼女が夢見た美しい天上を映しているが、人間とは違う足、衣でも隠しきれない獣の長い尻尾が、彼女の恥辱と苦痛を生々しく表わしている。

晩唐の詩人、李商隠は詩「嫦娥」で、一人で月へ昇っていった嫦娥が後悔しただろうと確言した。おそらく詩人は、夫を捨ててこっそり霊薬を盗み飲んだ彼女を許しはしないだろう。彼の神秘的な詩語には、毎晩、深いため息をつきながら後悔を繰り返す陰鬱な女性、すなわち嫦娥が登場する。

雲母の屏風は半ば透け、蝋燭の影がくっきり映る。
銀河がしだいに落ちてゆき、有り明けの星も沈みゆくこの時。
嫦娥はきっと悔やんでいるだろう、霊薬を秘かに飲んで月に昇ってしまったことを。
どこまでも続く碧い海、青い空、そのただ中に浮かぶ月の世界でたった一人、夜ごと寂しさを抱えながら。

―『李商隠詩選』岩波書店

月がこんなに冷たく寂しい空間になったのは、嫦娥のせいかもしれない。永遠の命の代わりに夫を捨てた悪妻に、快適な空間は決して許されなかった。醜いヒキガエルになったことが彼女に下された第一の罰だとしたら、第二の罰はその醜い姿で永遠に生きなければならないことだった。冷たい場所で孤独に寂しく。

後世、作家の筆においても、嫦娥はなかなか女神の容貌を取り戻すことはできなかった。嫦娥は本当に後悔しただろうか？　それは誰にもわからない。明らかなことは「窃盗と裏切りの象徴」となった彼女に、美しさと幸せの修飾語は決して認められないという事実である。

女性の立場からすると、嫦娥の行為は決して理解できないものではない。夫のせいで不滅の身分を剥奪されたまま地上に取り残されてしまい、さらに望んでもいない有限の体になってしまったのだ。夫も地上に取り残されたが、彼はむしろ地上がよく合っているように見えたりもした。世界各地を飛び回り、華麗な弓の腕前を誇り、人々に英雄としてもてはやされて幸せに過ごしているように見えたからである。

しかし、思いがけず人間と同じく限りある人生を生きることに

なった嫦娥は、何も得るものがなかった。彼女に残ったのは、悲しみと憤怒だけだったが、彼女のそんな苦痛は考慮の対象にはならなかった。それが窃盗であれ贈与であれ、大切な宝を独り占めしたとして、男性は女性に罰をくだした。美しさを失ったまま、永遠に醜い姿で生きなければならない残酷な罰である。

千年の罰に耐えた美しい嫦娥

後世の知識人でさえ、嫦娥は冷たい月宮で過ごしながら、毎日涙を流し後悔しているだろうとその境遇を憐れんだ。だが、ある瞬間からみずから夫を裏切った嫦娥を見つめる視線に変化が生じた。月世界の冷たい宮殿、広寒宮に伴侶もなく独りで生きていく女性嫦娥は、多くの知識人の想像力を刺激した。月光のように青白い肌に黙々と涙を流す女性は、どんなに美しかったことだろう。男性は嫦娥の刑具を外し、千年の時を独りで耐えた女性に、清冽な美を取り戻してやった。

化粧台の前に来て背後から見ると、
広寒宮の嫦娥が明るい月の中にいるようだ。

—馬致遠「漢宮秋」

韓国の過去の知識人にとっても、嫦娥は美しさの代名詞だった。涼しげな魅力を持った彼女は、美しい女性と同一視された。夫を捨てた罪で醜い姿のまま寂しい歳月を耐えた彼女が、再び美しい姿を取り戻すまでには、千年を超える時間が必要だった。

それはともかく、月世界の女主人になった彼女のおかげで、中国人にとって月は遠いものではなくなった。そのせいか、中国はずいぶん前から宇宙に人工衛星を上げている。嫦娥という美しい名前を

もつ衛星である。ぞっとするような怪物に変わってしまった嫦娥は、人々の物語のなかに、また美しい女性の代名詞として戻ってきたのである。

美に対する
欲望は様々な角度で
表出される

永遠なる美の条件

第6章

美に対する欲望は様々な角度から表出される。自然に美しくなることを望む人もいれば、美しいものを探し求める人もいる。また、それに耽溺して秘密めかしく大切に仕舞っておきたい人もいる。何がいちばんきれいで美しいのか、ということに対する人々の関心はなかなか変わらない。代表的な検索語の「この世でいちばん美しい人」、「世界で最も美しい顔」に対してはいつも関心が高い。美しさはときに最強のテーマになることもある。それでは永遠の美しさを手に入れる方法とは？

まず、誰もが認める美しい容姿がある。水路夫人、疫病神の情欲を煽った處容の妻、鬼神となっても忘れがたい桃花娘、紂王を虜にした妲己、幽王を 狼少年にした褒姒らの美貌である。これに対し、そのような美貌を持ち合わせなくても、あらゆる人から愛された女神や女性がいる。ソルムンデハルマン、媽祖、麻姑、西王母は、人間に対する無償の愛や善良な心のおかげで、人々の心の中に深く刻まれているが、こうした善良さが美しいと考えられたこともある。

しかし、美しいという外的条件や善良さだけでは、いつまでも美しさを保つことはできない。

彼女らに数百、数千年経ても変わらない「美しさ」をもたらした秘密はほかにもある。

満たされず　遺された欲望　そして記憶

その家に入ってすぐに出会ったのは、しおれた百合みたいな朝子の顔だった。（中略）会いたいと思っても、一度会ったきりで会えなくなることもあれば、一生忘れられなくても、会わずにいたりする。朝子とぼくは三回出会った。三度目は、会わなければよかったのだ。

—皮千得「因縁」

生老病死の運命を避けられない人間にとって、時間とともに深まっていく老いは、花の盛りのように、光を放っていた人生の瞬間を酸化させる強い力を持っている。長い歳月にわたり「国民学校一年生くらいのかわいい女の子を見ると、朝子を思い出し」たり、「若草色のきれいな傘を見ると、朝子の子どものようにはにかむ姿」が思い浮かぶほど、とてもきれいだった頃の朝子は、ついに作家に「会わなければよかったのだ」という無念の思いを残すことになった。

作家は、決して戻ることのできない「時間」という誠実さの前で、しおれた百合のようになった彼女の顔を見つめた。輝いていた若い頃の美しさは、いまや粉々に飛び散ってしまった。とても美し

く初々しかった彼女のことは、記憶の中に残して置くべきだった。

満たされない永遠の美しさ、李夫人

城や国を危うくする美人という意味の「傾城（国）之色」。この「傾国之色」のヒロインは、前漢の武帝の心を虜《とりこ》にした李夫人である。もともと歌姫だった彼女は、歌舞に優れていた兄、李延年のとりなしで武帝と会うことになった。李夫人が武帝にまみえる前に、彼女の兄は彼女をこんなふうに詠った。

北方に佳人あり
みめよきこと世に並ぶものなし
ひとたび顧みれば人の城を傾け
ふたたび顧みれば人の国を傾く
なんぞ傾城と傾国を知らざらん
［されど］佳人ふたたびは得がたし！

—『漢書』「外戚伝」

優れた音楽家が調べに乗せた歌は、武帝の心をときめかせた。だが、武帝は「見事じゃ！　しかし、世の中にそんな女がいるものか？」と笑ってやり過ごそうとした。だが李延年の詞は根拠のないものではなかった。武帝の姉、平陽公主は、延年の妹がその美女であるとささやいた。延年の歌も姉のさりげない耳打ちも嘘ではなかった。召し上げてみると、彼女は神秘的な美貌を持つばかりか、舞踊にも優れた魅力的な女性だった。その美しさで皇帝の心をとらえた彼女は宮中の花となった。彼女は武帝の寵愛をほしいままにし、やがて武帝の息子を産んだ。

皇帝の願い、「せめて一目だけでも！」

しかし、二人の愛はここまでだった。その愛を遮った唯一の邪魔ものは、夫人の儚《はかな》い生命だった。病が重くなっていく夫人を不憫に思ったのは武帝だった。武帝は夫人が病に伏すと何度も出向いて見舞ったが、彼女は武帝の身に余る恩寵を丁重に拒絶した。帝国の皇帝が彼女の部屋を訪れても、彼女は布団で顔を隠し、小さな声で懇請するだけだった。

「妾《わたくし》は久しく病の床に臥し、容貌が崩れていますので、帝にお目にかかることはできません。何とぞ昌邑王とわたくしの兄弟のことを宜しくお頼み申し上げます」
「そなたは病が重く、床から起き上がることはできそうにないが、わしを見つめて昌邑王と兄弟のことを頼むほうがよいと思うのだが、どうじゃ？」
「妾《おんな》は貌《かお》を化粧しないでは、夫君や父にま見えることは不可能です。私はきちんと装《よそお》わないまま、天子にま見えるわけにまいりません」

―『漢書』「外戚伝」

皇帝は、美しくあでやかだった頃の彼女の顔を見たい一心でふたたび言った。

「せめて一目だけでも！」

ところが、彼女はそんな皇帝の切なる頼みも、頑として受け入れなかった。すると皇帝は、彼女に千金を下賜し、彼女の兄弟に高い職位を与えると約束した。それでも夫人の態度は変わらなかった。高い地位を与えるのは皇帝の一存にかかっており、夫人の顔を見ることに依るものではないと答えたのだ。

焦ったのは夫人の兄弟姉妹だった。千金もの財産と高い官職が、たった一度の顔合わせにかかっているのに、それを頑強に固辞する彼女の気持ちを理解できず、とうとう彼女を非難するまでになった。皇帝の頼みは難しいことでもないのに、なぜそんな簡単な頼みを拒絶し、皇帝を失望させるのかと声を荒げた。彼らは李夫人が顔をいちど見せることで皇帝から下賜される千金と官職が、すべて自分たちの手に入ることを知っていた。すると、やおら彼女が口を開いた。

> 私が天子に顔を見せようとしないのは、そうすることによってもっと深く兄弟のことをお願いしたいからです。私は容貌が良かったおかげで、微賤の身なのに天子様の御寵愛を受けることができたのです。容色をもって男性に仕える女性は、容色が衰えれば愛は冷め、愛が冷めれば恩寵は消えてしまいます。
> 天子が恋々と私を思ってくださるのは、つまり平生の容貌によるものです。陛下が今の私の崩れてかつての面影の失われた顔色をご覧になったら、必ずや心変わりをされ、私を見捨てられるに相違ありません。そのようなことになれば、私を追慕してくださることもなくなります。それでも残った兄弟を憐れんで顧みてくださるのでしょうか？

―『漢書』「外戚伝」

武帝の望みどおり、顔を見せるべきだと彼女を非難していていた兄弟姉妹も、きっと口をつぐんだことだろう。彼らは夫人が死ぬまで自分たちを深く愛していたことを知った。夫人の読みは当たった。彼女の死は皇帝を燃えるような恋慕の地獄へと追いやった。彼女の死後、皇帝は皇后の礼によって彼女を葬り、彼女の兄弟には前

途洋々たる道が開かれた。兄の李廣利は弐師将軍になり、李延年は協律都尉に任じられた。

満ち足りなさは、永遠の美しさの泉

李夫人の読みは正しかった。武帝が寵愛した女性、ひとたび顧みれば城が傾き、ふたたび顧みれば国が倒れるほど美しかった彼女と、最後に会えなかったことが皇帝には心残りとなった。悲しみに暮れた皇帝は、彼女を追慕するために命令を発した。

「いいか！　甘泉宮に李夫人の姿を描け！」

夫人の美しさは、想像と記憶のなかで膨らみさらに大きくなった。過去は変わらないものの、それを記憶する人々の想像力は、彼女の美貌に新たな美しさを付け加えたのだった。

皇帝の心のうちを気づいた方士（神仙の方術を使う道士）の少翁は、夫人の霊魂を招くことができると大言壮語した。せめて一目だけでも彼女に会いたかった皇帝は少翁を呼び寄せた。もちろん少翁の話は噓《いつわり》だった。彼は夫人に会いたい一心で理性を失った皇帝の心情を利用したのだ。すべてのものがおぼろげにしか見えない夜、皇帝は帳《とばり》を巡らした場所で、独りぽつねんと彼女を待っていた。少翁は夫人もどきの美女が歩むさまを、離れた地点から眺めるように仕組んだのだった。皇帝は少翁から「女性」に近づくことを固く禁じられていた。しかし、一目でもその顔を見たい！

皇帝の権力でさえも破ることのできない禁忌《タブー》は、単なる望みを希望に変え、さらに死んでも諦められない悲願にまで高めた。彼女の美しさは、もっぱら人々の想像と記憶のなかでより完璧に蘇った。「せめて一目だけでも、その顔を見たい！」と高まった武帝の欲望は、ついに満たされぬまま残り、それが満たされることは決してなかった。

永遠の欠乏を残した夫人は、皇帝が亡くなるまでその記憶の中に、そして後世の人々の記憶の中に、より完璧になった美貌の女性として残り続けることになった。彼女を忘れられない皇帝は、途方もなく長い歌を残して彼女を追慕した。彼女の美しさは不滅の詩編の中にいまも生きている。

その美、たおやかにしてみめよきも、
その命、断たれて長からず。
新宮を建て、迎えんとするも
永久に絶え滅びて故郷にも帰らず。
生い茂りしもの、はや朽ち果てて、
深く幽《くら》きところに処《お》りて心傷《いた》む、
(中略)
なれ親しみし歓びも絶えて離別し
宵に夢から覚むれば芒々《ぼうぼう》たるのみ、
うたかたのごとく消えて帰らず、
魂は去りてかなたへ飛揚せり。
霊魂の粉々に散り乱れたる。
哀《かな》しみて徘徊しつつ躊躇するも、
行くべき道は遠く、ついに忽然と去れり。
はるか西へ征《ゆ》きて、もはや見えずなりぬ
床につきてもそぞろ身にしむ侘しさ、
寂《せき》として音なきも、
流れる水のごとき思いが、心の水底を流れり。

—『漢書』「外戚伝」

まみえることができないゆえに、より美しい王昭君

ああ、貴女を失ってしまうのか！

古代中国屈指の美人で、元帝との悲劇的ロマンスが記録に残る王昭君《おうしょうくん》の物語は、今から二千年前にさかのぼる。王の宮女だった彼女に関する記録は、正史の「漢書」と「後漢書」にも残っている。勇猛果敢な遊牧民族の国、匈奴と北方で国境を接していた漢であるが、その匈奴は非常に大きな脅威だった。両国は一進一退の攻防を繰り返しながら関係を維持していた。ある日、匈奴の君主の呼韓邪単于（君主の意）が漢王朝の娘婿になりたいと公主（姫）を求めてきた。漢王朝は姫をやると約束はしたものの、とても本物の姫を嫁がせるわけにはいかない。やむなく後宮や大臣の娘のなかから数名を選び、姫に仕立てて嫁がせることにした。それまで後宮にいながら、皇帝にお目にかかる機会のなかった王嬙（王昭君）という宮女も、匈奴に行くとみずから名乗り出た。あまたいる宮女のうちで、たった数名が！　こうして、両国間の婚姻は滞りなく挙行されることになった。

いよいよ王昭君と他の四人の女たちが旅立つ日、王昭君と元帝並びに匈奴の君主が一堂に会した。初めて王昭君と会った二人の君主は、一目見るなりたちまち彼女の美貌に魅せられてしまった。彼女のずば抜けた容姿が絢爛豪華な衣装に包まれると、その美しさが倍増したのだ。彼女の美しい姿は元帝と匈奴の君主ばかりでなく、居並ぶ人々をも驚かせ、彼らの胸をときめかせるほどだった。それが両君主に悲喜こもごもの事態をもたらした。

王昭君は名が嬙《しょう》、字が昭君で、南郡（現在の湖北省興山県）の出身だった。かつて元帝の治世（紀元前43～33年）の貧しい農民の娘

だったが、選抜されて掖庭（後宮）に入った。漢の皇帝は、当時の習わしに従って、匈奴の呼韓邪単于が来朝すると、詔書を出して宮女五人を妻として彼に贈っていた。王昭君は後宮に入って数年たっても皇帝から顧みられることがなかったため、元帝を恨めしく思い、掖庭令に［匈奴に］行きたいと願い出たのである。単于が大きな宴会に［参加して宴会が終わって］帰る頃、皇帝は五人の女性を呼んで単于に紹介した。王昭君は眉目麗しい容色のうえ美しく着飾っていたので、漢の宮殿においてもひときわ光芒を放ち、［彼女が］振り返るたびに衣がゆらゆらと揺れるさまを見た周りの人々が、あまりの美しさに感嘆の声を発するほどだった。

皇帝は［その姿を］見てひどく驚き、内心［彼女を］宮中に残しておきたいと思ったが、相互の信頼関係に傷がつくことを懸念し、結局、［彼女を］匈奴に与えた。

—『後漢書』「南匈奴列伝」

いちども昭君を見たことがなかった元帝は、彼女を他の男に嫁がせる日、初めてその顔を見た。皇帝と周りの人々は、その美貌に驚いて身も心も震えるほどだった。とりわけ皇帝は、呼韓邪との約束を破って彼女を宮中にとどめ置きたいと思った。しかし、大国の皇帝といえども、この問題の前では無力だった。皇帝の心中を察した大臣らは、固唾を飲んで皇帝の様子を見守り、何度となく皇帝に信頼関係の存在を思い起こさせようとした。彼女の美貌のため呼韓邪と気まずい関係になることはできない。皇帝は絶世の美女の彼女に未練を残しつつ嫁がせはしたが、最後まで未練が消えることはなかった。

一枚の美人図

元帝と王昭君の切ない因縁は、後世多くの人々によって伝承され物語にもなった。後宮で一途に皇帝のお召しを待ち焦がれながら過ごしていた一人の女性、彼女をうかつにも見過ごした国王との出会いは、むしろ悲劇に近いものだった。皇帝は彼女に一目惚れしたが、もはや彼女を傍に置くことは許されなかった。皇帝であるがゆえに、何もできない無力感と欠乏感がさぞかし彼を襲ったことだろう。

元の作家、馬致遠は昭君を嫁がせた皇帝が、昭陽宮に彼女の肖像画を掲げて彼女を偲んでいる姿を思い描いた。李夫人を失った武帝のように、二度と近づくことのできないものに近づきたい切ない心の現れである。

ああ！　思慕の念を断とうとするも、われ鉄心臓にあらず！
鉄心臓ですら哀しみの涙が滴ること千行ならん
今宵昭陽宮にそちの肖像画を掲げ、
我は貴女を供養せん
高く銀燭を焚きてその美しき姿を照らさん

昭陽宮に一枚の美人画として残った彼女は、永遠の若さと美しさで記憶されている。毛皮をまとい琵琶を抱えた姿に、飛んでいる鳫でさえも羽ばたきを忘れたという彼女。元帝に言いようのない未練を残した彼女の永遠の美しさを、我がものとすることも、傍に置くこともできないその欠落感は、聞く者の心まで哀しくさせる。それこそ彼女が四大美人（西施・王昭君・貂蟬・楊貴妃）のひとりとなった所以《ゆえん》なのかもしれない。

もはや欲しがることも傍にいることもできない悲壮感と欠乏感

は、人間の欲望を極大化させる。ひっそりと記憶だけに留めておくべき彼女の美しさは、日が経つにつれ募っていかざるを得ない。永遠の欠乏として残された欲望と絶え間なく更新される記憶、こうして物語において彼女たちは、永遠の美を得ることになったのである。

永遠の美しさの秘密、うわさと物語

想像力という妙薬で完成する美

水路夫人、處容の妻、そして李夫人は、どんなに美しかったのか？　純貞公の妻、水路夫人と、武帝の心をつかんだ李夫人、人間のみならず自然物にも自分の存在を忘れさせるほどだった中国四大美人の美しさは、写真や絵画だけでなく、言葉と文字でも伝えられてきた。

言葉と文字で残された美しい女性についての記憶、彼女らを見てみたいとの欲望はとどまることをしらない。人々は絵や彫刻でその欲望と興味を解消しようとした。だが、絵や彫刻で作られたイメージは興味に応えることはできても、視覚的充足感とは程遠い場合もある。

彼女の顔を見てみたくて

過去から現在まで、犯すことのできない美しさの代名詞のような水路夫人は、美貌が人々の口から口へ伝えられ、現代の詩人ですら詩想をかき立てられる対象になった。切り立った絶壁に咲いた

花を無心に所望した女性、海中の龍さえも突き動かした女性。さらには龍宮にまで連れ去られた水路夫人の美しさは、数千年が過ぎた現在でも、人々の心を刺激する「美」の代名詞になった。彼女を見たかったのは「水路夫人の顔」と題する詩を詠んだ詩人だけではなかった。時が経過しても満たされない好奇心は、彼女を称える彫刻像につながった。

水路夫人の物語が残る三陟市では、彼女と旅の一行が昼食の食膳を広げた海辺が広々と見渡せる場所に水路夫人像を立て、周囲に「水路夫人献花公園」なる名前をつけた。この像の土台には赴任先へ向かう純貞公一行の行列が刻まれている。龍の背中に腰かけた水路夫人の背後には、空と龍が現れそうな深く青い海が広がり、夫人像の向かい側には「海歌」を詠んだ人々と純貞公の石像が点々と立っている。

彼女を自分の目で見てみたいという人々の願いは、この公園と水路夫人像の造形で現実化した。しかし、海辺を背に龍の背中に大人しく座っている水路夫人を見た人々の反応は一様ではなかった。うわさどおり美しいと言う者も、思ったほどは美しくないと失望した者もいた。そのわけは彼女を単一のイメージで想像していたからだろう。

『三国遺事』や詩人の歌、さらに無数の物語のなかの水路夫人は、人々の頭のなかで、最も美しく魅惑的な人物として想像したものだった。しかし、三陟の水路夫人像の限りなく慈愛に満ちた微笑と上品すぎる容姿は、無心に崖の花を求めたあでやかさとはいささか距離があるように思われる。巨大な水路夫人像は、誰かの想像とは類似しているかもしれないが、万人が想像する彼女のイメージを完璧に満たすことはできない。「あばたもえくぼ」というが、人々は普遍的な審美観のほかに、個人的な美的追求と趣向を持つからなの

だ。

万人が心を奪われる美しさというのは、詰まるところ実体ではなく、文字と想像力において、より完璧に具現化されるものなのだ。昔の人々が残した文章と歌、詩人が探求心から完成させた詩、龍が身をくねらせて表現する物語の中などが、彼女の美しさが永続される空間なのである。

雁に羽ばたきを忘れさせた美女

絶えず絵画と彫刻のモチーフになってきた美女としては、中国の王昭君も見逃すことができない。彼女は掛け軸、彫刻、陶磁器、扇子など、人々の身の回りの品々を彩る存在にもなってきた。しかし、イメージとして完成された彼女の姿を見て、本当に元帝と呼韓邪単于が惚れ込むほど美人だったのかと、気にならなくもない。218頁に掲げた二つの作品はそれぞれ別人のように見えるが、どちらも四大美人の一人として知られる王昭君を描いた昔の絵画である。彼女は漢の元帝の宮女から、和親の条件として匈奴の国王に嫁ぐことになったと伝えられるが、旅立つ日になってやっと彼女の美しさを知った元帝は涙の別れをする。

これからは見ることも触れることもできない「最後」が与える無念と口惜しさは、彼女の美しさをさらに忘れ難いものにした。彼女の別名は「落雁《らくがん》」である。王昭君の美しさに、雁でさえ羽ばたきを忘れて地面に落ちたという意味なのだ。荒涼として寒冷な匈奴の地へと旅立つため、彼女は毛皮をまとい孤独と寂しさを慰めるための琵琶を抱いていた。

他の四大美女もそうだが、王昭君に関する絵画も少なくない。人々は美しい彼女を口で語り、文字で書き、絵筆で描き残した。どんなに美しかったのだろう？　彼女の美貌を描いた人々は、いかな

水路夫人献花公園に立つ「水路夫人像」江原道三陟市所在

る媒体であれ最も美しい姿に描写したはずだ。

北方の匈奴に嫁ぎ、残された生涯を送ることになる王昭君は、毛皮に琵琶を持った姿で描かれている。王昭君と漢元帝の愛を描いた『漢宮秋』において、王昭君の今後を案じる元帝は次のように歌った。

恐らくわが明妃（王昭君）は、腹を空かせては塩を振り焼いただけの肉をひと切れ食べ／喉が渇けば乳粥を一杯飲むのだろう。（中略）漢の国の衣をすべて脱ぎ、辺境の毛皮 に着替えてしまったので、私はただ王昭君を描いた絵を眺めるばかりで生きることになった。

さて、王昭君を描いた二幅の絵画を見ると、すぐさま疑問が湧きあがる。それは画面の二人の容姿がだいぶ異なるからだ。一方の小柄な背格好やぼんやりとした丸い顔は、今日の美的基準にはそぐわない。また、もうひとりの女性は、細くて小さな目をしており、若さを感じさせない姿に描かれている。現在の基準ではあまり美しいとはいえないが、この絵を描いた作家にとっては、これが最も美しい顔だったのだろう。また、当時の多くの人々にとって魅力的な時代的美しさも加味して描写したものと推測される。こうして見ると、おのずから「美の基準は時代ごとに異なり、見る目も人それぞれによって異なる」というごく単純な結論に行きつく。

その当時、実際のイメージを定着できる写真があったなら、四大美人は別のものになったかもしれない。数千年にわたり、美人の地位を固く守っている女性たちの実際の容姿が、どんなものだったかを推測するのはそれほど簡単ではない。なぜ想像しにくいのかと言えば、それが「視覚的イメージ」ではなく、物語という形で残っているからで、反対になぜ想像しやすいのかと言えば、現在の美的観

毛皮をまとい琵琶を持った王昭君、内蒙古博物館所蔵

念、もしくは個人の審美眼を投影して最も美しいイメージを作り出せるからだ。「美しさとは、それぞれの心象を決定する主観的な記号に沿った蠱惑や感動」なのである。このことから言葉と文章で残っている限り、彼女たちはどんなに美的基準が異なる時代においても、最も美しい姿で想像されるということが分かる。ヘルマン・ヘッセは「言語とは謎かけのようなもので、地上で最も神秘的かつ驚異的な現象である」とまで言った。

言語は美しくも驚くべき面を持っている。それでいて謎かけのようだ。（中略）言語はそれを使い学ぶ我々にとって、地上で最も神秘的で驚異的な現象になる。

人々の欠乏を解消するために作られたある視覚的、絵画的イメージは、人々の美的想像力に、さらなる大きな欠乏を作り出すことがある。美を表現するに際しては、想像力が息づくすきのある文章と言葉の方が、単一のイメージよりも最適な媒体なのだ。余白のある言葉と文章で残された「美」、行間と字間を行き来することができる想像力こそ、「美」を完成させる妙薬なのだ。

あなたのような美しささえあったなら

古代中国には四大美人がいた。西施《せいし》、貂蝉《ちょうせん》、王昭君、楊貴妃《ようきひ》である。彼女たちはそれぞれ人間だけではなく、自然物さえも惚れ込むという意味での別名を持っていた。人々は西施に浸魚、貂蝉には閉月、王昭君には落雁、楊貴妃には羞花という別名を与えた。西施の美しさに、泳いでいた魚はヒレを動かすことを忘れて水底に沈み、貂蝉の美貌を見て、月はみずから姿を隠す。王昭君が通り過ぎる姿

を見ると、飛んでいた雁は羽ばたきを忘れて地に落ち、楊貴妃を見た花は、みずからを恥じて首を垂れたという意味である。それでは、彼女たちはどんなに美しかったのだろうか？

小さな村の水辺で洗濯をする少女だった西施は、胸を患った蒼白な美しさで名高い。そんな彼女の美しさに関して、様々な興味深い話が伝わっている。

「見た？　顔をゆがめる姿も美しいそうよ！」

彼女たちは果たしてどんな容姿の持ち主だったのか。同時代の者でなければ、理解するのは難しいだろう。彼女らの美貌は一枚の肖像画ではなく、昔の人が残した文章と物語、さらに「そうらしい」といううわさを通じて伝えられている。

> その昔、絶世の美人の西施がたまたまは胸を病み、眉をしかめて田舎に帰ったことがあった。すると、それを目にしたとある田舎の醜女《しこめ》が、えも言われぬ美しさにうっとりして、自分も胸に手を当てて、村中をしかめっ面でのし歩きまわったという。するとこれを見て、村の金持ちは固く門を閉ざしたまま外に出ようとせず、貧乏人は妻子を引き連れて一目散に逃げ出したそうな。
>
> —『荘子　全現代語訳（下）』講談社学術文庫

『荘子』「天運」に収められた上の文章で、荘子が西施の話を例に挙げたのは、先王の制度をむやみに真似する儒家を批判するためだった。荘子は師金の口を借り、「その醜女には、西施のしかめっ面のえも言われぬ美しさは分かったが、しかめっ面がなぜうっとりするほど美しいのかまでは、分からなかったのだ」と言い、やみくもに真似することの副作用と弊害を説いた。荘子は古きものを無暗

に真似する儒者を批判したわけだが、西施の話からは醜女のやるせなくうら悲しい心も読み取れる。西施を真似すれば少しでも彼女に近付けるという、彼女の期待と願いはもろくも崩れてしまった。

美はすべての人々を揺り動かすものだが、醜さはそれとは正反対の結果を招くことがある。金持ちは門を閉ざして家の外に出ず、貧乏人は彼女を見たくないからと、その村からすっかり出ていったという話がそれを伝える。この話は無暗に真似ばかりをしても、真の美しさを得るのは難しいという教訓になるが、美しさが女性にとって大きな欲望の対象であるとも教えてくれる。金持ちが門を固く閉ざし、貧乏人が引っ越しをしたと誇張した「うわさ」、このうわさ話こそ、西施の美貌をさらに引き立てることになった。

古典的戦術、美人計の主人公

沈魚、すなわち魚に泳ぐことを忘れさせ水に沈ませるという、印象深くも魅力的な別名を持つ西施は、ごく普通の、小さな川辺で洗濯をする少女だった。傾斜地で洗濯する彼女の傍に集まってきた魚たちは、彼女の姿に心を奪われ、ヒレを動かすことすら忘れたという。魚さえ水面まで現れ、彼女を見ようとした話とうわさが現在まで伝わっている。彼女によって、中国浙江省の平凡な川は詩人の詩想を呼び起こす想像の空間となった。

西施は越の国の川のほとりに住む女、
輝く麗しさは雲海を照らすがごとし。
呉の国の宮殿に入る前、
洗濯していた院紗の古い踏み石は、今もそのままに残る。

—李白「送祝八之江東賦得浣紗石」

美しい容姿は天下に尊重されるもの
西施がいつまでも放っておかれましょう？
朝は越の国の川辺の女、
夕には呉の国の宮の妃になった。
（中略）
その時、彼女と共に洗濯をしていた友たちも
共に車に乗ることはかなわない。
この話を隣家の女に語ったところで、
顔をしかめても、彼女と同じようになれようものか？

―王維「西施詠」

顔をしかめることさえ真似させる美貌の持ち主、魚さえ惚れ込む美しい彼女の運命は、決して平坦なものではなかった。春秋時代に生きた彼女は、美人計《びじんけい》（色仕掛け）の主人公になった。薪の上に横になり、胆を舐めて復讐を誓う「臥薪嘗胆《がしんしょうたん》」が繰り返される壮絶な戦乱の時代、呉と越が覇権を争う最中に復讐を求めたのは呉の王闔閭だった。彼は太子である夫差に、越の国の勾践に復讐するようにとの遺言を残してこの世を去った。夫差は父の遺言を忘れぬため、薪の上に横になって痛みに耐え（臥薪）復讐を誓った。勾践は夫差が復讐を狙っているといううわさを聞きつけて先制攻撃を仕掛けたが、大敗して身を隠し越に戻ると、傍らに胆を置いて苦みを味わいながら、つまり嘗胆しながらこの上ない恥辱を胸に刻んだ。

度重なる復讐の戦乱に、范蠡は「美人」という美しい武器を持ち込んだ。勾践は范蠡の策略に従い、美しい少女、西施を呉王に献上する。夫差に仕えていた忠臣伍子胥は、古代の二人の美女、妲己と褒姒によって敗亡した紂王と幽王の話を聞かせ、彼女を遠ざけるよう懇請したが、すでに西施の美貌に深く心を奪われていた夫差は伍

子胥の言葉を聞き入れなかった。范蠡の作戦は大成功だった。西施の美貌に取り憑かれた呉王は政治を怠り、越を警戒すべきという伍子胥に自害を命じるという愚を犯した。そしてついに、みずから滅亡するに至った。復讐に次ぐ復讐を繰り返す残酷な戦い、みずからに薪の上での眠りと、胆の苦みを味わわせた残酷な戦いは西施の美貌で幕を閉じたのである。

臥薪の苦痛をすべて忘れさせた美女、西施。彼女の死については、幽王を狼少年にした褒姒と同様にうわさが絶えない。勾践の明敏な臣下、范蠡の恋人として一生を送ったという者がいるかと思えば、『墨子』では水に落ちて死んだと証言している。はっきりしないうわさが、かえって彼女の美しさを引き立たせる。長い歳月を経ても、後世の人々は院紗の水辺や西施から名前を取ったという西湖に行けば、その美しい光景に酔い、自然や、自然に覆われた西施の美しさを詠う。

晴れた日は光り輝く水面が、
曇りの日は山の色と空の色が霞んでさらに良いという。
西湖の湖を西施になぞらえてみれば
曇った時も晴れた時も、どちらも美しい

—蘇東坡「飲湖上初晴後雨」

「そうらしい」といううわさの主人公として、また別のかたちで語られる物語の中でも、西施は永遠に美の対象として語り継がれるだろう。

画工棄市スキャンダル

飛んでいる雁を落としたという意味の「落雁」という別名を持つ王昭君と、漢元帝の記録はすでに歴史の記録として残っている。しかし彼女の美しさはほかにも無数のうわさを生んだ。即座に広まり想像力が加わるなかで、彼女はよりいっそう美を極めることになった。

画工を一人残らず捕らえよ！

王昭君を嫁がせるために用意した宴席で、初めて彼女を見た皇帝は彼女にひと目惚れし、宮中に残したいと思った。愛でも義理でもなく、ただ彼女の外見に惚れ込んだ国王はしばし悩んだ。しかし漢王朝にとって脅威であった匈奴の機嫌を損なうわけにはいかない。彼は涙を飲んで彼女を匈奴に送ることにした。

単于に従って荒涼とした匈奴の地へと向かった彼女は、涙を流さずにはいられなかった。不安と涙に打ちひしがれた彼女の顔はいっそう美しさを増した。琵琶を持ち諦めと恨みの道へと旅立った彼女の姿に、雁さえも羽ばたきを忘れるほどだった。

単于の喜びと元帝の無念は、彼女の美貌をさらに磨き上げた。彼女の美貌に悲喜こもごもの二人だったが、話はそれで終わりではなかった。悲劇が物語をさらに劇的なものにしたのだ。人々は彼女がある悪人の欲望の犠牲になったこと、またそんな彼らの間で隠されていた「秘密」を暴き出した。

漢元帝は多くの後宮を抱えていた。しかし普段は彼女たちを一人ひとり呼ぶことができない。そこで、画工に後宮の者たちの姿を描かせ、その絵をもとに宮女を呼んだ。

（こうした状況の中で）宮女たちは競うように画工に賄賂を贈った。多ければ十万両、少なくとも五万両以上である。しかし王昭君だけは賄賂を送らずにいたため、結局元帝と会うことはなかった。そうしたある日、匈奴が入朝し、漢の美女を妻に迎えたいと要求してきた。そこで元帝は絵を確かめ（その中では美しさに欠けていた）王昭君を送ることに決定した。

ついに出発の日になった。そこで初めて王昭君に会った元帝は、その美貌が宮女たちの中でも優れ、応対も秀でており、所作もまた上品だということを知った。元帝は後悔したが、すでに名籍に名前を挙げている。外国との和親を重視すれば、他の宮女に変えることはできなかった。

そこでこの事態を徹底的に調査し、画工たちを市中で処刑して財産を没収したところ、莫大な金が出てきた。画工の中でも杜陵出身の毛延寿は、人物を描く術が特に巧みで、美点と欠点、老いや若さまでも本物のように生き生きと描くことができた。（中略）画工が皆、同じ日に棄市（人通りの多い場所で罪人の首をはね、その死体を道端に捨てる刑罰）に処されると、都からはすっかり画工がいなくなってしまった。

—『西京雑記』「畫工棄市」

「真相はこうだったらしい」と、うわさが駆け巡ったことだろう。王昭君は金の持ち合わせがなかったのか、自分の美貌を過信していたのか、さらにあまりにも真正直だったのか。彼女は物欲に溺れていた毛延寿の機嫌を取らず、賄賂も出さなかった。多くの女官一人ひとりに会っていられなかった怠惰な元帝は、結局不細工な宮女を単于に送る姫として選び、旅立ちの日に初めて彼女に会った。王昭君は目鼻立ちが整っているだけではなかった。応対も素晴らしく所

作も上品で、元帝は後悔を重ねるばかりだ。しかし彼女を送るしかなかった。

そこで、怒った元帝は毛延寿の不正を調査し財産を没収した。悲劇はこれで終わりにはならなかった。怒りが収まらない元帝は、命令を下した。

「画工らを一人残らず捕らえよ！」

結局、都中の画家が市に処された。王昭君の美しい容姿が招いた悲劇、都全域を恐怖に陥れた悲劇は、むしろ彼女の美貌への興味をかき立てる。一体、どれほど美しかったのだろうか？　もう見ることができないため想像力が極大化し、多くのうわさが広まるなかで、彼女は美しさを完成させたのだった。

言葉で伝えられた美しさの威力

一組の宮殿のような眉、
そして、丁寧に揃えられ撫でつけられた髪、羽織った衣、顔の化粧、
額横のかんざしの端には翡翠の花が付いており、
一度微笑めば、すべての城が傾くほどだ。
もし越王勾践が姑蘇台であの女人を見ていたら
西施さえもかなわなかっただろう。

―馬致遠「漢宮秋」

短い歴史を魅力的な物語として、さらに秘密めいたうわさとして語り継がれたのは、王昭君の美貌と二人の男性の交叉する感情だった。王昭君がここまで美しくなければ匈奴の喜びももう少し落ち着いたものになり、元帝の後悔と口惜しさもこれほど大きくはなかっただろう。画工らに対する爆発的な怒りにしても、これほど大きく

はならなかったはずだ。

口から口へと伝えられたうわさ。一目惚れもやむないほど、イメージや視覚的な効果もなしに、彼女を世の中で最も美しい人物に仕立ててしまったのは、ほかでもなく言葉であり言語だった。『三国遺事』で見たように、彼女たちがどんな姿で、どんな身なりをしていたのかは重要ではない。実際に彼女たちを美化したものは、彼女たちに心を奪われた周囲の人々と神に対する描写、そして多くのうわさと物語だけである。

彼女たちが実際にどんな姿であったかを知る由はないが、ひとつ確かなことは、彼女たちが誰かの心を揺さぶったことである。皇帝を泣かせ、道行く人の足を止めさせ、畑の草取りをする農夫の手から鎌を落とさせた。さらには、空を飛んでいた雁が羽ばたきを忘れ、魚もヒレを動かすことを忘れた。このように視覚的に感じられるイメージよりも、言語で、書物で伝達される美しさは強力だった。書物で伝えられる「美」へ自然に介入してくる想像力は、各個人が持つ美的感覚の差を埋める。

美しさを感じる能力には人それぞれ違いがある。しかし、書物ではこうした差異が発見されない。人々の欲望と願い、期待は書物を変化させ、新しい物語となって完成する。美しさを認知する過程で美の条件よりもっと重要なものは「うわさ」と「物語」なのだ。

水路夫人、桃花娘、處容の妻の美しさが遠くまで伝わったのも、うわさのおかげである。うわさは、完全な事実だけを要求するものではない。うわさはそれ自体の力によって強化され、想像力による推進力を得て、さらに強い力を持つ。あたかも王昭君、彼女の物語のように。

エピローグ

美しく見せたい「心」

真珠のような露をたっぷり含んだ牡丹の花を
美しい女性が抱えて窓の前を通りすぎながら
微笑みを浮かべて新郎に訊ねた。
「花？　それとも私のほうがきれい？」
新郎はふざけて
「花のほうが君よりも美しいよ」
美しい妻は花を投げ捨て踏みつけた
「花が私よりきれいなら
今夜は花とお休みなさい」

—李奎報「折花行」

露を含んだ牡丹の花を抱えた麗しい女性、花より美しい妻が夫にどちらが美しいかと幼稚な質問を投げかけた。それをとても愛しく思った夫は、無性にふざけてみたくなり、心にもなく花のほうがきれいだと答えた。すると妻は抱えていた花を投げ捨て踏みにじってしまった。そんな情景を歌ったこの詩は、夫婦の切ない愛情を表現しており、同時に花より美しくなりたいと願う若い女性の心理を巧みに描写している。

何が美しいのか、はっきりさせることは難しい。時代により人により異なって感じる主観的なものだからだ。しかし、その基準は主観的なものではあるが、誰もが望み、追求するのもまた事実であ

る。他人よりも、花よりも美しくありたい心情、それは彼女だけだろうか。美しく見せたい、美しいものを見たい感情は、老若男女の誰でも同じである。

美しさ、心に触れること

世界にはさまざまな美しさがある。西欧的な美の基準が批判と考慮の余地もなく無差別にあふれるこの時代だが、果たして昔《いにしえ》の人がいう美とは、どのようなものなのか気になる。本書では美しさとは何かを探し出すために、古代中国の文字から美を探究する長い旅路に歩みを進めた。

古代の中国人はほどよく太った羊にほのかな美しさを感じた。そうした美に対する認識は、視覚的な美しさの意味を含み、めでたい（祥）の意味と、良い（善）の意味へと拡散していった。「大きな羊」から生まれた文字の「美しさ」は、聖と俗の二つの世界にまたがる巧妙なものでもあった。

美に関する広く深い追究は、さまざまな歌謡や物語においてもなされている。「美しさ」という古典的でありながら、現代的でもあるテーマを探るために、韓国の説話だけでなく、韓国と漢字文化を共有し影響を与え合った中国の文字・文章・絵画にも出会った。

物語の中には水路夫人のように気高い魅力の美しさがあり、褒姒と妲己のように一瞬にして人の目と心をつかんで戻ることのできない破滅的な美しさもある。ソルムンデハルマンや三神ハルミにおける人生の疲弊と、辛酸を全力で生き抜いた女性がもつ、人々の心をゆっくりと潤す穏やかな美しさもある。昔も今も変わることなく追求する美への渇望の大きさが、美しさの輝きを増したように、美がつくり出す影も濃いものがある。

美しさは目と心のすべてを動かすものだが、きれいな外見だけで

美しいと称賛しているわけではない。怪物のような容貌でも人々に対して善良だった女神たちは、美しくなる機会を得ることができた。鉄さえも溶かしたという人々の言葉・文章・うわさなどは、彼女たちを世界で最も麗しい女性にし、他方、ある美しい女神は、人々の言葉を通じて醜くなる罰を受けた。怪物から美しい女神になった西王母、天女からヒキガエルに変わった嫦娥は、その代表的な例である。彼女たちは物語の中で少しずつ変化し、いまだに変化し続けている。物語はこれからも終わることはないだろう。

韓国と中国の説話にははっきりした相違もあるが、それよりも共通点がいっそう多いので、細かな違いについては指摘しなかった。相違点と共通点をさほど論じなかった理由は、説話のもつ流動性と生命力のゆえである。西王母と麻姑神話からもわかるように、物語は人々の信念と心情によって変化し、今後も変化していくだろうからである。

古代中国の甲骨文から朝鮮の小説に至るまで遙かな道を歩みながら、いまわかったことは、二千年前に少年王弼が行った簡潔な解釈、すなわち「美とは心で楽しむもの」という、素朴で平凡な真理にほかならなかった。

訳出に当たっての参考・引用文献

第1章

『中国怪異譚、聊斎志異』(1) 蒲松齢／増田渉ほか訳、平凡社ライブラリー、2009

『「聊斎志異」を読む』稲田孝、講談社学術文庫、2001

『聊斎志異』(上) 蒲松齢／立間祥介編訳、岩波文庫、2018

『白川静著作集』(9)「詩経 1」平凡社、2000

『白川静著作集』(別巻)「説文新義」(1) (2) 平凡社、2002

『訓読　説文解字注、石冊』尾崎雄二郎編、東海大学出版会、1986

『甲骨文字辞典』落合淳思編、朋友書店、2016

『詩経国風』白川静訳注、平凡社 (東洋文庫)、1990

『詩経雅頌』(2) 白川静訳注、平凡社 (東洋文庫)、1998

『詩経』(上・下) 石川忠久、明治書院、1997・2000

『詩経』目加田誠、講談社学術文庫、1991

『烈女伝』(3) 劉向／中島みどり訳注、平凡社 (東洋文庫)、2001

『古列女伝、女四書』塚本哲三、有朋堂書店、1924

『世説新語』劉義慶撰／井波律子訳注、平凡社 (東洋文庫)、2014

『世説新語』(下) 目加田誠、明治書院、1978

『史記列伝、三』司馬遷／野口定男訳、平凡社ライブラリー、2011

『史記 8、列伝四』司馬遷／小竹武夫ほか訳、ちくま学芸文庫、1999

『史記列伝』(5) 司馬遷／小川環樹ほか訳、岩波文庫、1999

『漢書』(7)「列伝Ⅳ」班固／小竹武夫訳、ちくま学芸文庫、1998

『史記 13、列伝 6』青木五郎、明治書院、2013

『礼記』(上) (中) 竹内照夫、明治書院、1971、1977

『漢籍解題事典』内山知也、明治書院、2013
『ヘルマン・ヘッセ　蝶』V・ミヒェルス編、岡田朝雄訳、岩波書店、1992

第２章

『完訳三国遺事』一然／金思燁訳、明石書店、1997
『史記列伝』(4) 司馬遷／小川環樹ほか訳、岩波文庫、1975
『世説新語』(5) 劉義慶撰／井波律子訳注、平凡社（東洋文庫)、2013

第３章

『古楽府の起源と継承』岡村貞雄著、白帝社、2000
『漢書』(8)「列伝Ｖ」班固／小竹武夫訳、ちくま学芸文庫、1998
『史記１、本紀』司馬遷／小竹武夫ほか訳、ちくま学芸文庫、2012
『唐代伝奇』新版『新書漢文大系』(10) 内田泉之助ほか、明治書院、2002

第４章

『抱朴子列仙伝・神仙伝山海経』葛洪・劉向／本田済ほか訳、平凡社、1969

第５章

『山海経　中国古代の神話世界』高馬三良訳、平凡社ライブラリー、1994
『李商隠詩選』李商隠／川合康三訳、岩波文庫、2008

第６章

『荘子　全現代語訳』(下) 荘子／池田知久訳、講談社学術文庫、2017
『漢書』(全８巻) 班固／小竹武夫ほか訳、ちくま学芸文庫、1998
『国訳　元曲選』馬致遠／塩谷温訳、目黒書店、1940

〔原著者が挙げている参考文献〕

原典

・（宋）范曄 ,（唐）李賢等注『後漢書』中華書局 , 2003

・（清）郭慶藩撰 ,『莊子集釈』(1-4). 中華書局、1997

・（漢）司馬遷撰 ,（宋）裵駰集解 ,（唐）司馬貞索隠 ,（唐）張守節正義 ,『史記』（1 ～ 12）, 中華書局 , 2003

・班固撰 , 顏師古注『漢書』(12）中華書局 , 2007

・蘇統編 , 李善注『文選』文津出版社 , 1988

・何寧撰『淮南子集釋』(上・下）中華書局 , 1997

・許慎 ,（清）段玉裁『説文解字注』上海古籍出版社 , 1988

・黄清泉注釋 , 陳滿銘校閲『列女傳』三民書局 , 1997

著書

・姜恩喬『鉢里恋歌集』実践文学社、2014

・コ・ヘギョン『太初にハルマンがいた：わが創世女神ソルムンデハルマン物語』ハンギョレ出版、2010

・国立中央博物館『中国古代絵画の誕生』国立中央博物館、2008

・金善子・金潤成・朴奎泰・車玉崇『東アジア女神神話とその本質』梨花女子大学校出版部、2010

・金榮墩・玄容駿・玄吉彦『済州説話集成』(1)、済州大学校耽羅文化研究所、1985

・金龍澤『詩が僕のところにやって来た』5、心の散歩、2011

・金在湧、イ・ジョンジュ『なぜ我々の神話なのか―北東アジア神話の根「天宮大戦」と我々の神話』東アジア、2004

・キム・ジェヒ『よみがえる女神：エコフェミニズムと生態文明のビジョン』

精神文化社、2000
・キム・ジョンスク『ザチョンビ・カムンチャンアギ・ペクジュト』カク、2006
・キム・ジョングン編訳『韓国文学と関連のある中国伝奇小説選』博而精、2005
・金泰坤、崔雲植、金鎭榮『韓国の神話』詩人社、2009
・金和經『神話に描かれた女神たち：その本来の姿』嶺南大学校出版部、2009
・東アジア古代学会『東アジア女性神話』集文堂、2003
・文忠誠『ソルムンデハルマン』文学と知性社、1993
・朴範信『ウンギョ』文学トンネ、2010
・三陟郡誌編纂委員会『三陟郡誌』1985
・徐廷柱『未堂徐廷柱詩全集』１、民音社、1994
・孫敬順・李興九『韓国舞踊叢書』８、報告社、2010
・申東昕『昔話の力』ウリ教育、2012
・李秀出『韓国歴史の美人―千年の香り』ヨンリムカーディナル、2007
・林脈澤『漢文叙事の領土』１、太学社、2012
・鄭鍾辰『韓国現代文学と観相学』太学社、1997
・趙顯卨『麻姑ハルミ神話研究』民俗苑、2013
・趙顯卨『我々の神話の謎』ハンギョレ出版、2006
・趙惠蘭『昔の女性に魅了される』心の散歩、2014
・皮千得『因縁』セムト社、2002
・韓国外国語大学校外国学総合研究センター『世界の民間信仰』韓国外国語大学校出版部、2006
・玄容駿『済州島神話の謎』集文堂、2005
・黃仁淑『姫リンゴの花が咲いた』文学世界社、2013
・馬如森『殷墟甲骨文引論』東北師範大學出版社 , 1993
・釋厚重『觀音與媽祖』稲田出版社 , 2005

・袁珂『中國神話大辭典』四川辭書出版社 , 1998
・李劍平主編『中國神話人物辭典』陝西人民出版社 , 1998
・李淞編著『漢代人物雕刻藝術』湖南美術出版社 , 2001
・臧克和・王平等編『說文解字全文檢索』南方日報出版社 , 2004
・程俊英・蔣見元『詩經注析』中華書局 , 2005
・中國畫像石全集編纂委員會『中國畫像石全集 1：山東漢畫像石』山東美術出版社 , 2000
・中國畫像石全集編纂委員會『中國畫像石全集 2：山東漢畫像石』山東美術出版社 , 2000
・中國畫像石全集編輯纂委員會『中國畫像石全集 5：陝西、山西漢畫像石』山東美術出版社 , 2000
・中國畫像石全集編輯委員會『中國畫像石全集 6：河南漢畫像石』河南美術出版社 , 2000
・中國畫像磚全集編輯委員會『中國畫像磚全集：四川漢畫像磚』新華書店 , 2006
・黃丁盛 ,『跟著媽祖去旅行』晴易文坊 , 2007

翻訳書（原典類）

・葛洪編、林東錫訳注『神仙伝』コズウィン、2006
・郭璞注、宋貞和訳注『穆天子伝』サルリム出版社、1997
・金鍾権訳注『女四書』明文堂、1987
・金學主『元雜劇選』明文堂、2001
・老子／金學睦訳『老子道徳経と王弼の注』弘益出版社、2012
・東北アジア歴史財団『漢書 外國傳 譯註』下、東北アジア歴史財団、2009
・班固／安大會編訳『漢書列傳』カッチ、1997
・班固／洪大杓訳『漢書列傳』汎友社、2003
・司馬遷／丁範鎮ほか訳『史記本紀』カッチ、2005
・司馬遷／丁範鎮ほか訳『史記列傳』（上・中・下）カッチ、2006

・成百曉訳注『詩経』(上・下)、伝統文化研究院、2008
・安炳周・田好根訳『荘子』1、伝統文化研究会、2008
・廉丁三『説文解字注』ソウル大学校出版部、2008
・劉安/安吉煥訳『淮南子』(上・中・下)明文堂、2001
・劉義慶編、劉孝標注、金長煥訳注『世説新語』(下)、サルリム出版、2001
・劉向/李淑仁訳『列女伝』芸文書院、1997
・劉歆/葛洪編、金長煥訳『西京雑記』芸文書院、1998
・李尚九訳『淑香傳、淑英娘子傳』文学トンネ、2010
・李忠九ほか訳注『爾雅注疏』(1〜6)、ソミョン出版、2008
・一然/金元中訳『三国遺事』民音社、2007
・鄭在書『山海経』民音社、1999
・蒲松齢/金惠經訳『聊斎志異』(1)、民音社、2002
・蘅塘退士編/柳種睦ほか訳『唐詩三百首』(1・2)、ソミョン出版、2010

翻訳書(一般著書)

・金痒澔編著『樂府民歌』ムンイジェ、2002
・魯迅/劉世鍾訳『故事新編』グリンビ出版社、2011
・ミダスデッカーズ/オ・ユンヒ、鄭在景訳『時間の歯』ヨンリムカーディナル、2007
・向斯/シン・ジョンウク訳『九重宮闕の女人たち』ミダスブックス、2014
・大林太良/權泰孝訳『神話学入門』セムン社、1995
・袁珂/全寅初・金善子訳『中國神話傳説』(1)民音社、1999
・ジョルジュ・ミノワ/パク・ギュヒョン、キム・ソラ訳『老いの歴史――古代からルネサンスまで』アモールムンディ、2010
・陳東原/宋貞和、崔琇景訳『中国、女性そして歴史』博而精、2005
・陳建華・李思涯/シム・ギュホ訳『紅顔禍水』中央ブックス、2013
・ヘルマン・ヘッセ/ドゥ・ヘンスク訳『恋しさが私を押していく』文芸春秋社、

2014

論文

・姜秦玉「麻姑ハルミ説話に表れた女神の観念」『韓国民俗学』25 － 1、1993
・金仁喜「中国媽祖神の性格と伝播」第 3 回民俗学国際学術大会、1999
・金仁喜「韓・中海神信仰の性格と伝播―媽祖神を中心に」『韓国民俗学』33、2001
・リ・ジョンニン「韓・中麻姑女神比較研究」『アジア文化研究』36、2014
・文英美「ソルムンデハルマン説話研究」延世大学校教育大学院修士学位論文、1998
・徐丞禾「中国媽祖信仰研究―媽祖信仰の思想的、地域的発展過程を中心に」西江大学校宗教学科修士学位論文、2006
・ソク・サンスン「口碑説話を通して見た‘麻姑’の原型」『ソンド文化』14、2013
・ソク・サンスン「韓国の‘麻姑’伝承」、国際脳教育総合大学院博士学位論文、2012
・ヨム・ウォンヒ「巫俗神話の女神の受難と神の職能の相関性研究」『韓国巫俗学』20、2010
・ウ・ヒョンス「朝鮮後期瑤池宴圖に対する研究」梨花女子大学校美術史学科修士学位論文、1996
・柳江夏「漢代西王母画像石研究」延世大学校中国語中国文化学科博士学位論文、2007
・イ・ギサン「三神ハルメ神話から読み解く韓国人の暮らしの理想」『解析学研究』20、2007
・趙顯卨「東アジア神話に表れた女神創造原理の持続とその意味」『口碑文学研究』31、2010
・崔光植「三神ハルモニの起源と性格」『女性問題研究』11、1982

・林順治「媽祖文化中的民俗体育探析」『安西体育學院學報』2, 2011

・謝重光「媽祖文化：建構東亞共同體的重要精神資源」『中共福建省委黨校學報』2, 2004

・徐曉望「澳門媽祖閣與媽祖信仰相關問題研究ー兼答譚世宝先生的質疑」『世界宗教研究』5, 2014

・徐曉望「清初賜封媽祖天后問題新探」『福建師範大學學報』2, 2007

・苏永前「西王母神格探原ー比较神話學的視角」『民族文學研究』6, 2014

・王見川「台湾媽祖研究新論：清代媽祖封“天后”的由來」『世界宗教文化』2, 2013

・王英暎「從媽祖造像看中國神像造型美学的意涵」『福建師範大學學報』3, 2012

・劉勤「西王母神格升降之再探讨」『四川师範大學學報』3, 2008

・劉菲菲「媽祖信仰儀式的節慶展演和民俗變異—以洞頭‘媽祖平安節’為例」『温州大學學报』3, 2014

・劉錫城「神话昆仑與西王母原相」『西北民族研究』4, 2002

・劉宗迪「西王母信仰的本土文化背景和民俗淵源」『杭州師範学院學报』3, 2005

・郑丽航「宋至清代國家祭祀体系中的媽祖綜考」『世界宗教研究』2, 2012

・曾國慶・胡長春「麻姑的傳説及其信仰民俗」『江西社會科學』7, 2007

・蔡少卿「中国民間信仰的特点與社会功能—以關帝‘觀音和媽祖為例」『江蘇大學學報』4, 2004

・胡長春「道教女仙麻姑考」『中國道教』5, 2004

その他

http://db.itkc.co.kr

http://www.baidu.com

http://yoksa.aks.ac.kr/intro.jsp

本書は「ソヘ文集」が刊行した『美、その不滅の話―韓国・中国女性説話の探索』(2015 年 10 月)を全訳したものである。同社の「アジアの美シリーズ」の第 4 巻に収められており、このシリーズは 2020 年 1 月現在、通巻 10 巻まで刊行された。

本書の翻訳は、水谷幸恵、渡辺麻土香、宗実麻美、山田智子、山口裕美子が担当した。

訳者あとがき

水谷幸恵　[プロローグ、第 1 章]

原題『美、不滅の物語』のタイトルどおり、「美」は古代から現代へ、人間と歩みをともにしてきた。「美」とは何か。時代により文化によって、様々な「美」が登場する。普遍的で個性豊かな「美」、韓国と中国の古典をもとに「美」を訪ねる旅が始まる。

韓国では、漢字は文字としての主役から退いているが、漢籍や古典における存在感は現在も大きい。書店の児童書コーナーには、ハングル版『論語』はじめ多くの古典が、お馴染みの童話とととともに陳列されている。そうして文化が育まれるのだろうか。

本書においても多彩で豊かな古典の世界が目前に展開される。冒頭の『聊斎志異』に始まり、続く第 1 章では『詩経』『史記』『漢書』『世説新語』などが扱われる。漢籍の現代語訳にあたっては、韓国と日本で解釈に相違があり、日本でも諸説あるため可能な限り複数の解釈・現代語訳を参照しつつ、著者の解釈に沿うように訳出した。『詩経』においてはその雰囲気を伝えるべく、白川静先生の訓み下し文を引用した。巻末に、本書に引用した資料と訳者参考文献を付した。

渡辺麻土香［第２章］

「一目惚れする」という表現が示すように、視覚的美しさは対象が備える能力や資質・道徳などに先立つ場合がある。本章で紹介されるのは、それを証明した美女たちである。神々に自分の立場や役割を忘れさせた水路夫人、處容の妻、桃花娘。そして人間を虜にした洛水女神の宓妃。彼女らが持つ「美」なる武器は、鬼神と人間、時空間といった超えることのできない境界との往来を可能にした。時に軍隊を動員させる恐ろしい力で、人々にとって祝福となる奇跡さえも起こす不思議なものである。

美しさは苦痛かつ治癒であり、安全でありながら危険で、世俗的ながらも神聖なものだ。彼女らの美しさは、肯定的な結果であろうと、その反対であろうと、人類の歴史を動かし、人々の心を大きく揺さぶってきた。「正史」として残すことは叶わなくても、完全に無視することはできなかった彼女らの物語の数々。本章では「美」が持つ怪しくも輝かしい大きな力を感じることができるだろう。

宗実麻美　［第３章］

本章では、美女により破滅に導かれたと言われる中国の桀・紂・幽王、そんな彼らが愛した末喜、妲己、褒姒。美しいというだけで非難され恋人に捨てられた『鶯鶯伝』の鶯鶯。朝鮮朝時代、美人だからと婚家から追い出され孤独ののうちにみずから命を絶った呉氏。ドラマにもなった黄真伊の物語が描かれている。

なぜ美女は悪者にされるのだろうか。美しい女性は非難され、美を手に入れられなかった女性は嫉妬心に苦しみ続ける。男性は美しい女性を探し求め、結ばれることを望む。それにもかかわらず、桀・紂・幽王は美女によって破滅させられたと同情を寄せられ、むしろ女性が責められる。彼らは本当に美女によって滅ぼされたの

か。美しさへの憧れと恐れは人間の本能なのだろうか。形は違ってもいつの時代も人々が追い求める美、誰も手に入れることができない美を、手に入れた女性たちの人生は幸せだったのだろうか。

山田智子　［第４章］

本章は「老い」がテーマである。近頃、「いい顔」をしている方を見かけると、思わず見とれてしまうことがある。その顔には「生きざま」というか、これまで過ごした精神性（内面世界）が滲《にじ》み出ており、自分もそんな生き方をしてみたいと思わせるものがあるからだ。そんな顔の持ち主は老齢の方が圧倒的に多い。本章に登場する朝鮮神話の女神や中国の女神は、そんな「いい顔」をしたハルモニ（女神）たちで、これまで口伝神話のなかで語り継がれてきたが、花の盛りから一気にタイムスリップして中年の熟女になった者もいる。

著者は本章で世の中の酸いも甘いもかみわけたハルモニの物語を通して、名だたる美女をも凌ぐ彼女たちの「美」と「老い」の本質について考察している。私は「耳順《じじゅん》」を過ぎて「従心《じゅうしん》」に向かいつつあるが、彼女たちを手本に残りの人生を大切に過ごしていきたいと思っている。

山口裕美子　［第５章］

女性に対する「美」の基準は、時代とともに変化してきた。現代ではスレンダーな容姿が美しいとされ、それを追求する女性たちの過度なダイエットや拒食症などが問題視されている。一方、ルネサンス期の絵画などに見られるように、体に丸みを帯びたふくよかな女性が美しいとされた時代もあった。貧しかった時代には、ふくよかさが富と権力の証しだったからだろう。本章で紹介される説話に

登場する女性たちは、醜い姿から美しい姿に変貌したり、反対に美しい姿から醜い姿に変身したりする。

「美」はダイエットや過食などによるものではなく、内面から生まれる変化なのだ。慈悲深い女性は美しく変化し、意地の悪い女性は姿も醜く変えられてしまう。俗にいう「性格は顔に表れる」という言葉は、今も昔も変わらない。いつの時代も、人びとが求める本当の「美」とは、外見ではなく心の美しさなのだから。

山田智子・渡辺麻土香　［第６章］

本章に登場する女性たちは、武帝、元帝、呉王夫差らの寵愛をほしいままにした誰もがうらやむ「美貌」の持ち主であり、「傾国の美女」とも言われる悲劇のヒロインたちだ。病に伏すみずからの姿を見せぬことで、武帝の寵愛をより深いものにした李夫人、貪欲な画工の求めに応じなかったために辺境の呼韓邪単于に嫁ぐことになった王昭君、胸を患い眉をひそめる姿も美しかった西施は、白居易の「李夫人詩」、馬致遠の「漢秋宮」、李白や王維の詩に詠まれた。また、権力者たちが彼女たちの「美」に耽溺する様子は「美女に魅せられた哀れな男の物語」とも読み取れる。

しかし、ここで注目すべきは、悲劇の元凶とも言える彼女たちの「美」が、彼女たちを溺愛した王たちの「恨」、悲劇にまつわる「うわさ」や「物語」、つまり、人々の「言葉」や「想像力」によって「至極」の域に達したということだ。「はかなさ」さえ感じさせる彼女たちの究極の美の世界を、著者のメッセージとともに読者のみなさんに味わって頂きたい。

〈訳者紹介〉

「日韓翻訳推進会翻訳講座」(第1期、舘野晳講師)の修了生がメンバー。李漢正『日本文学の受容と翻訳』(日韓翻訳推進会、2018)、出版ジャーナル編集部編『出版の夢と冒険』(出版メディアパル、2018)など翻訳書を刊行した実績もある。社会・経済・文化などのジャンルで韓国書籍の翻訳に取り組んでいる。グループの名前はまだない。合言葉は「翻訳は二つの言語と文化の架け橋」。

・水谷幸恵

「朝鮮通信使シンポジウム」(1998年)、「コリアン・シネマ・ウィーク」(2001年)など韓国との文化交流事業に従事。韓国の歴史・文化、朝鮮通信使関連資料の翻訳を目指す。

・渡辺麻土香

教養から娯楽まで各種バラエティー番組の字幕翻訳を手がけながら、書籍・雑誌の翻訳(単独訳・共訳)にも従事。特に関心の深い分野は、韓国現代史と社会全般。

・宗実麻美

大学時代から韓国(人)に興味をもち、現地の語学堂や翻訳塾で学ぶ。帰国後、翻訳の仕事に携わる。最近は、韓方・ティーセラピーにも惹かれ、鋭意、腕を磨いている。

・山田智子

慶応外国語学校の朝鮮語クラスを修了。2017年から本格的に翻訳修行の世界に没頭。また、日韓翻訳推進会会員として、図書館での韓国絵本の読み聞かせ活動にも参加している。

・山口裕美子

韓流ブームをきっかけに韓国に関心を募らせ、独学で韓国語を学ぶ。2017年より本書の共訳者らとともに韓国語翻訳に取り組む。関心分野は文芸とエンターテインメント。

〈著者紹介〉
ユ・ガンハ(柳江夏)
延世大学において中国古典文学（神話）で博士号を取得。現在は江原大学人文科学研究所研究教授として在籍。
世界と人間の解釈でもある神話を現代的に再解釈しながら研究する一方、人々が中国古典を気軽に親しめる方法を求めて執筆活動を続けている。

美、その不滅の物語　韓国・中国に美しき伝説を訪ねて
クオン人文・社会シリーズ

2020年6月25日　初版第1刷発行

著者 …………… ユ・ガンハ（柳江夏）
翻訳 …………… 水谷幸恵、渡辺麻土香、宗実麻美、山田智子、山口裕美子
監修 …………… 舘野晳
発行人 ………… 永田金司　金承福
発行所 ………… 株式会社クオン
〒101-0051　東京都千代田区神田神保町1-7-3 三光堂ビル3F
電話：03-5244-5426 ／ Fax：03-5244-5428
編集 …………… 青嶋昌子
組版 …………… 菅原政美
ブックデザイン … 桂川 潤
印刷 …………… 倉敷印刷株式会社

URL http://www.cuon.jp/
ISBN 978-4-910214-00-9 C0070 ¥2000E
万一、落丁乱丁のある場合はお取り替えいたします。小社までご連絡ください。

Beauty: A Never Ending Story
By Yu, Kang-Ha

Original Korean edition published by Booksea Publishing Co.

Japanese edition published by arrangement through K-BOOK shinkoukai.
The『美、その不滅の物語』is published with the support of the
AMOREPACIFIC FOUNDATION

クオン
人文・社会シリーズ
08

美、その不滅の物語

韓国・中国に美しき伝説を訪ねて

Yu, Kang-Ha ユ・ガンハ［著］

［訳］水谷幸恵
渡辺麻土香
宗実麻美
山田智子
山口裕美子

CUON

クオン
人文・社会シリーズ
08

美、その不滅の物語

韓国・中国に美しき伝説を訪ねて

Yu, Kang-Ha ユ・ガンハ［著］

［訳］水谷幸恵
渡辺麻土香
宗実麻美
山田智子
山口裕美子

CUON

案の定、その先輩は早くも酔っ払い、ろれつの回らない口で僕に説教を始めた。

なんでも、数年前には営業成績トップだったことがあるらしい。僕が入社する前のことだから知らないけど。ていうか昔の武勇伝なんて、どうでもいいし。

あ〜、うんざりした。「俺が考える営業の鉄則」とか「だからお前はダメなんだ」話とか、さんざん聞かされた。

「いいか？　営業に必要なのは、まず愛嬌、次に適度な強引さだ。お前は愛嬌もなければ、どうせ、ここぞってときに強引に商談を進めることもできないんだろ？　だから万年最下位なんだよ」——って言いたい放題、ふざけんな！

あ〜！　なんかムシャクシャする。解散してすぐに耳に突っ込んだイヤホンからは好きな歌手の声が響いていたけど、何の気休めにもならない。


本当は駅を降りてすぐにある、大盛りが売りの中華屋さんでレバニラ炒め＆ビールでもやりながら落ち着きたい。

でも、とっくに閉店している（24時間営業してくれたらいいのに！）。

仕方ない。家で飲み直そうと中華屋の隣のコンビニでビール3本と柿ピーを買い、トボトボと自宅アパートに向かった。

あっぷねー。途中、下りの階段でつんのめって転びそうになる。

毎朝、毎朝、昇らないと駅に辿り着けない階段。ものすごく大変なわけじゃないけど、あると思うと急に憂鬱になる。

この階段って、僕の仕事、僕の人生を象徴しているみたいだ……。

酔った頭でぼーっとそんなことを考えながら。

アパートに着いた僕は、一人で飲み直すどころかコンビニの袋を投げ出し、服を着たまま床に倒れ込んでしまった。

ああ、もう動きたくない……。

入浴はおろか、着替える余力すらない……。

モーローとした頭に、つけっぱなしのイヤホンから何やら音が聞こえてきた。

Prologue　衝撃の出会い

シャカ♪シャカ♪　シャカ♪シャカ♪

あれ、こんな曲、あったっけ？
止めようと思ったけど、手まで痺れて操作できない。
なのに、だんだん音は大きくなっていく。

シャカ♪シャカ♪　シャカ♪シャカ♪

もう、なんだよ、うるさいなぁ……。
そう思ったのも束の間、だんだん、ちょっと気持ちよくなってきた。

シャカ♪シャカ♪　シャカ♪シャカ♪

夢と現実の間をとろり、とろりと彷徨っていた。

このまま床で眠ってしまおうか。

パジャマに着替えてベッドで寝なさい。顔を洗って、歯も磨いて。実家だったら母さんが口うるさく言ってくるところだけど、今の僕は一人。

体が動かない。

もういいや。何もかもどうでもいい。

面倒なことはぜんぶ明日。明日考えればいい。

あ~あ、なんかいいことないかなあ。
目が覚めたら人生が劇的に変わっていないかな。

その瞬間、声がした。

「さっさとやること、やりなYO!」

若い男？　みたいな声だった。
普通だったら、びっくりして飛び上がるところだろう。
だって、いきなり声が聞こえてきたんだから。
だけど僕は、痺れていた頭で、この不思議な状況をこう受け取った。
きっとストレスのせいだ。酒を飲んだこともあって、今だけ幻聴が聞こえてるんだ
――と。

するとまた男の声。

「幻聴じゃないってばYO!」

なんだ？　このチャラい感じ。なんかムカつくなー。
って、いやいや、どう考えても幻聴でしょ。
ずっと続くとマズいけど、ひと晩寝れば元に戻るだろう。

目をつぶったところで、さらに男の声。

「おーーーーい、おいっ！　聞こえてるっしょ？　そのままじゃ、疲れ取れないし、風邪ひくんじゃね？」


うーん、だいぶストレス溜まってるみたいだなぁ……。

やっぱりベッドで寝よう、と薄目を開いてビックリした。

僕を見下ろしている男（?）とバッチリ目が合ったからだ。

うわあ！　起き上がると、そいつはニッコリと微笑んで僕を見つめている。

身長は140センチくらい。

ふっくらとしたフェイスラインに、線のように細い目。フェイスラインに見合った丸い体に、たっぷりとした白い布をまとっている。

何よりも目を引いたのは、眉と眉の間の大きなホクロ（?）と、肩に届くんじゃないかというくらい長い耳たぶだった。

ん？　どこかで見たことがあるような。

そう思いながらも、うまく記憶を辿れない。

目を引いたのは額のホクロ（？）と耳たぶだけじゃない、そいつの装いも、だいぶ変わっていたからだ。

耳たぶにはいくつものピアス。浅めにかぶったキャップからは細かく渦を巻いたような髪の毛（？）がのぞいている。きわめつけは肩にかついだラジカセだ。

チャラい話し方に加えて、チャラい見た目。ますますムカついてきた。って、いやいや、こんな人物、いるわけないでしょ。

幻聴に加えて幻覚まで？　いよいよ頭がおかしくなったんだろうか……。

おそるおそる「君、誰？」と聞くと、男はそれをあっさり無視してこう言った。

「やること、さっさとやんなってば！　やばくね？」

「君、誰？」ともう一度尋ね、ソファーから立ち上がろうとしたら、その男はフッと消えてしまった。

何だったんだ、あれは？
「やること、さっさとやんなってば！」という声が妙に頭の中をこだまする。

やること。たった今、やること？

急に現れて何だよ、余計なお世話だなあ。
え、ていうか幻覚だよね？　幻聴だよね？？
これ、また見えたり聞こえたりしたら、本当にやばいよね？？？

顔でも洗ったら頭がスッキリするだろうか。
混乱したまま、とりあえず洗面所に向かう。
ばしゃばしゃと水で顔を洗い、ふと顔を上げると、洗面台の鏡に映る自分の顔。
青白く、疲れきった顔が鏡の中からこっちを見ている。

あ〜あ、昔はもっとイキイキしてたはずなのにな。

「このままでいいのかな？」

突然、そう思った。

いや、たぶん、ずっと漠然と思っていたことだ。

でも、このときほど強く、そう感じたことはなかった気がする。

僕は、まだ知る由もなかった。ついさっき見た男の教えによって、その先、僕が大変化を遂げようとは。

Chapter1

「自信のない自分」を認めろって?

重いまぶたを開くと、焦点の合わない風景が次第に像を結ぶ。

目に映っているコレはなんだ……？　あ、ビールの空き缶か。

部屋の中が明るい。

窓から日が差し込んでいるんだな。この部屋は東向きだから午前中は日当たりがいいんだよ……。またまぶたが重たくなってくる。

ん？　日が差してるってことは――まずい、朝だ！　寝坊した？　今、何時？？と起き上がったところで思い出した。今日は土曜日。会社は休みだ。よかった。


時計は10時を指している。昨晩のことが蘇る。

あの小太りの、男なんだかよくわからないやつ。

なんか変な夢だったなあ。夢じゃなかったのかな？

「このままでいいのかな」なんて考え始めたら頭が混乱してきて、柿ピーをつまみつつビールを飲んだ。そのまま寝落ちしちゃったんだ。

そのせいか体がダルい。

せっかくの休日だっていうのに外出する気にもなれないよ。

あれこれ考えずにベッドでちゃんと寝ればよかった。

僕ってだらしなくて、やっぱりダメだなあ。


せめて部屋くらいきれいにするか。のろのろと起き上がり、片付けを始める。

散らばった柿ピーは手でかき集めてゴミ箱へ。

空き缶はとりあえずキッチンのシンクに。

キッチンのゴミ箱は空き缶であふれている。ビン・カン類のゴミ収集は週に1回で、いつも出すのを忘れちゃうんだよな〜。はあ。


さてと、とりあえずゴミは片付けた。そういえば小腹減ったな。

豚肉とキャベツをたっぷり入れた焼きそばを作り(自炊だけは得意なんだ)、ボーッとテレビを見ていた、そのとき。

シャカ♪シャカ♪　シャカ♪シャカ♪

うわ、まただ……。昨晩と同じ音!

シャカ♪シャカ♪　シャカ♪シャカ♪

どんどん近づいてくるみたいに音が大きくなる！

シャカ♪シャカ♪　シャカ♪シャカ♪

すると今日は背後から声が聞こえた。

「部屋きれいにするか……って、ゴミ片付けただけかよ？　ウケる～、ぷぷっ」

振り向くと、やっぱりあいつだ。昨晩のは夢じゃなかったんだ。

「やることさっさとやんなってばって言ったのになー。やっぱキミ、やばいね」

なんて、ふざけたことを言ってきやがった。

何なんだコイツ、こっちの気も知らないで！　思わず腹が立って言い返した。

「うるさいな！　僕だって疲れてるんだよ。ゴミ片付けただけでも上出来じゃないか」

「へー、疲れてるんだ？　なんでなんで～？」

「なんでって……。っていうか、ほんとに君、誰なの？　そもそも人間なの？　僕の頭がおかしくなってるわけ？？」

すると、フフンと笑ってこう名乗った。

「オレはネオ釈迦！」

シャカ♪シャカ♪　シャカ♪シャカ♪

何かをこするように手を小刻みに動かしている。

なんだこいつ、ものすごく得意気なんですけど？

この動きはあれだ、クラブのＤＪがやるみたいな仕草だ。スクラッチ、だっけ？

「ネオ釈迦？　何、どういうこと？」

「鈍いなあ、もう。ネオな釈迦だからネオ釈迦さ！　釈迦くらい知ってるっしょ？」

「シャカ？」

「なんだよキミ～、仏教も知らない感じ？」

「は？　仏教？　あ……、シャカってひょっとしてお釈迦様のシャカ？」

「そーそー、決まってんべ？　ちなみに言っとくけど、キミがホクロだって思ってる

眉間のコレ、毛だから。マジ尊いシルシだから」

「へえ～……」

あ、そっか。こいつの姿、どこかで見たような気がするって思ったのは、鎌倉の大仏みたいだったからだな。それにしても、急に何なんだ？

よほど僕は当惑した顔をしていたんだろう、こいつ、ネオ釈迦はもどかしげに言葉を続けた。

「反応薄っ！　薄すぎ！　なんでオレがここにいるか、わかんない～？」

こいつがここにいる意味？　そんなのわかるわけないじゃんか。

「ちょっと前からキミを見てたワケよ、空の上からね。なんかウダツの上がらないヤツがいるな～って。だから、オレが世の中のいろんなこと教えてやるかっつって、わざわざ降りてきてあげたって次第。オッケー？」

ますますわけがわからないけど、なんだろう、もしかしてツイてるのかな？

「そう！　キミ、ツイてるよ～。これから人生、爆上がりしちゃうよ～」

頭のなかを読まれたのかと思ってびっくりした。そんな僕のことはおかまいなしに、ネオ釈迦は続ける。

「んで、さっきキミは何つった？　疲れてるとか言ったよね。それ、なんで～？」

「なんでって……」

言葉に詰まった僕の頭を、いろんな思考が駆け巡る。

僕は、とある食品メーカーに勤めている。主力商品は「お酢」だ。

料理に使う穀物酢や米酢からバルサミコ酢、黒酢、ご飯と混ぜるだけで酢飯ができる合わせ調味料、飲用のフルーツ酢などなど幅広く扱っている。

業界トップのあの企業のシェアには敵わないけど、うちの商品、けっこういいセンいってると思うんだ。かゆいところに手が届くっていうか、使ってみれば使い勝手のよさがわかって手放せなくなるっていうか……。

「えーっと、僕の所属はお酢メーカーの営業部で、家庭用のお酢の商品を担当する課なんだ。これとは別に飲食店とかが使う業務用商品を扱う課もあって、そっちのことはよくわからないんだけど。でもまあ、とにかく家庭用の商品を扱ってるから、問屋さんへの営業と、小売店のバイヤーさんとの商談がメインの仕事……っていう話、わかる？」

ったく、こんな浮世離れしてるヤツに向かって何を真面目に説明してるんだ？
馬鹿馬鹿しくなってやめようと思ったら、ネオ釈迦はうなずきながら言った。

「ほー、お酢ってのを売るのがキミの仕事なんだ？」

「まあ、ひとことで言えばそういうことなんだけど……。お酢っていうのは料理に使う調味料ね、わかる？　ちょっと酸っぱくて、それがいい味出すんだけど。で、もう少し説明すると、メーカーにとって問屋との関係はものすごく重要なんだよ」

「へ～。どんなところが？」

なんだ、こいつ。こう見えてけっこう聞き上手なのか？

「商品を買ってくれるのは消費者で、消費者はどこで商品を買ってくれるのかといったらスーパーなどの小売店。じゃあメーカーは小売店に営業に行けばいいかといったら違うんだな。メーカーは問屋に納品する。メーカーと小売店との間で商談が成立すると、小売店は問屋から仕入れる。これが基本的な仕組みなんだ」

「なんか、めんどくせー感じ？」

「そう思うかもしれないけど、まあ、そういうことになってるんだよ。小売店との商談は問屋の仕切りで行われる。問屋が商談に呼んでくれなければ、僕らメーカーの人間は小売店のバイヤーさんに商品を売り込めないんだ。だから問屋といい関係を築くのがまず大事ってわけ」

ふと見ると、ネオ釈迦は目をつむってうつむいている。え、もしかして寝てる?

「はっっ、ごめん、心がファラウェイだったぜ。んで?」

どこまで話したっけ……。問屋といい関係を築くのが大事で。そうだ。

「ところが、これがなかなか一筋縄でいかないんだ。いくつか主要な問屋があって、それぞれにお得意先の小売店があるんだけど……」

そう、そうなんだ。

たとえば「トクダヨスーパー」に売り込みたかったら「トクダヨスーパー」をお得意先とするA問屋に営業に行く、「福マルスーパー」に売り込みたかったら「福マルスーパー」をお得意先とするB問屋に営業する、という具合だ。

そして問屋のなかにも担当者が何人もいて、それぞれが複数の小売店を担当している。

問屋には、自分が担当している小売店を快く次々と紹介してくれる担当者さんもいれば、商談にまったく呼んでくれない担当者さんもいる。

大手メーカーにはペコペコして、付き合いの長いメーカーの人とはツーカーって感じで仲よくしてるのに、うちの会社にはすごく塩対応だったり……。

そうそう、問屋の仲介でバイヤーさんとのお付き合いが始まったら、今度は毎月の定期商談に呼んでもらうために、直に小売店に通うことも重要。

ほら、「営業は足で稼げ」って昔から言うでしょ？　まさにそんな感じ。

「……というわけで、けっこう複雑なんだよ」

ひととおり説明したところで、急に現実が押し寄せた。

ああ～、それなのに僕ときたら……！

「せっかく問屋の担当者さんへの営業を任せてもらったのに、ぜんぜんうまくいかなくてさ……。昨日も新商品のサンプルと資料を持って行ったんだけど、取り付く島なしって感じ。ぜんぜん相手にしてもらえない。成果が出ればがんばったかいがあった！ って思えるんだけど、これじゃあ、まるで徒労だよ。くたびれるだけ。ま、君に言ってもわかんないだろうけどさ、毎日、いろいろ大変なんだよ……」

「ふーーーーーん。で、疲れてるってわけ？ んで、ぜんぜんうまくいかない自分ってダメだなあって落ち込んじゃってる的な？」

ずいぶんズバズバ言ってくるなあ。でも図星だ。

「そういうこと。だからもう放っておいてよ」

「ま、別に放っといてもいいんだけど、せっかく下界に降りてきたからなぁ。よっしゃ、さっそくいくぜ、ヒュイゴー！」

シャカ♪シャカ♪　シャカ♪シャカ♪

わ、なんだ、なんだ？　ネオ釈迦は急にリズムを刻み始め、体を揺らしながら言葉を繰り出した。まるでリズムに乗せて詩を読むみたいに。

「1つ、いいこと教えてやるYO！　賢者ってやつは、ぶっちゃけ自分を愚者とわかってる者なんだってハナシ。これ、意味わかるかYO？　ヘイ！」

シャカ♪シャカ♪　シャカ♪シャカ♪

「ん？　賢者？　愚者？　なんのこと？」

するとネオ釈迦は急に動きを止め、何やらぶつくさ言っている。

よく聞き取れなかったけど、どうも僕がリズムに乗り切れずに、質問で遮ったのが不満らしい。そんなこと言われてもなあ。僕、リズム感ないんだよ……。

で、さっきネオ釈迦が言ってた言葉の意味は何なんだ？

「だからね、『自分はなんてダメなんだ〜！』って思ってる人のほうがじつは賢いっ

てこと。賢くて伸び代があるってワケ。逆に『自分ってなんて優秀なんだ!』って思ってる人は、それ以上伸びない愚か者。ってことは、自分はできないやつだ、ダメだなあって落ち込んでるキミは、それだけでスゴいんじゃねーの?」

へえ。そういうもんか。と思ったら、あれ? 不思議だ。なんかうれしい……。あったかい何かに包み込まれる感じがした。
こいつの言葉には、どうも、そういう力があるみたいだ。
もっとこんなふうに元気づけてくれたらいいな。こいつ、見た目は変だけど。
おそるおそる聞いてみた。

「あのさ……、さっき世の中のことをいろいろ教えてくれるために降りてきたって言ったよね。それって、仕事でうまくいかないこととか相談してもいいってこと? 話、聞いてくれる?」

「もっちろん! でも愚痴ばっか聞いてるヒマはないぜ。オレってば、まーまー忙しいからさ〜」

「じゃあ、アドバイスくれたりとかするわけ？」

「うん。キミがオレの言ったとおりにするっていうんならね」

「あ、言うとおりにするする！　じゃあ頼むよ〜。そうだ、仕事以外にもいろいろ聞いてほしいな。だって、もう3年くらい彼女もいないしさ。女の子にモテるやつもムカつくし、僕にぜんぜん見向きもしてくれない女の子たちも、ほんとムカつくんだよな。だいたい何なんだよ恋愛ってのは……」

ここまで言ってハッとして口をつぐんだ。「愚痴ばっか聞いてるヒマはない」って言われたそばから、愚痴ばかり言ってる気がしたからだ。

ふとネオ釈迦を見ると、やつはニヤリと笑ってこう言った。

「フフン、よくわかってんじゃん？」

ふと沈黙が訪れ、僕とネオ釈迦はしばらくふたり並んでボーッとしてた。

気がついたら、もう17時を回っている。

薄い夕闇のなか、駅のほうの遠いネオンがかすかに窓に反射している。

いつもだったらわびしい気持ちに襲われるところ。でも、なぜか今日は違った。

ネオンがキラキラ。クリスマスツリーのライトみたいだな。

昔、母さんと飾った、あの小さなクリスマスツリー。最後にライトを点灯するのは僕の役目だったんだ。赤や青や黄色に点滅するライト。

気のせいかもしれない。でもこのときは、ちょっとだけ、いつもの風景が、いつもより輝いて見えたんだ。

どれくらいネオンを見ていただろうか。

すごく短い時間、たぶん10秒とか、その程度だ。


「ねえ、あの光、きれいだね」

そう言いながら横を見たら、もうネオ釈迦はいなかった。

ワーク1

ネオ釈迦は見た目こそ変なやつだけど、人生をよくするいろいろな教えを授けてくれる。もし人生にネオ釈迦が現れたら、一緒にどんなことを叶えていきたいか考えてみよう。

たとえば、「仕事が楽しくてしょうがないって思えるようになる」「わくわくする目標が見えてくる」「仕事の成果が出て経済的にも潤ってくる……」などなど。よりよい人生を見据えた希望を、本書でネオ釈迦と一緒に叶えていこう。

釈迦の教え

愚かな者がみずから
「自分は愚かである」と思うのなら、
その人はすなわち賢者なのです。

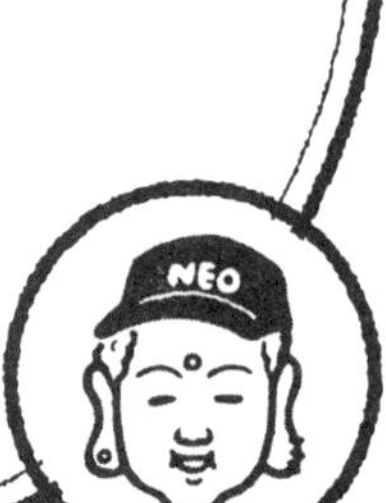

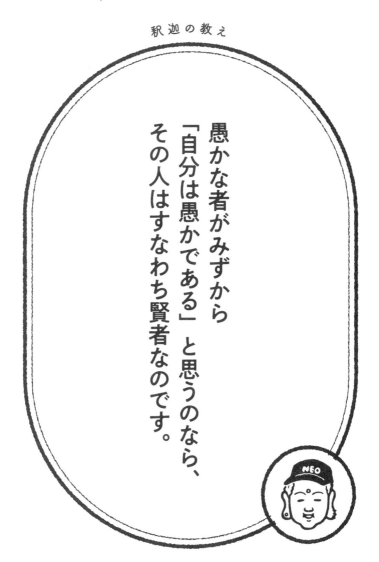

Chapter2

起こることの「意味づけ」を変えてみた

自分で自分のことをダメだって思ってる人ほど、じつは賢者。
僕は、本当は伸び代いっぱいの人材なんだと思うと、少し勇気が湧いた昨晩。
それなのに……、いざ会社で周りを見ていると、やっぱり思ってしまう。
なんで僕ばっかりこんな目に遭うんだろう。
なんで周りの人たちばっかりいい思いをしてるんだろうって。

そういうわけで、今朝はちょっとだけ軽かった足取りが、帰りの今はまた重い。
今日は料理したくないや……。スーパーに寄るのも面倒。
駅前の適当な多国籍料理屋さんで軽く食事を済ませ、自分の部屋に帰り着く。
結局、今日も冴えない一日だった。
昨日みたいに、またネオ釈迦に元気づけてもらいたいな……。
あ、でもどうやったらあいつを呼び出せるのか、聞いてないや。しまった。
しょうがない。YouTubeでお笑い動画でも見て気晴らしするか。
なんて思いながら鍵を開けて部屋に入ると、

シャカ♪シャカ♪　シャカ♪シャカ♪

という例の音に、ノーテンキな声が続いた。

「あ、おかえり〜」

ネオ釈迦が僕のベッドですっかりくつろいでいる。

「なんだ、来てたんだ！　でも、どうして？」

「ぶっちゃけ、キミにはオレが必要っしょ？　だから待ってたんだけど？」

え、待っててくれたなんて、意外と優しいとこ、あるんだな。

じゃあ、さっそく聞いてもらおう。

「そうなんだよ。ほんとツイてなくてさ。僕の人生、ひとつもいいことがない気がする。ずっとこのままなのかな？　そんなの嫌だよ……」

「ふーーーーん。とりま、今日何があったか話してみ？」

「うん……。今日は、あるスーパーにマネキン業務に行ったんだ。あ、マネキンっていうのはスーパーの一角に試食台を置かせてもらって、お客さんに直に試食販売することなんだけど」

「へえーーーーー」

「マネキンって大変なんだよ。立ち仕事で疲れるし、買い物客にこちらから話しかけなくちゃいけないのが、僕みたいな話しベタにはホントしんどい。そもそもアルバイトさんだったら日給が出るのに、社員の僕には何の手当もないってひどくない？」

「そーなんだ～」

「それに、勝手なことするお客さんがいるのも地味に迷惑なんだよな～。今日も、ひとりのお客さんが商品を手に取って持っていってくれたのはよかった。小さくガッツポーズしたよ。だけどそのお客さん、結局は買わずに適当な棚に置いて行っちゃったみたいなんだ。スーパーの店員さんに、後から『これ、別の棚にあったんですけど～？』って文句言われちゃったよ。僕が置いたわけじゃないのに……」

「ふーーーーーーん」

ネオ釈迦は相槌を打つだけで、僕を見つめている。

「今日は……っていうか今日も、なんだけど、ぜんぜん売れなかったからバイヤーさんとも気まずくて、疲れが百倍に感じる……。みんな、もっと朗らかに仕事してるように見えるのに、もう～、なんで僕ばっかりこんな目に遭うの？　何か悪い星の下にでも生まれたのかな。前世の行いがよくなかったとか？」

「ウケる。星とか前世とか関係ないし！　だいたいそういうの、信じてないっしょ？」

ようやく口を開いたかと思ったら、軽く笑いやがる。なんだ、腹立つなー！

ムッとしている僕に、ネオ釈迦はこんなことを話しだしたんだ。

「あのさ〜、キミって、ひょっとして、自分に起こってることが自分の人生だって思ってる感じじゃね？」

「え、そりゃそうでしょう。毎日、いろんなことが起こって、その積み重ねが人生なんだから」

「じゃあ、キミにとっていい人生って？」

「決まってんじゃん。いいことが起こる人生が、いい人生でしょ？」

「ふーん。んで、キミにとって悪い人生って？」

「もちろん悪いことが起こる人生が、悪い人生だよね？」

何なんだ、このバカみたいな会話は。ところがここから、話は意外な方向に展開していった。

「それが違うんだよね〜。そもそも、『自分に起こってることが人生』ってところから違うんだよね〜」

「どういうこと？」

「ま、ひとことでいえば、人生は〝to me〟じゃなくて〝by me〟ってハナシ」

こいつは何を言ってるんだ？　意味がわかんないんですけど……？

ネオ釈迦はかまわず続けた。

「は～い、ここで中学校英語のやり直し！〝to me〟と〝by me〟を和訳せよ！」

「えっと、〝to me〟は『私に』だよね。で、〝by me〟は『私によって』だよね？」

「ザッツライト。わかってんじゃ～ん」

「いや、だからわからないって！　なんでそれが人生の話になるわけ？」

「これは、人生を〝to me〟で捉えるか、それとも〝by me〟と捉えるかってこと！さっき言ったみたいに『自分に起こってることが人生だ』っていうのは〝to me〟の捉え方。じゃあ、〝by me〟は何だと思う～？」

「〝by me〟は『私によって』だから、そこだけ入れ替えると、ええと……、『私によって起こってることが人生』ってこと？　いや、ぜんぜん意味が通らないけど」

「う～ん、惜しい！　と言いたいところだけど残念、ハズレ！　キミ、ぶっちゃけ、

あんまり勘がよくないタイプなんじゃね？」

「うるさいな！　早く答えを教えてよ」

「オッケー。じゃあいくぜ、ヒュイゴー！」

シャカ♪シャカ♪　シャカ♪シャカ♪

「〝by me〟ってのは『私による解釈が人生』ってことなんだＹＯ！　毎日、起きてることにどう意味づけをするか？　それで人生は変わるんだＹＯ！」

シャカ♪シャカ♪　シャカ♪シャカ♪

「ごめん、やっぱよくわかんないんだけど……」

「わかんないか～？　んじゃさ、たとえば、新車を運転中に事故って車が廃車になっ

たとすんじゃん？　どう思う？」

どう思うかって、そんなの決まってる。
想像するだけでかなりキツい。うわ〜、よりによって新車が廃車になるなんてツイてない！　って思って当然だよね。

「はっきり言って最悪すぎるよ。誰だってそう思うんじゃないの？」

「いや、最悪って思うのは『よりによって新車が廃車になるなんてツイてない』っていう意味づけをするからじゃね？」

「え、そうじゃない意味づけなんてあるの？」

「『あっぶねえ。もし古い車だったら大けがしてたな。もしかしたらガチで三途の川渡ってたかも。でも買ったばかりの新車だったから被害は車だけで済んだ』っていう意味づけだったらどうよ？」

「ああ、命拾いした、よかったあ〜！　……って、あれ？」

「ははは〜、でしょでしょ？〝by me〟ってそういうことなのよ〜！」

「そっか。起こったことは1つでも、意味づけはいくつも成り立つんだな……」

「お、わかってんじゃーん！　事実は『新車で事故った』こと。これは変わらない。事実をなかったことにするのは『隠蔽』。これじゃ何にもならないけど、意味づけを変えることで現実は変わる。『事実×意味づけ＝現実』ってワケ！　これ、めっちゃ重要だから覚えておきなフォーエバー！」

たしかに、これはなんかいいこと聞いちゃったかも。
でもちょっと待てよ、そもそも何の話だったっけ……？

「んでさ、さっき言ったみたいに『もし古い車だったら大けがしてたな。もしかしたら死んでたかも。でも新車だったから被害は車だけで済んだ』って意味づけにしたら、

自分の気持ち的にどうよ？」

ええと、思考を遮られた形の僕は、慌ててネオ釈迦の言葉を反芻する。

要は『ツイてない』じゃなくて『買ったばかりの新車だったから命拾いした』って意味づけするとどうかってことだよね。

「なんだろう。天が味方してるわ〜って感じ？　僕って生かされてる〜みたいな。もっとがんばろうって思える気がする」

「それそれ〜！　それが重要なの！　意味づけを変えると意識が変わって、そうすると行動まで変わってくるワケ。ここまでオッケー？」

「うん、たぶん……」

答えながら話のピースをつなぎ合わせる。

この話、僕はツイてないってところから始まったよね。

それが、『僕に起こってること』が人生なんじゃなくて、『僕による意味づけ』が人生なんだっていう話になって、意味づけが変わると行動も変わるって話になって……。

「ネオ釈迦、僕ができないやつだったり、ツイてないやつだったりするのは、生まれつきなんじゃないかと疑ってた。でも、違うってこと？」

「あったりまえじゃーん。大事なのは生まれではない、行為なんだってハナシ！　意味づけによって意識と行動を変える、これが大事なワケよ〜」

「ってことは、今日、僕がツイてない！　って思ったのも意味づけを変えてみるとどうなるか……？」

「そうそう、その調子！」

シャカ♪シャカ♪　シャカ♪シャカ♪

うーーーーん。ダ、ダメだ……。

ネオ釈迦が刻むリズムに乗ってやってみようと思ったけど、どう意味づけを変えたらいいのかさっぱりわからない。

「……ごめん、『新車で事故った』みたいなわかりやすい話だったらよかったんだけど、今日の僕の状況って、そこまで単純じゃなくない？」

「なに言ってんの？　何も違わないっしょ？　もう一度やってみな、カモーン！」

シャカ♪シャカ♪　シャカ♪シャカ♪

よし、せめて1つだけでも意味づけを変えてみよう。それで勘弁してくれ！

「マネキンは立ち仕事で疲れる——んじゃなくて、お客さんと直に触れ合って感想を聞きながら商品を買ってもらえるチャンス！」

キンコンカンコン♬キンコンカンコン♬　シャカ♪シャカ♪

ん？　いつもとちょっと違う音？

「はい、いい感じ～！　じゃあ、次、行ってみよ～！　アーユーレディ？」

ああ、あの答えでよかったってことか。てか、いいこと言えたら、いつものリズムに「のど自慢」みたいなチャイムの音が混ざるのか、やっぱ変なやつ！

シャカ♪シャカ♪　シャカ♪シャカ♪

「ちょっとちょっと～、次って言ってんじゃん！　ヘイ、カモーン！」

え、1つじゃダメか！　しょうがない。じゃあ、もう1つだけ。

「買い物客に話しかけるのはしんどい――んじゃなくて、こうして現場でトークが磨かれるってこと！　商品が売れないとバイヤーさんと気まずい――んじゃなくて、販促の戦略を一緒に立てればビジネスチャンス広がるかも？」

あ。勢いで2つできた。こっそりネオ釈迦を窺うと……。

キンコンカンコン♬キンコンカンコン♬　シャカ♪シャカ♪

やったー。意味づけ変えるの、何となくわかったような。

「ネオ釈迦、この意味づけ変えるってやつ、すごいね！」

「でしょでしょ～？　これ教えるオレって、すごくね？　まじ尊くね？」

かなり調子に乗ってる……。

でも実際、モヤモヤしていた頭がスッキリした気がする。

こいつ、「釈迦」なんて名乗るだけあって、もしかしたら、とんでもなくすごいやつなんじゃないか？

またもや、そんな僕の思考を見透かしたようにニヤリと笑って、ネオ釈迦は、さらにこう続けた。

「じゃあ、もっとすごいこと言っちゃうよ〜！　ヒュイゴー！」

シャカ♪シャカ♪　シャカ♪シャカ♪

『私に起こってることが人生』だったら人生の主人公は『出来事』なんだYO！自分じゃどうにもならないってことになっちゃうYO！　だけど『私による意味づけが人生だ』ってことになると、人生の主人公は『自分自身』になるわけよ〜」

シャカ♪シャカ♪　シャカ♪シャカ♪

「ま、それは当然なんだYO！　意味づけするのは自分なんだからYO！　いいか？　立てよ人生のDJブースに！　そこで『ザ・オレの人生』ってミュージックかまして

こーぜ！」

シャカ♪シャカ♪　シャカ♪シャカ♪

「人生の主人公は自分」「人生のＤＪブース」だって！　人生は〝音楽〟ってことか。どうせなら、すごいやつが人生のＤＪブースに立ってたほうがいいよね。

あ、そうだ！　と思ったら、つい、こんな言葉が口を出てしまった。

「ねえ、ネオ釈迦が僕の人生のＤＪブースに立ってよ！　そしたら全部うまく行く気がするからさ！」

そうしたら、すかさずカウンターパンチを食らった……。

「はあ～？　ちげーし。自分で人生のミュージックぶっかまさなきゃ意味ないべ？」

そっか。しまった。興奮した勢いでトンチンカンなこと言っちゃったよ。

僕の人生のＤＪブースには僕自身が立つ。
それは事実を自分で意味づけて、自分の行動で現実を作っていくってことなんだ。

ワーク2

「自分の身に起こっていること」が人生だと思うのをやめるには？　意味づけを変えることで意識が変わると、行動が変わり、そして現実が変わっていく。まずは、最近、起こった「嫌な出来事」の意味づけを変えてみよう。

釈迦の教え

人は生まれによって
賤しくなるのではありません。
また人は生まれによって
貴くなるのではありません。
人は行為によって賤しくもなれば
貴くもなるのです。

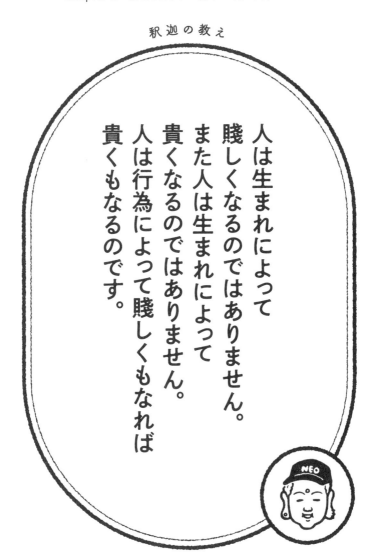

Chapter3

まず「与える」って、どーゆーこと?

僕の人生のＤＪブースには僕自身が立つ。
それは事実を自分で意味づけて、自分の行動で現実を作っていくってことなんだ。
ここまでわかったら、今日はもう十分。さあ、寝よう……。
軽くシャワーを浴びてパジャマ姿で戻ると、ネオ釈迦が待ちかまえていたように言った。

「ちょちょちょちょー！　まだ話終わってねーし！　やっと、わかってきたみたいだね、テンション上がるぜ！」

ネオ釈迦の勢いは止まらない。
もう日付が変わってるっていうのに、頬を紅潮させてリズムを刻んでいる。

シャカ♪シャカ♪　シャカ♪シャカ♪

「意味づけを変えると行動が変わって現実がチェーンジ！　人生、そうやっておもしろくなっていくんだＹＯ！　目標だって達成できるし、夢だって叶うんだＹＯ！」

シャカ♪シャカ♪　シャカ♪シャカ♪

そう言われてみて、ふと気づいた。
僕、別に夢なんてないんだよな……。

「ネオ釈迦、人生に夢や目標って絶対必要なの？」

「うーん、あったほうがおもしろいけど、絶対必要ってわけじゃないかもね～。てか、だんだん見つかっていくっしょ」

「だんだん見つかっていく……。ほんとかな～」

「マジそうなんだって！　今、夢とか目標がないんだったら、とりあえず、周りにいる夢や目標をもってる人をサポートしてみればいいんじゃね？」

「サポートか～。できれば、手っ取り早く自分が成功したいんだけどな……。でも夢も目標もないんだったら、仕方ないのかな」

「昔むかし、こんなことがあったよ。オレってば尊いから、たくさん弟子がいたのね。で、あるとき弟子たちに『托鉢に行くべし』って言ったんだ。そしたら弟子たちは『わかりました！　じゃあ、あの豊かそうな村に行ってきまーす』って張り切ったんだけど、オレは首を振って、『いや、そこじゃなくて、あっちの貧しそうな村に行きなよ』って言ったの。さて、なんでだ～？」

「え、なんかひどくない？　わざわざ貧乏な人たちからもらうことないよね？」

「はいはい～、弟子たちも同じこと聞いてきたワケよ。んで、オレはこう答えた。『彼らは与えるということをしてこなかったから貧しいんだべ。だから彼らに「与える」という経験を与えに行きな』って。ひゃ～！　この話、深すぎてやばくね？」

う、う～ん。そうなのか。

ん？　てことは僕がサポート役をするっていうのも、「与える」っていう経験をするためなのか?

「でもさ、与えることで何が起こるわけ?　なんかいいことあるの?」

こう聞くと、ネオ釈迦はさも呆れたというように大きなため息をついて言った。

「はあ~~~~~。さっき言ったことちゃんと聞いてた~?　貧しい人たちは与えるという経験をしてこなかったが故に貧しい。これ、与えるって経験したらどうなるってことだと思う?」

「与えてこなかったから貧しい。てことは与えれば豊かになる?」

「そういうこと~!　でも与えた人から返ってくるとは限らないよ。まるで思いも寄らない、明後日の方向から返ってくるワケよ~」

へえ~……。いまいちピンとこないけど、これだけ自信もって言ってるんだから、やってみようかな。

同じ部署でがんばってる人の顔がいくつか浮かんだ。

今までは、すごいな、まぶしいな、と思って眺めるだけだったけど、あの人たちのサポート役をさせてもらえばいいんだな。

「じゃあ、まあ、やってみるね。さっそく明日、何か僕にできることないか、あの人たちに聞いてみる」

「ほら！　さっそく1つ見つかったじゃーん？」

「え？」

「目標だよ！　明日、聞いてみるって言ったじゃん？　それ、明日の目標っしょ」

そっか。目標って何かめちゃくちゃでっかいものだと思ってた。

でも、「明日、これをするぞ」っていうのも立派な目標ってことなんだな。

シャカ♪シャカ♪　シャカ♪シャカ♪

話すだけ話したら満足したのか、ネオ釈迦は得意気に自分の世界に浸って、例の動きを繰り返している。

これで、やっと寝られる……、僕はストンと深い眠りに落ちた。

ワーク3

まずコツコツと周りの人に貢献することが、ゆくゆく自分の夢や目標の発見、達成に結びついていく。だから、今、周りの人に貢献できることを考えてみよう。

釈迦の教え

人を欺いてはいけません。
人を軽んじてもいけません。
上にも下にも、そして横にも
慈しみの心をもちなさい。

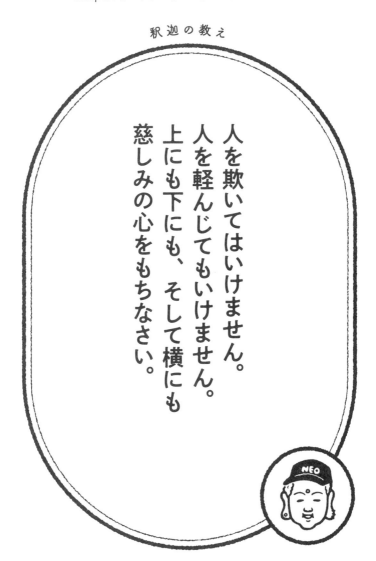

Chapter4

人と「比較」しない なんて、できるの?

自分自身の夢も目標もない僕は、ネオ釈迦のアドバイスに従って、まずは人のサポート役に徹することにした。

営業部内に、めちゃくちゃがんばってる人が何人かいる。

その人たちに「この資料のまとめ、必要ですよね。やっときます！」「ほかに何かできることありますか？」なんて積極的に申し出るのは、思いのほか快感だった。

今まで灰色一色だった仕事が、ちょっと明るくなってきた感じがした。

そんなこんなで2週間。サポートしていた人たちの成果も出始めて、「いろいろとホント助かった。ありがとう！」なんて感謝されて、ちょっといい気分。

……だったんだけど。

いいなあ。あの人たち、めちゃくちゃ輝いてる。

僕がどれだけサポートしたところで、当たり前だけど、主人公はあの人たちなんだよなあ。

感謝はされても、僕はあくまでも補佐役。主人公じゃない。縁の下の力持ち、と言えば聞こえはいいかもしれないけれど、しょせんは日陰者じゃないか……。

ごめん、僕の人生。キミの主人公は、決して主人公になれない僕だ。
キミのＤＪブースに立ってるのは、日陰者なんだ……。

ああ〜、やっぱりもっと自分自身が輝きたい。
もっと目立って「すごい」って言われたい。
なんだか自分以外の周りの人がみんな、自分よりすごく見えてきちゃった。
あの人たちにみたいに僕が輝ける日なんて、来るんだろうか?
ていうか、「与える」ということをしていたら、明後日の方向から返ってくるって
ネオ釈迦は言ってたよね。そんな兆し、ぜんぜんないんですけど?

そういえばネオ釈迦はこの2週間、さっぱり姿を見せていない。毎日、それなりに
充実してたから気にならなかったけど、あいつ、もう現れないつもりかな?
それにしても、明日から、どうがんばればいいんだろう……。

「ヨウヨウ!　久しぶり〜!」

急に耳元で声が聞こえて飛び上がるほど驚いた。

いつ現れたんだか、僕の脇にぴったりくっつくようにしてネオ釈迦が座っている。

「最近どうよ？　てか、またモヤモヤしちゃってるんでしょー？　ま、だからオレが降臨したわけなんだけど〜」

シャカ♪シャカ♪　シャカ♪シャカ♪

また得意気にリズムを刻んでいる。

僕は呆れ顔を浮かべながらも、本当はうれしかったんだ。よかった、また相談に乗ってもらえるなって。

「ふっ、どうせ、あれだ？　周りがめっちゃ輝いて見えて、僕には何にもな〜い（涙）なんてヘコんでんじゃん？」

くそー。鼻で笑われた。でも言うとおりだから仕方ない。白状しよう。

「そのとおりだよ……！　前に言われたとおりに、がんばってる人のサポートをしたんだ。自分でも意外だったんだけど、感謝されてうれしかった。でも、そうしたら急に周りと自分の落差が目につくようになっちゃって……」

「あのさ〜、前にオレが言ったこと、覚えてる？」

「えっと、どれのこと？」

「だから〜、意味づけのハナシ！」

「『自分に起こってること』じゃなくて『自分によって意味づけられたこと』が人生だってやつ？」

「そうそう。てなわけで今夜もヒュイゴー！」

シャカ♪シャカ♪　シャカ♪シャカ♪

「自分による意味づけが人生だYO！　それは自分が考えていることの積み重ねが人生ってことなんだYO！『今まで考えてきたこと』の積み重ねが『現在』で、『これから考えていくことの積み重ね』が『未来』なのよ～」

シャカ♪シャカ♪　シャカ♪シャカ♪

「うーん、なるほど。意味づけっていうのは自分が考えたことなわけだから、自分の考えたことが日々、積み重なって人生が作られていくってことか」

「うん。じゃあ聞くけど、今のキミが考えていることが積み重なって、キミの未来が作られてくって、正直、どうよ？」

「今の僕が考えてることが積み重なって……？」

「人と比較して『自分には何にもな～い（涙）』的な考えが積み重なるってこと！」

こう言われて僕はハッとした。

今のままじゃ、いい未来なんて来るわけがない。

「今のキミは人と比較して落ち込んでる。でも、比較からは何にも生まれないべ？」

「人と比較して落ち込んでても、ちっとも向上できないってことか」

「それだけじゃねーべ。『上』を作る人は『下』も作るワケよ。今、自分は人より下だって落ち込んでるキミも、いずれ多少は実力をつけるっしょ？　そしたら、きっと今度は自分より下の人を見下すようになるんじゃね？『上』を作れば卑屈になる、『下』を作れば驕り高ぶる。人と自分と比較してる限りそういう人生だってハナシ。んで、それってどうよ？」

「うーん、それは嫌だ（涙）。でもさ、だったらどう考えればいいわけ？」

するとネオ釈迦はフフンと鼻を鳴らしてこう言った。

「学び、だな！」

また意味のわからないことを……。学びったって、何をどう学べっていうんだ？
眉間にシワを寄せて苦い顔をしている僕を、ネオ釈迦はニヤニヤして見ている。
まったく、やさしいんだか意地悪なんだか、わかんないやつだなあ、もう！
う〜ん、と少し考えてみたけど、ダメだ、やっぱり意味がわからない。
ジロリと睨みつけると、ネオ釈迦はようやく口を開いた。

「しょうがないなあ。じゃ、今日あったことを1つずつ振り返ってみ？　どういうときに人と自分を比べて落ち込んじゃったのよ？」

「え、そうだなあ。先輩のタナカさんはサクサクと問屋とか小売店にアポを取ってるのに、自分はウジウジしてぜんぜんアポ電を入れられないな〜、とか」

「じゃ、考えてみな。その先輩の姿から学べることって？」

「うーん。まず先方に言うことを決める。で、覚悟も決めて、つべこべ言わずにとにかく電話をかける！　これが学びといえるのかはわかんないけど……」

もっといい答えを探して逡巡していたら、音が響いた。

キンコンカンコン♬キンコンカンコン♬　シャカ♪シャカ♪

ああ、あの答えでよかったってことか？

「いい感じ～！　はい、次！」

よっしゃ。じゃあ、次ってことは、ええと……。

「後輩のスズキくんは見積書にミスがなくてすごいな～って。僕はいつも直前に慌てて作るからアラが出るんだよね……。じつはこのあいだも、問屋さんとの商談中にエクセル表の値段の入力ミスが見つかって……、あれはかなりやばかった」

「じゃ、考えてみな。その後輩の姿から学べることって?」

「うん、やっぱり、必要な時間を割いてしっかり準備すればいいんだよね!」

キンコンカンコン♬キンコンカンコン♬　シャカ♪シャカ♪

「いい感じ~!　そうやって起きたことの1つひとつから学んで、『今日も学んだなあ』『ありがたいなあ』っていうのを積み重ねてく人生って、どうよ?」

たしかに、それはすごく素敵なことに違いない。いつも前向きな気持ちで周りから学べたら、どんなに人生はいい感じになっていくだろう。

だけど、落ち込むときはやっぱり落ち込む。それが人間ってものじゃない?　また鼻で笑われるかもしれないけど、思い切って聞いてみよう。

「起こったことの1つひとつから学ぶっていうのは、心が元気じゃないとできないよね?　じゃあ、自分で自分の心を上げるにはどうしたらいい?」

「な〜んだ、そんなことか。それなら簡単だべ。心でもって心のバイブス上げようとするから、なかなかアガらないワケよ」

「じゃあ、どうすればいいの？」

「心がダメなら、体を使ってブチ上げたらいいっしょ。キミ、うれしいときって、どんな顔する？」

「え？　んーと、こんな感じ？」

笑顔を作ってみせた。だいぶぎこちなかったと思うけど、ネオ釈迦は満足そうにうなずいて、こう続けた。

「いいね、いいね〜。んで、やったぜ〜って感じで何かポーズとってみ？」

「は？　ええと、じゃあ、こんな感じかな？」

イエイ、っていう感じでガッツポーズを作ってみた。これもだいぶぎこちなかったと思うけど、ネオ釈迦はやっぱり満足そうにうなずいている。

「いいじゃん、いいじゃ～ん。こんな笑顔に、こんなポーズ、バイブスぶち上げ～」

うなずくばかりか、僕の真似をしてるよ。

ニッコリ笑ってガッツポーズ。ふふ、なんか楽しそうだ。

「おいおい、一緒にやろーぜ！」

「ええ～、恥ずかしいよ！」

「ノープロブレム！　ここにはオレとキミだけじゃん？　カモ～ン！」

ネオ釈迦の言葉に乗せられて、ニッコリ笑ってガッツポーズを繰り返してみる。
最初はぎこちなくて恥ずかしかったけど……。やっているうちに……。
あれ、なんか楽しくなってきたかも？
そうしたら、ネオ釈迦が得意気にいつものやつを重ねてきた。

シャカ♪シャカ♪　シャカ♪シャカ♪　イエイ！
シャカ♪シャカ♪　シャカ♪シャカ♪　イエイ！

今度は僕が真似する番！

シャカ♪シャカ♪　シャカ♪シャカ♪　イエイ！
シャカ♪シャカ♪　シャカ♪シャカ♪　イエイ！
シャカ♪シャカ♪　シャカ♪シャカ♪　イエイ！

僕とネオ釈迦、ふたりで踊って夜は更けていった。

ワーク4

最近、自分より「上」の人を見て落ち込んだことを思い出して、そこから学べることを書き出してみよう。そこに隠れているのが成長のカギ。

このワークを、より効果的にするには、最初に、ネオ釈迦と「僕」がやったみたいに誰もいないところで「うれしい」表情とポーズで踊ってみるのがおすすめ。これが難しければ、2分間、上を向いて胸を張ろう（これだけでストレスが25％軽減され、意欲が35％上がると言われている）。

釈迦の教え

物事の結果が心なのではありません。
心の結果が物事なのです。
善い心で話したり行ったりしていれば、
善いことがついてくるでしょう。
影がその人の体を離れないように。

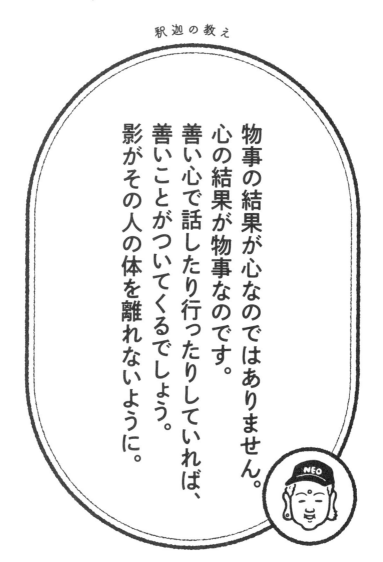

Chapter5

自分の「今ココ＆タスク出し」をアウトソーシング

今日は、同僚のタカハシさんからこんな話を聞いた。

ちなみに、タカハシさんは僕と同期の女性で、いつもニコニコ、ハキハキしている気持ちのいい人だ。

仕事ができて愛想もいい。当然、問屋の担当者さんや、担当地域のスーパーの売り場担当者さんの評判も上々らしい。

僕はネオ釈迦のアドバイスのおかげで、以前よりは前向きに仕事に取り組めるようになってきたと思う。

だけど、実績が伴っているかと言ったら、まだそうとは言えない。

そこで、いつもキラキラしてるタカハシさんに、仕事で伸び悩んでいることを相談したら、こんな答えが返ってきたんだ。


「まず自分の現状把握が大事なんじゃないかな。今の自分は何ができてるのか、何ができてないのか。そこがはっきりしてないと、何をしたらいいのかもわからなくなっちゃう。

はっきりしていないことをはっきりさせると、心がすっきりして、よし、がんばろうって思える。これでやるべきことの50％は終わりって、何かの本に書いてあったんだ。だから私はいつも、今の自分には何ができていて、何ができてないんだろうって考えてるの」

すっげえ。いつもそんなこと考えてるなんて。とても同期とは思えない……ってびっくりしていたら、タカハシさんの話はこれで終わりじゃなかった。

「現状が把握できたら、次はタスク出し。何ができていて、何ができていないのかがわかると、現状と理想のギャップがわかるでしょ？　そのギャップを埋めるには何をしたらいいんだろうって考えて、書き出してみるの。これでやるべきことの75％が終わり……っていうのも、同じ本の受け売りなんだけどね（笑）

で、そのリストのうち優先順位の上位20％のことをやったら十分、達成できるんだって。どうかな、私もまだ全然できてない感じだから、参考にならないかもしれないけど……」

わー。なんてすごいんだ。「私も全然できてない」ってまじで言ってる？

ほんとにいつもこんなこと考えてるわけ？
ちょっと試したい気持ちも手伝って、聞いてみた。

「でもさ、めんどくさいこともあるでしょ？　やる気がないときはどうするの？」

これに対する答えを聞いて、僕はすっかり落ち込んでしまった。

「うーん。現状把握とタスク出しは、やる気がなくても、やるんだよ。ていうか、やる気になれなくても、やっちゃっていいの。
だって、やる気になったら現状把握する、やる気になったらタスク出しするって言ってたら、明日の自分に丸投げすることになるでしょ？　丸投げされるのって腹が立たない？　だからやる気があろうとなかろうと、今、やっちゃおうってこと」

ううう、これはタカハシさんに聞いたのが間違いだったのかもしれない。
タカハシさんと僕とじゃ、人生スゴロクの進み具合が違いすぎるよ。
アドバイスをもらうつもりが、タカハシさんのほうがだんぜん先を行っていることが明らかになっただけじゃないか！

タカハシさんが日ごろ考えていることを聞いたら、ひょっとして追いつくヒントが見つかるかもしれないって思ってたのに。

急にタカハシさんがはるか遠い世界の人に見えてきた。

いくらがんばって追いかけても、後ろ姿すら見えてくる気がしない……。

『ウサギとカメ』の、ウサギが昼寝せずにぶっちぎりで勝つバージョン、みたいな？

タカハシさんが読んだっていう本、最初は教えてもらおうと思ったけど、僕が読んだってきっとダメだ……。だって、もとからの出来が違うんだもの。

シャカ♪シャカ♪　シャカ♪シャカ♪

うわ、びっくりした！　また、どこからともなくネオ釈迦が現れた。

いつもより音が大きい気がするのは思い過ごしか？

そう、ここはいつもの僕の部屋。仕事から帰ってきて、タカハシさんの話を思い返してドンヨリしてたってわけ。

「ほうほうほう、へえ～、へえ～、その子、かなりすごくね？」

ネオ釈迦って、やっぱり僕が考えてることがわかるのかな。「その子、すごいね」ってタカハシさんのことか？

「じつは今日さ、タカハシさんっていう同期の子と話してたんだけど……」

一応、説明しようとすると、ネオ釈迦は顔の前で手を振って言った。

「うんうん、わかってるって！」

「そうなんだよ……。それに比べて僕ってホントに……」

うなだれつつチラリとネオ釈迦を見ると、やつは細い目をさらに細くして僕をジーッとにらんでいる。あれ、なんかまずいこと言ったかな、……あ！

「ごめん、ネオ釈迦、僕、また人と比較しちゃってた！」

「ふん、別に謝ることないけど～！　黙って聞いてりゃウジウジしちゃってさあ～。あ、聞いてたっていうか、キミの頭の中、のぞいてただけなんだけど。このあいだ一緒に踊ったときのこと、忘れちゃったのかYO～って……」

やっぱり僕が考えてることが見えてるんじゃないか。くそー。

さっき、いつもよりシャカシャカ音が大きい気がしたのは、「おいおい！」って怒りたかったからなのかな。

でも、今は打って変わってしょんぼりしてる。ちょっと気が咎めたのも事実。

「ごめんごめん、比較からは何も生まれないって、ちゃんと覚えてるよ！　でもさ、同期の子があんまりにすごいんで、つい落ち込んじゃったんだ……。そうだ、この間、教えてもらったみたいに、ニッコリ笑ってガッツポーズするよ！」

「あ、それいいね～！　バイブス、ブチ上げてこーぜ！」

シャカ♪シャカ♪　シャカ♪シャカ♪　イエイ！
シャカ♪シャカ♪　シャカ♪シャカ♪　イエイ！
シャカ♪シャカ♪　シャカ♪シャカ♪　イエイ！

ケロッと機嫌を直したネオ釈迦と踊ること数分。

そうしたら、ネオ釈迦がこんなことを言い出した。

「そのタカハシさんって子が言ってること、ガチで効果あるっぽいから、キミも真似

すればよくね？　ほら、『巨人の肩に座る』って言うじゃん？」

「巨人の肩？　何それ？」

「だから〜、でっかい人の肩に座れば、自分も高いところからいろんなことが見えるってハナシ！　すごい人と同じ地平に立ってみたら、自分も同じくらいすごいことできるんじゃね？　とりま、その子みたいに現状把握から始めるってのはどうよ？『今、僕はココにいます』ってやつ」

う〜ん、それができれば苦労はないんだけどな……。と思ったら、すかさずネオ釈迦はこう続けた。

「でもでもお、きっとキミは言うべ、『僕にはムリ〜（涙）』って」

う、完全に読まれてる。そうだよ、僕には無理だよ。だから落ち込んでるんじゃないか。せっかく踊って盛り上がった気分が台無しだ。

「しょうがないな〜。んじゃ、現状把握と、その次のタスク出しってやつ？　両方とも人の助けを借りるってどうよ？」

「人の助けを借りるって……人に聞くってこと？」

キンコンカンコン♬キンコンカンコン♬　シャカ♪シャカ♪

「はい、正解出ましたぁ！　人と話すと、はっきりしてないことがはっきりする的な？　ぜんぶ自分で考えなくちゃいけないわけじゃない。自分じゃ無理なら、周りのすごい人に聞いてみればいいんじゃね？」

自分で考えるより、人に聞いたほうがいろいろ見えてくるかな？

言われてみれば、悪くない手のような気がする。

「間違いないぜ！　ってことでヒュイゴー！」

シャカ♪シャカ♪　シャカ♪シャカ♪

「ちょっと見渡してみれば、そういうの得意な人っているもんじゃね？　あ、オレ、今、また悟っちゃった、まじエモいんだけど！　これって『現状把握とタスク出しのあうとそーしんぐ』じゃね～？」

シャカ♪シャカ♪　シャカ♪シャカ♪

アウトソーシングって……、なるほど、現状把握とタスク出しを人に「外注」しちゃってもいいのか～。

現状把握ってことは、「僕は何ができてないですか？」って聞いてみればいいのか。

タスク出しってことは「これができるようになれたらって思うんですけど、そのために何をしたらいいですかね？」って聞いてみればいいのか。

それならできる気がする。うん。

とりあえずタカハシさんに、現状把握を手伝ってもらおうかな。

そこまで考えたところで、フフフン、と得意気な鼻息が聞こえた。

「これ、バリすげーから、すぐやんな！　優先順位の上位20％ってやつも、すぐに行動に移す！　ってか、怠けちゃダメよ、ここで怠けると、キミの心は悪を楽しむようになるからさ……」

「なんか怖いな……。わかった、さっそくやるよ！」

「どうよ？　キミ、オレと出会ったことで、かなり変わってきてるんじゃね？　オレって、やっぱ目覚めた人だわ～。あ、ちなみに、目覚めた人ってのはオレのインド時代の名前の意味ね。んで、これってまだまだ序の口なのよ。これからもっとすごいこと起こるっしょ。すんごい目標が見えちゃったり、パねえチャンスが来ちゃったり……。フフ、フフフッ！」

何やら不気味な笑い声を残して、その日のネオ釈迦は消えていった。

ワーク5

まず、今の自分に「できてること」、次に「できてないこと」を書き出したら、「できてないことができるようになるには何をしたらいいか」を書き出して優先順位をつけよう。ネオ釈迦が「僕」にすすめたように、人の力を借りるのもおすすめ。「何をしたらいいか」を書き出したら、その上位2割のうち、まずできることからやってみる。それだけでも大きく現実が変わり始めるはず！

釈迦の教え

善いことをするには急ぎなさい。
悪からは心を遠ざけなさい。
善いことをするのにのろのろしていたら、
心は悪を楽しむようになるでしょう。

Chapter6

ドハマリすること、
ゲットだぜ！

前回、ネオ釈迦と話して以来、僕は猛烈にやる気に燃えていた。

今までの自分がウソみたいに。

とりあえず、今の自分にできてること、できてないことを洗い出してみた。

同期のタカハシさんにはだいぶ話を聞いてもらったな。

なんかちょっとタカハシさんのこと、女性として意識するようになってきちゃったんだけど、それはそれとして……（ああ、でもいつか付き合えたらいいな〜）。


ともあれ、ネオ釈迦の話はドンピシャだった。

人と話してみると、いろんなことがクリアになったんだ。


まず、今できてること。

スーパーの売り場に設置するパネルやポップを作るのも、僕たち営業職の仕事のうちだ。

もちろん大手食品メーカーではやらないだろうけど、僕が勤めているくらいの小さなメーカーではよくあること。

で、とくに自覚してなかったんだけど、これがどうやら僕は得意らしい。

そういう手を動かす作業、たしかにぜんぜん嫌いじゃない。

あと、スーパーに試食台を設けさせてもらって、お客さんに直にお酢商品を売り込むこともある。前にも話した「マネキン業務」だ。

そこでお客さんに食べてもらうお酢料理を作るっていうのも、社内では敬遠されがちな仕事なんだけど僕は好きなんだよな〜。

現場のマネキン業務は、まだまだ苦手だけど……。


逆に、今できてないこと。

営業職なのに、と言われそうだけど、僕はなかなか人と仲よくなれない。

人見知りなのか警戒心が強いのか、フランクに話すというのが苦手なんだ。

これが、問屋の担当者さんとも小売店のバイヤーさんとも、なかなか打ち解けられない理由だろう。そんなんじゃ営業成績が伸びるわけがない。


じゃあ、どうするか？　僕はある目標を立てた。

この苦手を克服しよう。

そして今期中に営業成績で5位……、いや、3位になってやる！

ちなみに今の営業成績は9位。はいはい、言うまでもなく最下位ですが何か？

これから僕、ぐんぐん伸びますので黙っててもらえます？

よっしゃー！　やっと目標らしき目標ができた！


もちろんタスク出しだってやったよ。

人ともっとフランクに話せるように雑談力をつける。

営業トークを磨く。

笑顔を練習する。

もともと商品知識は十分ある。となると必要なのは、もっと訴求力の高い営業資料を作れるようになること。

などなど、「優先順位の上位2割」も洗い出した。


いや〜、よくやった。これだけでもすごい変化だ。自分を褒めてやりたい。

決めたからには、やってやるぞー!!!!

やってやるー!!

やるー!

……ところが。

ぜんっぜん思うようにいかない。なんで? なんでなの?

いまだかつてないくらい高まっていたやる気はぐんぐんしぼんで、逆に今は、かつてないくらいヘコんでるかも。

チャレンジする前にヘコんでる僕って、実際、どうなの?

これじゃあ、せっかく相談に乗ってくれたタカハシさんにも申し訳なさすぎる(いいとこ見せたかったのに、これじゃあ付き合うなんて夢のまた夢……!)。

前の自分とは違うんだって思おうとしても、もうエネルギーが出ない。

このままじゃ、本当にまずい。

ネオ釈迦! お願い、出てきて!!

このときほど強く念じたことはない。

来てくれるかな……。
来てくれないかな……。
来てくれなかったりして……。

シャカ♪シャカ♪　シャカ♪シャカ♪

来た！

「うぃーっす！　お疲れ!!　ははは、また落ち込んでやんの～！　ウケる」

こいつ……！　まったく人の気も知らないで！
でも、来てくれてよかった。さっそく相談、相談。
「ネオ釈迦が言ったとおりに、でっかい目標が見つかったよ。営業成績3位を目指したいんだ。でも、やる気があったのは最初だけで、今は、すごいヘコんでる……。

だって何にもうまくいかないんだもん。僕って、生まれつき目標を達成できないタイプなのかもしれない」

「出たよ～。また生まれつきとか言っちゃってさ。生まれとかぜんぜん関係なくて、行為が大事って言ったっしょ～？」

「そうだけど、せっかく目標ができたのに、それに向かってぜんぜんがんばれないんだよ？　これってもう、そういう性質ってことじゃんか……」

「いーや、違うね。なんでがんばれないかって？　簡単だべ。目標がでかすぎるってだけ～」

え……。そのうち、でっかい目標が見えてくるよって不気味に笑っていたのは、こいつじゃないか。それなのに目標がでかすぎるって、話が違くないか？

「あれ、なんか怒ってる？　勘違いさせちゃったかもしんない、めんごめんご～。

じゃあ聞くけどさ、目標達成する人って、どんな人よ？」

「そりゃ、意欲に燃えてる人でしょ。で、つらい努力をものともせず、誘惑に負けず、己を律して目標達成に向けてひた走る。だから大きなことができるんでしょ？」

「あ〜、なるほど、そういう感じ？　違うんだよね〜。目標達成する人ってのは、そのことにドハマリしてるだけなのよ〜」

「は？　ドハマリ？　努力じゃなくて？？」

「要は、目の前のことに我を忘れて没頭してるってハナシ。人は、その人が成し遂げたことを見て称賛するけど、そこに至るまでずーっとその人は、目の前のことにドハマリしてたってワケ〜」

「うーん。てことは、営業成績3位を目指すことにドハマリできない僕は、やっぱりダメってことじゃん……（涙）」

「だから〜、目標がでかすぎるんだって！ いきなり、でっかいことできるわけないっしょ？ とりま目の前のこと、コツコツやりなって次第」

がーん。目標さえできたら人生が激変すると思ってたのに、目の前のことをコツコツだなんて……。

「あ〜！ なんか納得いってないっしょー？ うーんと、じゃあさ、何か今の仕事で、夢中になってやってたら時間があっという間に過ぎちゃって、気づいたらいっぱいできてた！ みたいなこと、ない？」

「えー、なんだろう。ひたすらポップ作りしてるときとか、商品のお酢をサンプル用の小さいボトルに移してるときとか……かな？」

「あ、そういうの、そういうの！」

「始めるときは、こんなにやんなくちゃいけないのか〜ってうんざりするけど、没頭しちゃうと2時間とか3時間とかすぐに過ぎちゃって、気づけば完成品がズラーッって並んでるっていう」

「でしょでしょー？　エモいじゃーん！　てことでヒュイゴー！」

シャカ♪シャカ♪　シャカ♪シャカ♪

「忘我没頭でやってると、いつの間にか、パねぇことできちゃうんだＹＯ！　夢中で石を積んでたら、気づいたときには万里の長城が完成してた、みたいな〜？　目標って、そんな感じで達成されちゃうもんなのよ〜」

万里の長城って、いくらなんでも大げさな！

ていうか、そりゃ、石を積み続けたら、いつかは万里の長城ができるかもしれないけど、僕がやってるような作業は、いくら積み重ねたって業績には結びつかないよ？

「いやいや。ポップ作りとサンプル作りにいくら没頭しても、営業成績なんて伸びないと思うけど？　これは営業補佐的な作業だし……」

「は～？　違う違う～！　オレが感じてほしいのは、忘我没頭のバイブスってどんな感じかな～ってこと。とりま、そう感じられることをコツコツやってみな？」

「うーん……。そんな下働き的なことをいくらコツコツやったって、やっぱ何も達成できない気がするけど？」

「下働きってことは、周りに貢献するってことじゃね？　それ、尊くね？」

尊い、かあ……。うーん。どうにも納得できない。

僕は早く目標を達成したい。

そのための方法を教えてほしかったのに、今日のネオ釈迦はなんだか冷たい。

ひょっとしたらまだ続きがあるのかと思って、そっとネオ釈迦の顔をうかがってみたけど、

シャカ♪シャカ♪　シャカ♪シャカ♪
シャカ♪シャカ♪　シャカ♪シャカ♪
シャカ♪シャカ♪　シャカ♪シャカ♪

ネオ釈迦は自分の世界に入ってしまって、もう何も言ってくれなかった。

しょうがない。また振り出しに戻ってしまった気がするけど、とりあえず目の前のことをコツコツ？　やってみるか。

ワーク6

夢中で取り組んでいるうちに、ものすごい量を積み重ねていた、いつの間にか何かを達成していた、という経験を思い出そう。そのときの感覚をしっかり味わうことでドハマリして楽しく目標達成する感覚を養い、実際にそうなる道を開いていこう。

釈迦の教え

周りに振り回されてはいけない。
自分の目的をよく知り、
自分の務めに専念しなさい。

Chapter7

「やらねば」より「楽しい」を選んでもいいの?

あ〜あ。せっかく目標が見えたっていうのに、ネオ釈迦には「目標がでかすぎる」って言われちゃった。

おまけに、目の前のことをコツコツやって周りに貢献しなよって……。

でも、文句を言っても、また目標に向かう意欲が高まるわけでもない。しょうがないから、ネオ釈迦の言うとおりにした。目の前のことをコツコツと。

パネル作りやポップ作りはもとから苦にならないけど、商品のサンプル作りも、いつも以上に没頭してたくさんこなした。

うちの会社では、常時、30〜40種類の商品を営業している。

お酢だけでそんなに？　って思うかもしれないけど、料理用の酢、飲用の酢、さらには、酢飯用だとかピクルス用だとかの合わせ調味料まで含めれば、軽くそれくらいの数になるんだよ。

営業部の人間は各商品のサンプルを持参し、1日に3〜5軒の小売店を回る。

定期商談がほとんどだけど、ときには定期商談のない小売店を訪問して直接営業をかけることもある。

営業部は9人だから、単純計算で1日に3〜5セット×9人分のサンプルが持ち出される。つまり、あっという間にはけちゃうから、しょっちゅうサンプルを補充しなくちゃいけない。

「サンプル係」なんて別に決まっていない。

サンプルの補充は、営業部みんなのさじ加減だ。

そこで僕がせっせと毎日、サンプルの在庫をチェックして補充するようになったから、いざ誰かがスーパーの営業に持っていきたいのにサンプルがない！　っていう事態は起こらなくなった。

それに、資料棚の整理！　これも最近は、いっつも僕がやってる。

放っておくとすぐにぐちゃぐちゃになる。僕が整理する。数日するとまたぐちゃぐちゃになる。また僕が整理する……という永遠のループ。

もー！　僕は営業部の雑用係じゃないんだぞ!!

こういうのってネオ釈迦の言ってた「貢献」？　まあ、そうだよね。

僕にも、見積書を作って問屋に送ったり、アポ電をかけたり、商談に出かけたりと、いろいろ仕事がある。

そのなかで自主的にサンプル補充をやってる。書類棚の整理をしてる。

それでみんな助かってるわけだから、立派な「貢献」だ。

うん、そうなんだけど。


なんか不平等じゃない？　って思うんだよね。

前は、誰かが気づいたときにサンプルを補充してた。棚の整理も、誰かが見かねてやってた。いわば、もちつもたれつだったんだ。

でも今は、みんな「気づけば補充されてる」「整理されてる」っていう状況に慣れちゃってる気がする。

結局、僕ひとりが貧乏くじ引いてない？

あ〜、モヤモヤする……。

そう思って、このあいだ思い切って部内の会議で提案してみたんだ。

「サンプルの補充、僕ひとりでやってるので、みんなでやりませんか？　あと資料棚の整理も……」って。

そしたら急にシーーンってなって、空気が悪くなった。明らかに「余計なこと、言うなよ」っていう感じだった。くそー。

「うんうん、そりゃ理不尽だって思うわな〜」

隣でネオ釈迦もうなずいている。
僕がグチグチ言うのを、今日は珍しくずっと聞いてくれていたんだった。
でも、もとはといえば、こいつが「目の前のことをコツコツやりな」って言ったからなんだよな。

「ネオ釈迦、この有様だよ。まったく、どうしてくれるんだよ？」

だけどネオ釈迦は悪びれもせず、ニヤニヤしている。

「あのさあ、キミ、自分ばっかりが正しいって思ってな〜い？　でも逆に『絶対にこれが正しい』ってことなんて、ないっしょ？」

「そりゃそうかもしれないけど……。でも、僕、間違ってないよね？　雑用を人任せにするとか、一人に背負わせるのっておかしいでしょ？」

「ふふっ、人任せって、それ、少し前までのキミじゃーん？」

う……。たしかにそうかも。

今まではサンプル補充も資料棚の整理も率先してやってなかったんだから、ほかの誰かが知らないうちにやってくれてたってことだ。

知らないうちっていうか、見て見ぬ振りしてた……。

急に痛いところを突かれて言葉に詰まってしまった。

「ま、よくあることだけど〜。正しいことに目覚めたんだったら、自分が正しく生きるっていうのはいいんじゃね？　でも同じことを人に求め始めると、ギクシャクしちまうだけだぜ。なぜなら、自分が一番正しいんだ、最上だって思っちゃうから」

「でも、じゃあどうすればいいの? これからも僕ひとりで正しいこと……っていうか雑用係をやってけっていうわけ? どうなのさ?」

「まあま、落ち着けってば〜。キミはそれでいいわけ?」

「そんなの、嫌に決まってるじゃん!」

「だよな〜。じゃあ、コツコツ徳を積むことの価値を学んだってことで、これからは『正しい』もいいけど『楽しい』も選んでみたらいいんじゃね?」

「『楽しい』を選ぶ……?」

「うん! それは『ねばならない』じゃなくて……、てことでヒュイゴー!」

シャカ♪シャカ♪　シャカ♪シャカ♪

「『やりたい』で動いてる人は最高パワフルなんだＹＯ！　そんで結局、みんなに好かれちゃうんだＹＯ！　なぜって自分が楽しんでる人って人に優しいから！　まじエモい～。まじ尊い～。だから自分が楽しんでると、巻き込まれる人がたくさん現れちゃうってワケよ～」

シャカ♪シャカ♪　シャカ♪シャカ♪

「だからキミも、もっと仕事の中の『楽しい』を追いかけてみたら、人生のバイブス上がりまくりじゃね？　んで、でっかいこと、ぶっかませるんじゃね？」

仕事の中の「楽しい」を追いかける？

楽しいこと、楽しいこと、楽しいこと……。あ、そうだ。

「ねえ、マネキン業務用の料理を作るのは、そういう感じかも？　うちの商品を使った料理をお客さんに食べてもらって、『この料理に使ってるのはこれですよ』って売り込むためのものなんだけど……」

こう言うと、ネオ釈迦は一瞬「？」という顔をしてから、小さく「ああ」とつぶやいて、僕の部屋のキッチンに目をやった。

独身男の一人暮らしにしては、調理器具も調味料もかなり充実しているキッチン。

僕は就職するまでずっと実家暮らしで、料理なんてしたことなかった。

一人暮らしになって自炊を始めたのは、最初は「外食はお金がかかるから」っていうだけの理由だった。

でも、やっているうちにだんだん楽しくなってきて、調理器具も調味料も徐々に増えていった。

そして気づいてみたら、「ちょっと料理上手な人」をイメージさせるくらいのキッチンになってたんだ。ときどき母さんに電話して、小さいころから慣れ親しんできた料理のレシピを教えてもらったり。

そんなキッチンを物珍しげに見渡して満足気にうなずいたネオ釈迦は、こちらを振り返ってニンマリ笑った。

「いいね、いいね、これいいね～」

シャカ♪シャカ♪　シャカ♪シャカ♪
シャカ♪シャカ♪　シャカ♪シャカ♪

すでに見慣れたネオ釈迦の動きを見ていたら、心の中で何かが動いた気がした。
そうか。仕事にはいろいろな側面があって、僕にも楽しめるところがあるんだな。

「ねえ、『楽しい』を追求してみるって、ひょっとして、たくさんある仕事のうちマネキン業務のところをもっと楽しんでやってみればいいってこと？」

「それそれ、それだべや～。そしたら人の落ち度なんて気にならなくなるっしょ。んで自分がしたこと、しなかったことが自分の一番の関心事になるってワケよ～」

シャカ♪シャカ♪　シャカ♪シャカ♪

料理のレシピは会社が作っているものだ。

でも、僕なりにちょっとアレンジしたら、もっとおいしくできるかも？

だってさ、せっかく食べてもらうなら、よりおいしいほうがいいじゃん？

お客さんだってうれしいだろうし、それで酢が売れたら、うちの会社はもちろん、小売店の業績もよくなる。

ちなみに、食品って基本的に、問屋から仕入れる小売店の買取なんだ。

仕入れた分が売れないと、小売店は特売とかして売りきらなくちゃいけない。もちろん値段を下げたぶんだけ小売店の利益は圧縮される。

ってことは、おいしい試食を作ってたくさん酢が売れたら……。


お客さんは、おいしい酢の使い道が知れてハッピーだよね。

小売店は、酢の売れ行きがよくなってハッピーだよね。

うちの会社はもちろん、業績が伸びてハッピーだよね。

そうそう忘れちゃいけない、問屋だって、酢の売り上げが伸びれば、入ってくるマージンが増えてハッピーだ。

わあ、いいことばかりじゃないか！

マネキン業務用の料理、ちょっとがんばって、もっとおいしくしてみようかな？

実家の母さんにも相談して、おいしい試食を目指すっていうの、どうだろう？

あれ、なんか……、ちょっと考えが前向きになってる、僕？

ネオ釈迦は今までで一番くらいにニンマリしてる。

僕の表情がみるみる明るくなるのを見て取ったのか、それとも（例によって）僕の頭の中をのぞいたのか、どっちか知らないけど――。

ワーク7

「楽しい」という感情のときの自分の状態を思い浮かべてみよう。仕事で楽しいことをしているときは、どんな表情、どんな態度、どんな動き？　イメージできる心の色は何色？　これらを明確化しておいて、『楽しい』を選ぶ」ということを、すんなりできるようになっていこう。

釈迦の教え

他人の過失は見なくてよろしい。
自分がしたこと、しなかったこと
だけを見なさい。

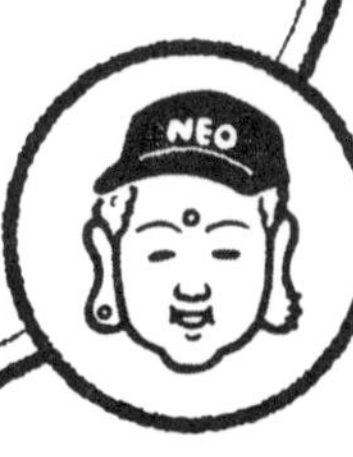

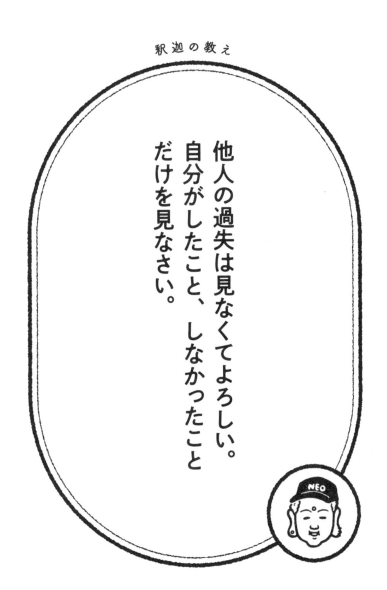

Chapter8

失敗から立ち直る力、つけたいよね

仕事の中の「楽しい」を追いかけてみる――。
そっちに方向転換してから半年が経った。
まずは、現状把握とタスク出しのやり直し。
またタカハシさんにたくさん話を聞いてもらった。
今度は「マネキン業務」に的を絞って、できてること、できてないこと。
できてないことをできるようになるために必要なこと。
そして優先順位の上位2割の洗い出し。

何となくの感想だけど、前よりずっとスムーズにできた気がする。
なんていったらいいのか、虚勢を張らずに等身大の目標が設定できたっていうか……。

前は「何か大きなことやらなくちゃ」っていう無理やり感があった気がする（タカハシさんにいいとこ見せたいっていう下心も働いたのかも……?）
だけど今回は、タカハシさんに話を聞いてもらったり考えたりしている間、ずっとわくわくできたんだ。

洗い出した優先順位の上位2割は、ざっとこんな感じだ。

会社から配られるレシピに従って作った料理を自分で食べてみて、もっとおいしくなるように工夫できるところを考えて試してみる。

こうして改良した料理をお客さんに試食さえしてもらえれば、きっと購買に結び付けられる。となると試食販売では、「いかにお客さんに食べてもらうか」が勝負だから、発声練習をして呼び声を磨く。

笑顔ももちろん大事！

毎晩、鏡の前で口角アップトレーニングをする。

笑顔と同じくらい大事なのは、トーク力。

味だけでなく口頭でも、試食という短い時間で商品の魅力を伝えられるようにセールスポイントを簡潔にまとめておく。それをスムーズに話せるように練習！

正直、これらのことにドハマりした。

そして月に数回程度のマネキン業務のチャンスにかけてきたんだ。

そうしたら……！

少しずつ商品が売れるようになってきた。

最初は気のせいかと思ったけど、たしかな手応えを感じるようになった。

こ、これは間違いない。僕、小売店の売り上げに貢献してる！


試食してもらったときのお客さんの笑顔がうれしい。

「あら、これおいしいわね！」って言ってくれる奥さんたち。

「ママ、この料理、おうちで作って！」って言ってくれる子どもたち。

売れ行きがよくなると、小売店のバイヤーさんもうれしそう。

「試食、いつも評判ですよ。おかげで前回、仕入れた分はもう完売！　昨日、問屋さんに追加注文出しましたのでよろしくお願いします！」

うれしい。こんなふうに言ってもらえたのは初めてだ。

大げさでなく、涙出た……。


問屋の担当者さんたちの反応もどんどん変わってきた。

以前は大手メーカーや付き合いの長いメーカーの人とはすごく親しげなのに、うちの会社にはかなり冷たかった人が、

「あ、バイヤーさんたちから聞いてますよ。最近のご活躍、すごいらしいですね！」なんて声をかけてくれたり、今までいくら頼んでも無理だった小売店の商談会に呼んでくれたり。


もちろん上司からもよく褒められるようになった。

で、気づけば、なんとなんと、今週の営業成績は4位だよ。

前に虚勢張って無理やり立てた「営業成績3位」の目標まで、いつの間にやら、あと一歩のところまで来てしまった。

これか～、ドハマリしてるうちに目標達成しちゃうって！

す、すごい。僕ってば、もう無敵かも？

仕事の取り組み方で成果の出方って変わるんだなあ。

「楽しい」を選べるようになって、本当によかった。

うれしくて、うれしくて、毎日、ネオ釈迦に仕事のことを報告した。

近ごろはすっかり居候と化して、ずっとうちにいるんだ、あいつ。

このまま行けば人生の大逆転、あるでしょー！

そんな僕が……、今日はドヨンとした暗～い顔で帰宅したのには訳がある。

大失敗してしまった。悔やんでも悔やみきれない。

「ネオ釈迦……、どうしよう、とんでもないことになっちゃったよ」

「んー？　どした、どした～？」

振り向きざま、いつもどおりノーテンキなネオ釈迦。

でも、今日あったことを聞いたら、さすがに血相を変えるかもしれない。

それとも、こいつのことだ、もしかしたらもう全部お見通しなのかな？

「じつはさ……。バイヤーさんを怒らせちゃったんだ」

今日は、問屋の担当者さんがやっとつないでくれた新規小売店との商談だった。快く迎えてくれたバイヤーさんに、売れ筋商品と新商品の紹介。味見してもらったら、「おいしい、おいしい」と絶賛してくれた。

ほんとに最初はいい感じだったんだ。でも……。

「でもなー、しょせんはお酢だからね。うちはカンミツ社さんの商品で棚が埋まってるから……」

そう言われて頭に血が上ってしまった。


人が一生懸命、説明してるのに「しょせんお酢」って、どういうこと？

どこの酢も大して変わらないってこと？　あんた、それでもバイヤーかよ？

ついさっき「おいしい、おいしい」って言ってたのはどいつだ？


カンミツ社っていう大手メーカーの名前を出されたことにも、正直、腹が立った。

だって、大手メーカーにはない視点で、お客さんに喜んでもらえるような商品を作ろう、かゆいところに手が届く商品を作ろうっていうのが、うちのモットーだから。

中小は、中小にしかできないことをしよう。

その一心で社員一同、アイデアを出し合ってきて今があるんだよ、うちは。

シェアの大きさでは大手に敵わなくても、お客さんから、それなりの定評を得ているっていう自負がある。

いろんな思いが頭の中を一瞬で駆け巡り、ついこんなことを言っちゃったんだ。

「いやいや！　今、たしかに味見されましたよね？　カンミツ社さんのよりずっとおいしいでしょ？　そりゃそうですよ。大手と違って、うちは原料から製造法までこだわって作ってますから。大手なんて単に資本力があるだけじゃないですか？　とくにこの商品はうちの一番の売れ筋で、トクダヨさんでも福マルさんでもすごく売れてるんです。試食販売なんてしたら即完売なんですよ。今、これを仕入れないなんて、正直、ちょっとバカなんじゃないかなって思いますけどね。ああ、そうか。だからここのお酢コーナーって、なんか平凡で活気がないんですね、なるほど！」

気がついたときには、もう遅かった。バイヤーさんは、ゆでダコみたいに顔を真っ赤にして、ワナワナと唇を震わせていた。

「今日はもう帰ってくれ！　君ねえ、熱心なのはけっこうだけど、そういう売り方してると、周りから人がいなくなるよ」

またとないチャンスを棒に振ってしまった……。

トボトボと会社に戻ると営業部長に呼びつけられて、こっぴどく叱られた。

あのバイヤーさんから問屋の担当者さん経由でクレームが入ったらしい。問屋さんもそうとうオカンムリだったたって。せっかくいい関係になってきたっていうのに。

あっちもこっちもカンカンだ。始末書だけじゃ済まないかも。どうしよう……。

「ふーーーーーん。ま、その修羅場なら大丈夫っしょ！」

すべて話し終え、泣きそうになっている僕へのネオ釈迦の第一声は、これだった。

いやいや、大丈夫なわけないじゃん。ネオ釈迦は、やっぱり人間社会のことがわかってないんじゃないか？

「今までがんばってきたことが台無しだよ。もうダメかも……。会社やめようかな。仕事、楽しくなってきたところだったのにな」

シャカ♪シャカ♪　シャカ♪シャカ♪

元気づけるつもりなのか何なのか、ネオ釈迦はリズムに乗って体を揺らしている。

シャカ♪シャカ♪　シャカ♪シャカ♪

そしてこう続けた。

「1ついいこと教えてやるYO！　大事なのは失敗しないことじゃない、失敗から立ち直ることなんだYO！　んで、そこで必要なのは何だと思う？　ヘイ、カモン！」

へ？　急に振られてフリーズしてると、ネオ釈迦は動きを止めた。

「もう～、ノリが悪いなあ。いい？　もう一度言うからちゃんとリッスントゥミー！　ヘイ、失敗から立ち直るために必要なことって何よ？　カモン！」

「え、えーっと。あ、失敗から学ぶこと……？」

キンコンカンコン♬キンコンカンコン♬　シャカ♪シャカ♪

「それそれ！　それしかないっしょ〜！　今日、誰だか知んないけど怖いおじさんを怒らせちゃった感じっしょ？　じゃ、そこから学べることって何？」

改めて今日のことを振り返ってみたら、バイヤーさんの言葉が蘇った。

「そんな売り方してると、周りから人がいなくなるよ」――たしか、あのバイヤーさんは最後にそう言ったはずだ。

そんな売り方。ああ、そうか……、そうだったんだ。

「まず、他社さんをディスらないほうがいい。思っていても口に出しちゃダメ。あと自分がしゃべりすぎてたのも、あんまりよくなかったのかな……。僕、近ごろ業績が急に上がって調子に乗ってたのかもしれない。思えばあのバイヤーさん、まだ何か言いかけてた気がする。でも僕は相手の言うことに耳を傾けず、一方的にしゃべってたんじゃないかな。自信はあってもいいけど、奢るのはダメだね」

商談を一方的に切られて怖かったけど、あのバイヤーさんは、きっと、怒りながらも大事なことを教えてくれようとしてたんだ。

急に感謝の気持ちが湧き上がってきた。

すぐにでもお詫びに行って、もし許してもらえたなら、今度こそいい関係を築きたい。

豊富な経験に、いろいろ勉強させてもらいたい。

ここまで考えて、ふと見ると、ネオ釈迦はニンマリ笑っていた。

キンコンカンコン♬キンコンカンコン♬　シャカ♪シャカ♪

「学んでんじゃーん。その調子なら、もう大丈夫じゃね？」

ワーク8

失敗から学ぶクセをつけると、失敗からすぐに立ち直る力がつく。最近、失敗したことを思い出し、そこから学べることを書き出してみよう。

価値ある人生とは何か。
それは失敗と無縁であること
はありません。
何度失敗しても立ち直る、
それこそが
価値ある人生といえるのです。

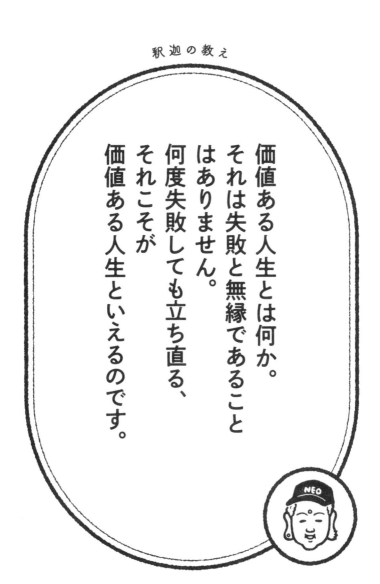

Chapter9

現実はすべて、「自分の頭の中」にあるらしい?

スーパーのバイヤーさんを怒らせてしまってから、ちょうど2週間が経った。

あの日の翌日、バイヤーさんと問屋の担当者さんに謝罪に行った。

平身低頭、謝って何とか許してもらえた。

バイヤーさんはしばらく渋い顔をしていたけど、最後には「まあ、また商談に来てくださいよ」って言ってくれた。

問屋の担当者さんは少し呆れ顔だったけど、「これからもよろしく」って言ってくれた。

ひとまず首の皮一枚はつながったみたいだ。よかった……。


その後、改めて商談に行かせてもらったら、1商品だけ1ロット分、試しに買ってもらえることになった。

あの日、バイヤーさんが「しょせんお酢」って言っていたのには、じつは続きがあったんだ。

「しょせんはお酢」だから、お客さんには、あまり違いがわからない。

お酢の棚はカンミツ社の製品でだいたい埋まっている。

もしうちの商品を置くとしたら、どう差別化して見せることで、お客さんはカンミツ社の製品だけでなく、うちの製品にも目を留めてくれるか。
そんな相談話の水を向けてくれようとしていたらしい……。
改めてよくよくバイヤーさんと話してみて、僕はまた自分の至らなさを痛感した。
やっぱり相手の話はちゃんと聞かないとなー！
話し上手の前に聞き上手になる。これ営業のキホン！　改めて肝に命じよう。

「いいね、いいね〜。学んでるね〜」

シャカ♪シャカ♪　シャカ♪シャカ♪

いつものようにネオ釈迦はご機嫌で体を揺らしている。
あ、だけど……、今日はちょっと相談したいことあるんだよな〜。

「ねえ、ネオ釈迦。問屋の担当者さんとも小売店のバイヤーさんともかなりいい感じで付き合えるようになって業績も順調なんだけど、ちょっと気になることがあるんだよね」

「お、来たね、どした、どした〜？」

え、ちょっと、なんで少しうれしそうなんだよ？　まあ、いいか。僕はここ2週間、ずっと気になっていることを初めて打ち明けてみることにした。

「気になるのは営業部内でのことなんだけど……。ほら、この間、バイヤーさんを怒らせちゃって部長にもこっぴどく叱られたじゃん？　それ以来、部内の周りの人の目が気になっちゃって……。取引先とうまくいってても、社内でうまくいかないと仕事でも都合が悪いし、やっぱ何よりみんなに好かれたいんだ」

「ふーん。社内の仲間に嫌われたり非難されたりするのが怖いってか？」

「そう……。どうしたらみんなに好かれるかな？」

「あ、それな〜。考えてもムダムダ！」

げ。こいつ、また軽々と希望を打ち砕いてくれたよ、まったく。

人に好かれる極意を聞きたかったのに、話して損した！

それにしても、「考えてもムダ」ってどういうことだろう？

顔を上げると、ネオ釈迦が僕を真正面から覗き込んでいた。

「まあ、聞きなって。今、キミはぶっちゃけ疑心暗鬼になってるじゃん？」

「うん、そうかも。なんかいつも不安で、周りの目を気にしてオドオド、ビクビクしてる。ネオ釈迦と出会う前の自信のない自分に戻っちゃった気がするんだ……」

「おいおーい、そりゃ勘弁だぜ〜。でもさ、仕事はうまくいってるっしょ？」

「そう。それはホントにネオ釈迦のおかげ」

「だけど心の中が、まだウジウジしてたころのキミのままってわけだ？　じゃ、はっきり言うけどさあ、どうしたら嫌われないか、非難されないか、好かれるかって、考えるだけムダなのよ〜。あ、これはさっき言ったか」

「うん、聞いた。で、それ、どういうこと？　なんでムダなの？」

「なぜなら、沈黙する者は非難される、多くを語る者は非難される、少し語る者は非難される……ってのが世の中の真理だからである〜る！」

「え、沈黙する者、多くを語る者、少し語る者……って、要するに、みんな、どのみち非難されるってことじゃん。ええ〜、そんなのないよ〜」

「そうかなー？　別に困ることなくね？　だってさー、どのみち非難されるなら、もう非難されないようにあがく必要ないってことじゃん？」

「うーん、ごめん、よくわかんないよ」

「ぶっちゃけ、人から受け取る快も不快も自分の頭ん中で起こってんの。たとえば音楽ってあるじゃん？　でも空間に『音』って存在しないワケよ～」

「は？　どういうこと？」

「バイオリンが奏でられたら、美しい音だな～とか思うじゃん？　まじ癒されるわ～ってな。でも、バイオリンとキミとの間にあるのは『音』じゃなくて『空気の振動』に過ぎないワケよ。それを『美しい音』として認識するのは脳の仕事。脳内の電気信号によって、空間の振動は『美しい音』として情報処理されるんだよね～。嫌われるとか好かれるというのも、これと一緒ってこと」

今日のネオ釈迦はやばい。

なんだ、この賢そうなやつは？　ちょっとついていけないかも……。

「わっかんないかな～、んじゃ行くぜ、ヒュイゴー！」

シャカ♪シャカ♪　シャカ♪シャカ♪

「すべては脳内の電気信号の情報処理なんだYO！　だから『嫌われてる～』ってのも『好かれてる～』ってのも、自分がそう解釈してるってだけなのよ～」

シャカ♪シャカ♪　シャカ♪シャカ♪

解釈、か。じゃあ、今、目の前にある現実っていったい何なの？
ぜんぶ僕の頭の中で再生されているだけの世界？
ああ～、なんか余計にわかんなくなってきた！

「てことは、世の中は幻なのか……？」

「はい、出た～。ま～ぼ～ろ～しぃ～！　ま、そう考えるくらいでもいいんじゃね？

好かれるとか嫌われるとかは、いくら気にしても考えても始まらないっしょ〜」

でも、これじゃあ僕の悩みは解決されない。だって僕は実際、部内の人たちに好かれたい、嫌われたくないって思っちゃってるんだもの。
誰もがどのみち非難されるから、考えるだけムダ？
そんなこと言われたって、どうしたらいいのかわからない。

「じゃあ、結局、周りの目が気になっちゃうのはどうしたらいいの？」

シャカ♪シャカ♪　シャカ♪シャカ♪

「とりま、『気にしない練習』だな。どんな風にも大きな岩がビクともしないように、賢者は非難にも称賛にも動じないんだYO！　今、仕事が楽しくなってるんなら、目の前のことに集中すればよくね？」

シャカ♪シャカ♪　シャカ♪シャカ♪

結局は目の前のことをコツコツと。これに尽きるんだな。

この世は幻。だとしても僕には僕の人生がある。せっかく仕事が楽しくなってきたんだ。楽しいこと追求しながら、もうちょっとがんばってみるか。

はー。しかし人生、なかなか「はい、上がり！」とは行かないなあ。

そしたら、ネオ釈迦にバチン！　と背中を叩かれた。なんなの？

「は～？　キミ、何、考えてんの？　人生に上がりなんてあるワケないっしょフォーエバー。あるとしたら死ぬときじゃん？　人生、いろいろある。そして人生は続く。だから人生は楽しいんじゃね？」

はいはい、わかったよ。

僕の試練はまだまだ続くわけだ……、なんてぼんやり考えつつ寝落ちした。

まぶたが閉じる瞬間、いぶかしげに僕を覗き込むネオ釈迦の姿が目に入った……気がした。

ワーク9

ネオ釈迦が言うように、現実はすべて自分の頭の中にある。じゃあ、いっさいの制限がないとしたら、どんな自分になりたい？　思い描く自分の姿が現実になっていくということだから、しっかりイメージしてみよう。

どんな風にも大きな岩が
ビクともしないように、
賢者は非難にも称賛にも
動じないものです。

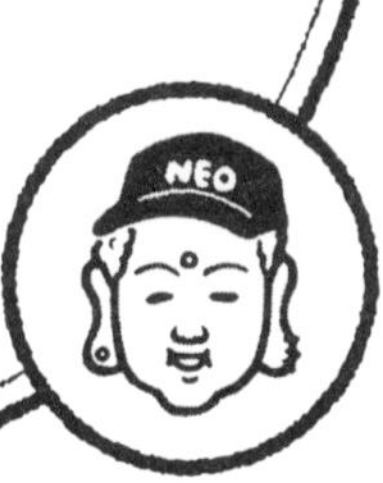

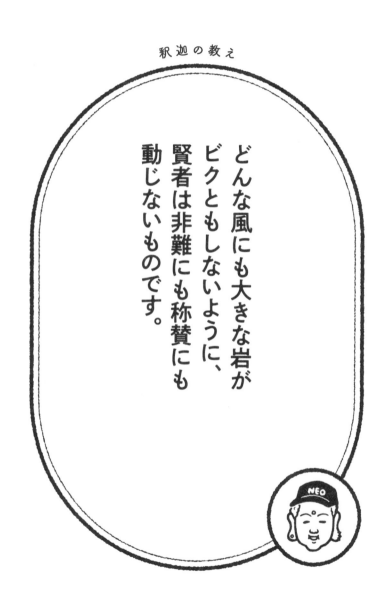

Chapter 10

「自分の理想像」と付き合うってサイコー！

「この世は幻」――なんて、ちょっと悟ったようなことを考えた日から、しばらく経ったある日のこと。

「ね～、ちょっと～、最近、オレのこと避けてな～い？」


ネオ釈迦にこう言われた僕は、ギクリとして身をすくませた。

こいつがずっと部屋に居座るようになってから早数ヶ月。以前は毎日のように、ちくいち、その日にあったこと、うれしい報告、相談、たくさん話していた。

だけど、たしかにここ数週間は、仕事のことをざっと話すくらい。

そんな日が続いたのは初めてのことだった。


「え……、いや、今日だって昨日だって話したじゃん。避けてなんかないよ」

ウソだった。実際、僕はネオ釈迦を避けていた。

一日の終わりに話す内容も、以前は、その日にあったことをほぼすべて話していたけど、今はだいぶ限られた内容を話すようになっていた。

ネオ釈迦は疑わしい目を向けて、さらに詰めてくる。

「んんん〜？ おっかしいなあ〜。ちょっとこっち向いてみ？ オレの目、見てみ？」

やばい。焦った。必死に目を反らすけど、ネオ釈迦はしつこく目を合わせようとしてくる。

ついに逃げ切れなくなって目を合わせた途端……、

「あ〜！ オレ、わかっちゃった。キミ、最近、変なヤツらと付き合ってる感じー？」

わー、一瞬でバレたー。

そう、ネオ釈迦を避け、話す内容を選んでいたのには理由がある。

ここ数週間、僕は営業部のなかでも、あんまり業績がよくない人たち、どちらかというと怠けている問題児の人たちとつるむようになっていたんだ。


だって、なんだか疲れちゃったんだもの。

仕事のなかにある「楽しい」を選ぶようにした。追求した。

できてること、できてないことをはっきりさせた。

できてないことをできるようになるにはどうしたらいいか、洗い出した。

優先順位の上位2割をやってみた。ドハマリした。

たしかな手応えを感じた。めちゃくちゃうれしかった！

仕事でトラブったこともあったけど、ちゃんと挽回できた。

これもめちゃくちゃうれしかった！


だけどさ……、ふと周囲を見渡してみると、けっこうのんびりテキトーに働いている人もいるんだよね。

マネキン業務の試食用の料理を研究するのは、そりゃ楽しかったさ。

だけど、そればっかりやっていればいいわけじゃない。雑用もあれば会議もある。

すべてに全力投球なんてできないよ……。

なーんてモヤモヤしていたら、営業部内外から悪魔の囁きが耳に入ってきた。

「仕事なんてテキトーでいいじゃん。律儀にやっても給料が上がるわけでもないし～」

「外出時間はサボるチャンスでしょ！　俺、外出しているときの半分くらいはカフェでソシャゲやってるし～」

ちらほら、そんな話を聞いていたら、「あれ？　僕がやってることって、なんかバカバカしくない？」って思う瞬間が増えてきちゃったんだ。

いくら楽しくたって、仕事に大変な思いはつきもので、そもそも上を目指さなければ、そんな思いなんてしなくて済むんだな～……って。

もちろん問屋や小売店とのアポをサボるわけにはいかない。

でも、「スーパーの売り場研究」と称した外回りなら、先方にアポを入れるわけではないから、いくらでもサボれる。そんな悪知恵まで授かってしまった。

そんなわけで、近ごろはすっかりダラけてた。

外出してひとりでカフェで過ごしたり、ときには彼ら「サボり組」と外で待ち合わせて、インスタで話題の店に食べに行ったり……。

そういえば、1回、タカハシさんに呆れた顔で見られたことがあったな。ちょっと胸が痛んだけれど、考えないようにしたら、すぐに気にならなくなった。

でも、さすがに数週間も続くと、ネオ釈迦の目はごまかせなかったってわけか。

「あ～あ、あ～あ、せっかくオレがいろいろ教えてやったのに、そうやって落ちていくパターンね。南無三だわ～」

まるで鬼の首でも取ったみたいに騒いでいるネオ釈迦に、ささやかながら抵抗を試みる。

「いや、そんなことないよ！　だいぶがんばったから、今はちょっと充電期間、みたいな？　またやる気が出てきたらガシガシやるよ」

「は？　まじでそう思ってる？　行動することを怠けると、心は悪を楽しむようになっちまう……って、前に言ったっしょ～？　ムリだね～、抜け出せないね～」

ううう。耳が痛い。正直言うと、まるで底なし沼にハマったみたいに、このサボりグセから抜け出せない気がすでにしていたから。

「ったく、困ったちゃんかよ、おぃ〜。じゃ、今から言うことをイメージしてみ? その変なヤツらの姿は、1年後、3年後、5年後の自分の姿だよ。それってどうよ〜?」

ぎゃー。想像しただけでゾッとした。そんなの絶対に嫌だ!

「でしょ? 嫌っしょ〜? そんな沼にハマるなんて……、ぷぷっ、ウケる〜」

この言い草! 笑いやがって!
だけど腹は立っても返す言葉が見つからない……。
しょんぼりしていたら、さすがに見かねたのかネオ釈迦が助け舟を出してくれた。

「しょんぼりしちゃって、もう〜。よし、ここらでヒュイゴー!」

シャカ♪シャカ♪　シャカ♪シャカ♪

「1つ方法があるYO！　自分で自分をキープできないなら、『こうなりたい』って思える人と付き合えばいいんだYO！　な、簡単だろ？」

シャカ♪シャカ♪　シャカ♪シャカ♪

「こうなりたい」って思える人か……、いるいる、いるよ。

でも、「こうなりたい」って思える人って、キラキラしてて業績もよくて、正直、気後れしちゃう。それにあの人たちみたいになるには、これまで以上にめちゃくちゃがんばらなくちゃいけないいんじゃないの？

なんか大変そうだ。「厳しい修行」、みたいなのは嫌なんだけどなー。

「でもさ、いったんサボりグセのぬるま湯に浸かっちゃうと、『こうなりたい』って思える人と付き合う道はそうとうハードじゃない？　苦労はできるだけしたくないんだけど……」

「何言っちゃってんの? 『こうなりたい』って思える人と付き合ったほうが、だんぜん楽しいに決まってんじゃん。いい? その人の姿が自分の将来像なワケよ。そう思ったら楽しいなんてもんじゃねー、控えめに言って極楽《パラダイス》じゃね?」

言われてみればたしかにそんな気もする……、でも、本当に大変じゃないのかな?

ワーク10

「こうなりたい」って思える人を5人挙げてみよう。その人たちと親しくするほどに、自分もまた、その人たちのようになっていける。だから付き合う人を変えていこう。

釈迦の教え

善き人と出会うのは善いことであり、
善き人とともに歩むのは
楽しいことです。賢者に親しみ、
尊敬すべき人を尊敬しなさい。
それこそが最高の幸せなのです。

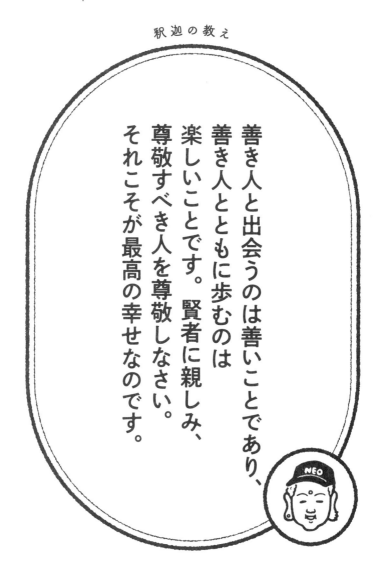

Chapter II

ひとりで歩む勇気、めっちゃ大事

数週間ハマっていた「サボりグセ」から何とか脱した僕は、営業部内の尊敬できる人とより多くの時間を過ごすようにしながら、ふたたび仕事に没頭した。

ようやく前のペースを取り戻したかなって実感できたのは、ほんの数日前のこと。

営業成績も今週でやっと4位に返り咲いた。


あー、よかったー。危なかったー。あのままだったらと思うとゾッとする……。

もう、「サボり組」には二度と惑わされず、ガンガン仕事してやる！

そう気合を入れていたら、以前はほとんど意識したことのなかったことが頭の中をチラつきはじめたんだ。


それは漢字2文字のこと。会社員ならきっと想像がつくはず。

そう、「出世」だ。

出世は実力勝負だけじゃない。そんなこと、わかってる。

社内でうまく立ち回れる人こそが出世コースに乗れるんだ。そうなると、以前は別世界のことだった「社内政治」ってやつが急に気になりだした。

というわけで、今の僕の一番の関心事は「この人と付き合うとどんなメリットがあるかな?」ってこと。

前は手に取ったこともなかったビジネス書を読み漁って、「人脈構築術」みたいなソーシャルスキルも身につけようとしている。

出世するには社内のみならず社外の人脈も大事なんだってさ。なるほどね〜。


会社員となったからには出世を目指す。そして出世を目指すからには、自分を引き上げてくれそうな人となるべく付き合う。

これ、正解だよね。僕、間違ってないよね?

そんな僕にとって、目下、一番の課題は、カクタさんとタニタさん、どちらと親しくしたらいいいか。

どちらとも部長クラスなんだけど、ゆくゆくは専務、常務、さらには社長へと上り詰める可能性が高いふたりだ。

でも、ふたり一緒には上がっていけない。必ず、どこかで、どちらかが脱落する。

うちは中小企業だけど、そのなかでも出世競争ってあるんだよ。

競争を勝ち抜いたほうについていれば、自分の出世の道も一気に開かれるし、脱落したほうについていれば、自分の出世の道も一気に途絶える。
さて、僕が親しくすべきはカクタさんかタニタさんか。
うーん、悩ましい！　こればっかりは、あみだくじで決めるわけにはいかないし。
そんなことを考えながら帰宅後、仕事鞄の中身を整理していたら……、

「へえ〜、へえ〜、そっち系に行ったか。びっくりなんだけど〜」

いきなり後ろから言われて、びくっとした。
いい加減、気配を消して背後から迫るの、やめてくんないかなー。

「向上心ってやつ〜？　でもさー、誰と付き合ったらトクできるかって、つまんなくね？　それよか、いい人と付き合うと最&高なのよ〜」

なにー。こいつ、僕の出世欲に水を差そうっての？
ちょっとカチンと来て言い返した。

「いい人と付き合ったって、出世できないじゃん！」

「煩悩キタコレ〜。その考え方、かなりやばいっしょ！　だってキミ、なんか悪いこと考えてるっぽい目つきになってんべ？」

「え？　そうかな？」

「まじか、気づいてない的な？　ちょっと前にサボってたときよりもずっと、やばい目つきになってるんすけどー？」

そんなこと言われたら、急に弱気になった。
もう……、いつもこんなふうに、ネオ釈迦には、してやられてばっかりだ。

「まあまあ、落ち込むなって。オレはキミに教えるために、ここにいるのである。ってなわけで今日は人間関係の話だな、さっそくヒュイゴー！」

シャカ♪シャカ♪　シャカ♪シャカ♪

「善き人と付き合ってると、その善さが自分にも伝染るんだYO！　それこそ最&高じゃね？」

シャカ♪シャカ♪　シャカ♪シャカ♪

え？　「いい人」と付き合うと、自分も「いい人」になれる。それだけの話？　なーんだ。友だちにするなら「いい人」がいいけど、仕事では「いい人」かどうかって別に関係なくない？

「あのさー、僕がしてるのは、仕事の人間関係の話なんだよね。ネオ釈迦にはわかんないかもしれないけど、仕事はすべて損得だよ。人脈だって損得で考えて当然なの！　みんなそうしてるの！」

するとネオ釈迦がキッとこっちを睨んで

言い放った。

「バカーーー!!」

は？　バカ？　何言ってくれてんの？
見ればネオ釈迦は怒りの表情を浮かべながらも、リズムを刻もうとしている。

シャ!!シャカ!!　シャカ!!シャカ!!

「もしキミが言うように、損得で考える人ばっかりなんだったらYO！　ぶっちゃけひとりで生きたほうがいいんだYO！」

シャカ!!シャカ!!　シャカ!!シャカ!!

ちょ、ちょっと待ってよ。いい人と付き合えとか、ひとりで生きろとか、今日のネオ釈迦、言ってることがめちゃくちゃじゃない？　どういうことなんだ？
ネオ釈迦は、ただでさえ丸い顔をさらにふくれっ面にして怒っている。

「ふん！　オレが言いたいのは、おかしな人間関係に巻き込まれるくらいなら、まず、自分ひとりでいたほうがいいってハナシ！　まず自分ひとりでよくなる。それが一番大事だっつーの！」

「まず自分ひとりでよくなるって、それ、めちゃくちゃ孤独じゃん……。そんなの嫌だよ」

「孤独は嫌、か……」

こうつぶやいたかと思うと、ネオ釈迦は急に居住まいを正して僕に向き直った。
もう怒りの表情は消えていて、その代わり、いつになく真剣な目をしている。

「あのさ、しょせん人はひとりで生まれて、ひとりで死んでいくんだよ。だからこそ、ひとりで生きる強さを身につけることも大切なんだ。サイのツノのようにね」

「え、サイ？　ツノ？　何の話？」

「え、サイのツノってかっこよくね？　シャキッと突き出てるやつ。あんなふうにかっこよくひとりで生きてみなってハナシよ〜！」

なんでサイなのかピンときてないけど、めんどうだし眠くなってきたから、それ以上は突っ込まないことにした。

まあ、とにかく仕事でも人間関係を損得で考えるのはよくないらしい。

「わかったよ、降参するよ。とにかく損得勘定はダメってことね？　で、ひとりでがんばってみろ、と」

「うーん、ダメっていうかさ〜、損得なんて考えなくても、結果オーライになっちゃうのよ〜。だって、ひとりで生きるってのを清くやっている人は、同じく、ひとりで

生きるってのを清くやってる人たちとリア友になっちゃうんだからさ〜。こっちのほうが、すごくね？　バイブス上がらね？」

これは、いわゆる「ルイトモ」の話なのかな？

ちょっと考えてみよう。自分ひとりで幸せな人、自分ひとりでよくなっている人たち同士、類が友を呼んで出会ったら、いったい、どうなるんだろう……？

それぞれが自分ひとりで満足してるわけだから、てんでバラバラなことになる？

いや、それは、なんか違う気がする。

それぞれが自分ひとりで満足してるってことは……、ダメだ、わからない！

「ふふふっ、そうそう、それぞれが自分ひとりで満足してるワケじゃん？　てことは、その付き合いは自分の利益のためじゃなくね？　んで、お互いを生かし合って、なんかでっかいことできそうじゃね？　これ、まじエモくね〜？　しかも、近くにいればお互いに影響するはずじゃん？」

ここでさっきのネオ釈迦の言葉を思い出した。

善き人と付き合うと、その善さが伝染る――。

要するに、自分ひとりで満足してる人同士は、お互いのいいところが伝染しあって、しかも一緒に何かすごいことができるかもしれないってこと？

キンコンカンコン♬キンコンカンコン♬　シャカ♪シャカ♪

ネオ釈迦はリズムに乗りながら大きく頷いている。

でも、もしそうだとしても僕の出世はどうなるんだよ～？

「だから～、とにかく、社内せ……何だっけ？　そんなダリいもんに関わるのはやめちゃいなって！」

社内せ……って、ああ、社内政治のことか。そんなつまんないもの、か。

ネオ釈迦がそう言うんなら、きっとやめたほうがいいんだろうな。

ううう、でもでも、役員室の立派な椅子に座ってる自分の姿、想像したらけっこういい感じだったんだけどな～。

それに出世を目指さなかったら僕、また単なる営業マンに戻っちゃう……。

「だいじょーぶ！　もっとすんごいことできるようになっから！」

こうなったらネオ釈迦を信じるしかない。
社内政治的に立ち回っている人とは距離を置く。
どの派閥に入ったらいいか、なんてことも、もう考えないようにしよう。
損得で人を見ずに、まず自分で自分をよくする。
そうしているうちに、善き人たちと本当の人間関係ができていけばいい。
僕は僕の道を歩むことにした。
サイのツノみたいかどうかは、わからないけれど。

ワーク11

本当に付き合うべき人を知るには、損得ではなく善し悪しで人を見ること。では周りにいる性格のいい人は誰か？　書き出してみよう。

みずからの損得のみで考えない善き友は、
なかなか得難いものです。
もしそうならば、いっそサイのツノ
のように独りで生きなさい。

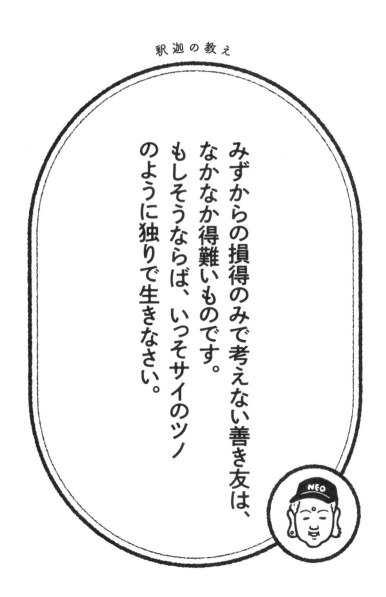

Chapter 12

「今、幸せ」と感じればいいって、マジですか？

僕は僕の道を歩む。社内政治から手を引くと決めてから、僕は、ますます仕事に打ち込むようになった。

今また僕の心は、猛烈にやる気に燃えている。

前はやる気が空回りしたこともあったけれど、あのころの僕とは違う。

打ち込めば打ち込むほど手応えを感じる、たしかな成果を呼び込む意欲の炎が燃えているんだ。

このまま行けば営業成績1位だって夢じゃない気がする。いや、絶対とってやる！

問屋さんにつないでもらった小売店のバイヤーさんとの商談には、いつも、気合い100パーで臨む。それでも連戦連勝とはいかない。

すぐに商談成立できる小売店もあれば、激シブなバイヤーさんが、どうしても首を縦に振ってくれない小売店もある。

明日はそのひとつ、ヤスイヨスーパーのバイヤーさんとの商談だ。

よーし、明日こそ新商品を買わせてやる！　気合い入れて資料作りだ。

会社のノートパソコンを部屋に持ち帰ってエクセルやパワポに没頭すること数時

間、気がつけば日付が変わっていた。

「ねーねー、まだ仕事すんの～?」

僕のベッドでくつろいでいたネオ釈迦が話しかけてきた。
うるさいなあ。一応、僕のメンター的な立場なんだから、がんばってる僕を応援してくれよ。

「燃えてるとこ悪いんだけどさー……、ちょっとい～い? 最近のキミ、ぜんぜん幸せそうじゃないのよ～」

なんだって? そんなわけないでしょ!
と思ったそばから心がチクリとした。
そうだ、これは、じつは少し前から薄々感じていたことだ。
営業成績が上がるのはもちろんうれしい。でも最近、欲求不満とか焦りも同じくらい強くなってきているんだよな。

「たしかに……。あんま幸せじゃないかも。成果は順調に上がってきてるのに、なんか苦しいんだ。ねえ、なんでだろ？」

「ふっ、簡単な話だべや。人間の欲にはキリがないからさ～。がんばって得れば得るほど、足りない、もっと欲しい、もっと得てやるって思っちゃう。足りないとこにばっかり目が行っちゃうから苦行っぽくなるワケよ～」

「でも、もっと上を目指したいっていうのは前向きなエネルギーだよね？　それって素晴らしいことなんじゃないの？」

「お、いいとこ突いてくるじゃーん。欲は欲でも『我欲』は苦しいのである～る」

「えーと、我欲……って？」

ここでネオ釈迦は「オホン」と咳払いをしてから、妙にかしこまって言った。

「なあ、リッスントゥミー、よく聞きな？　明らかな知恵をもって『いっさいの事物は我ならざるものである』と思って物事を見るとき、人は、苦しみから遠ざかる――のであ～る！　これ、『無我』ってことなんだけど、オッケー？」

「え？　え？　なんか難しくてよくわかんなかったんだけど？」

「『オレが、オレが』って自分にこだわって、全部思い通りにしようと思ってると苦しいってことよ！　逆に『まー、ままならないこともあるよねー、縁があったらうまく行くかもねー』ってくらいに執着しなけりゃ苦しくないってハナシ！」

えーーーーー。

僕は僕の道を歩むって決めた。自分のためにがんばろうって。何が何でも成果挙げるんだって。絶対にやってやるって。

そういう考えが、いまいち幸せになれない原因だってこと?

「もう、ネオ釈迦～、水差さないでよ。今、会社で3番めに売ってるのは僕なんだよ?」

「へえ、すごいじゃーん」

「ま、今週は、だけどね～」

ちょっとは謙遜してみたけど、近ごろの手応えはホントにすごいんだ。

同期のタカハシさんだって、僕を見る目がぐんぐん変わってる気がするんだよね。

このままがんばっていけば、大きく成功できるかも。

ひょっとしたら恋愛も成就しちゃったりして! きゃ! とか思ったのに。

成功すれば幸せになれるんだ～って……。

「あー、それな、よく人間がする勘違いなのよ～。成功イコール幸せじゃない……っ

ての、キミもわかってない感じ？」

がーーーーーん。

もうダメ。こんな夜更けにそんなショック、受け止めきれないよ。

成功が幸せに結びついていないなら、なんのためにがんばればいい？

成功を目指すのは何のため？　もう何もわからない……。

ダメージ受けまくってる僕のことなんておかまいなしに、ネオ釈迦はこんなことを言い出した。

「じゃー、ここで問題ね！　成功は『する』もの。だとしたら、幸せは何でしょー？」

「え……、なんだって？」

ていうか、とりあえず今日はもう寝てしまいたい……。明日のこともあるし。

ノートパソコンを閉じてゴロンと横になると、耳元でまたネオ釈迦が囁いてくる。

「ここテストに出るぞー、成功は『する』もの。だとしたら、幸せは何でしょー？」

もーう！　答えないと寝られないなら、しょうがない。

渋々体を起こして、僕は答えた。

「『成功する』って言うよね。『幸せになる』って言うよね。だから幸せは『なる』ものでしょ？　違う？」

「ブッブー！　ハズレ〜！」

くっそー。まったく何なんだよ。今日という今日はこいつが疎ましい。

あ、でも……、幸せに「なる」んじゃなかったら、何なんだろう？

「幸せって『なる』ものじゃなくてさ〜、『今、感じるもの』なのよ〜！」

今、感じるもの……？

成功したら幸せになれるんじゃなくて、すでに幸せはあるってこと?

「そう! たった今、感じようと思えば感じられるもの、それが幸せってワケ!」

でも……、人って幸せになりたいからがんばるんじゃないの?

「幸せ感じちゃったら、もうがんばれなくない? 新しいチャレンジとかも、できなくなる気がするよ。それでいいの?」

「もちろんチャレンジは尊いっしょ! でも、『今、幸せを感じている自分』でチャレンジすることが大事なのよ〜。なんでかっていうと……、ヒュイゴー!」

シャカ♪シャカ♪ シャカ♪シャカ♪

『成功』は約束されてない、でも『成長』は約束されてるんだYO! じゃあ、『成長』は何によって得られるかって? 『幸せな自分』でチャレンジすれば、できるよ成長。その向こう側にあるんだよ、成功」

シャカ♪シャカ♪　シャカ♪シャカ♪

ふーん、幸せ感じちゃったらチャレンジできなくなるわけじゃないのか……。
むしろ、今、幸せ感じちゃってる状態でチャレンジすると成長できる？
で、その向こう側に成功がある？
そういうものなの？　ますます混乱してきたよー。

「あのさー、人生は『今この瞬間』の積み重ねなのよ。瞬間瞬間、幸せを感じてれば幸せが積み上がるってワケ。だからキミも、今、幸せ感じてみ？　そしたらチャレンジできて、成長できて、成功もついてくるっしょ～。んで、足りない、もっと欲しい、もっと得てやるっていう苦しみからも解放されるんじゃね？　だってもう幸せなんだからさ！　どう？　かなり、わかりみ深くね？」

わかったような、わからないような……。

「でさー、あと１つ、やってほしいことあるんだよね～」

わー。次から次へと、なんか今日のネオ釈迦は飛ばしてるなあ。
すでに、すっかり目は覚めてしまっている。
仕方ない。理解は追いついてないけど、とりあえずぜんぶ話を聞いてみるか。

「やってほしいことって、何?」

「それはね……。ふふふっ、小さい欲を、大きい欲にしていくってこと」

「小さい欲を大きい欲にしていくって……、でも、さっき人の欲は限りなくて苦しいだけって言ってなかった?」

「だから〜、それは『我欲』だべや。自分、自分してる我欲は小さい欲の1つだな。大きい欲は自分、自分してないし、影響力の範囲も広いのよ〜。要は、世のため人のための欲ってワケ。そんな欲のためにがんばれたら、それ最高じゃね? まじですごい人生、ぶっかませそうじゃね?」

小さい欲を大きい欲に変える？

世のため人のためなんて、僕には無理な気がする。

そんなことできるのかな？　って聞きたかったけど、ネオ釈迦はもうリズムを刻まず、ニヤニヤ笑って僕を見ているだけだった。

わかったよ、今日はここまでってことね。


えーっと、結局、なんの話だったんだ？

自分のためにがんばっていると苦しくなるのは、欲にキリがないから。

足りない、もっと欲しい、もっと得てやるって思っちゃうから。

で……、たしか成功イコール幸せではないってことだったな。

幸せは「なる」ものではなくて、「今、感じる」もの。幸せ感じたらチャレンジできて、チャレンジできたら成長できて、その向こう側に成功がある……と。

あ、なーんだ、そうか。そういうことか。


今、幸せを感じることさえできれば、苦しくなく成長、成功していけるんだ。

今、幸せ。感じてみよう。
でも、ちょっと待てよ？
てことは、明日の商談はどういう気持ちで臨めばいいんだ？
ダメ元で、ネオ釈迦に聞いてみた。

「ねえ、明日の商談、絶対、成功させてやるって気合い入ってたんだけど……、やめたほうがいい？」

シャカ♪シャカ♪　シャカ♪シャカ♪

あ。ネオ釈迦がまたリズムを刻みはじめた。

「いいじゃん、いいじゃん。『今、幸せ』ってバイブスのキミで行けばオッケー。それだけで結果が変わってくるワケよ〜。イメージしてみ？　幸せそうな人と幸せそうじゃない人だったら、幸せそうな人とビジネスしたいっしょ〜？」

シャカ♪シャカ♪　シャカ♪シャカ♪

あー、なるほど。

「幸せ感じてます」オーラが、難攻不落のバイヤーさんの突破口にもなるわけね？

オッケー。そういうことなら、やっぱり試さない手はない。

今、幸せ。感じてみよう。

最後にネオ釈迦が言ってた「小さい欲」を「大きい欲」に変えていくってところは正直、消化していないけど、ま、それはまた追々、聞いていけばいいか。

ワーク12

「今、幸せ」という感覚で自分を満たすことが、自分をチャレンジと成長へと向かわせる。では「今、幸せ」と感じるとしたら、どんなことが思い浮かぶだろう?

釈迦の教え

「自分が」という執着を捨てなさい。
すべては移ろい、ままならないもの。
明らかな知恵をもって、
このように物事を見る人は、
苦しみから遠ざかるのです。

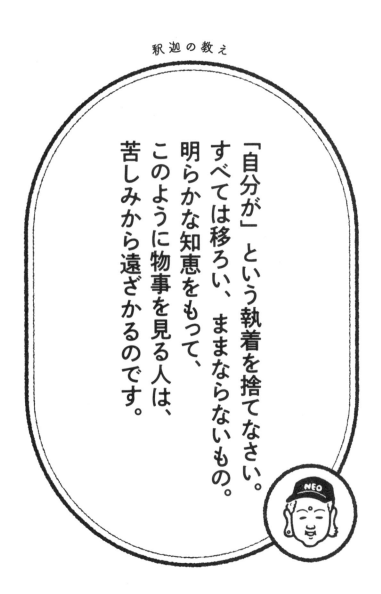

Chapter 13

自分で「自分を励ます」方法がわかった！

今、幸せを感じながら、僕は僕の道を歩む。チャレンジする。

それは意外な形で実を結び始めた。

最初はちょっとした思いつきだった。

今、僕が仕事で一番楽しくて力を注いでいることは、マネキン業務用の試食料理の研究だ。

その延長で、お酢を使った料理のレシピをSNSに投稿してみたんだ。

SNSに投稿するのは僕のオリジナルレシピ。

といっても、そんな大げさなものじゃない。

普段の料理に酢を取り入れるアイデアとか、料理ごとに上手に酢を使い分けるポイントとか、そんなようなこと。

料理は全般的に得意だけど、やっぱり酢に関わる仕事をしてる身としては、多彩な酢の使い道を提案したいなって思ったんだよね。

「たかが酢」って軽視している人も多いかもしれない。

でも、じつは酢って、ものすごい可能性を秘めた調味料なんだ。

酢のものや、餃子のつけダレだけじゃない。種類も豊富だし、隠し味としてちょっと使うだけで普段の料理が格段においしくなったりする。

僕のSNSのアカウントは前からあった。

でも、ぜんぜん投稿してなかった（投稿するものがなかった……、といったほうがいいかもしれない）。

そこで心機一転、「お酢エキスパート会社員のお酢レシピ」っていうアカウントを新たに作って、レシピを投稿することにした（そこのあなたも、ぜひネットで検索してみて！）。

投稿ペースは、最初のうちは隔週くらい、今はほぼ毎週。

始めた当初は、ちょこちょこ「ライク」がつくくらいだった。

投稿するからには、やっぱり、より多くの人に見てほしい。

隔週だと少なすぎるのかと思って、週1ペースに切り替えてみた。

それが2ヶ月くらい前のこと。

すると1投稿当たりせいぜい20前後だった「ライク」が50、80、ついには100超えし、さらにどんどん伸びて、今ではだいたい500前後が当たり前になった！

「こんなお酢の使い方もあるんですね！」

「さっそく作ってみたら、予想以上においしくてびっくりしました！」

コメント欄には、こんな感じの褒め言葉がズラリ。もちろんマイナスのコメントがつくこともあるけど、おおむね好評だ。フォロワーもぐんぐん増えている。

これ、すごいことだよね？

いわゆる「バズってる」っていう状態だ。

そうなるともっとやる気が出る。レシピ考案の腕が上がってる気がするんだ。

これがチャレンジで得られる「成長」の手応え……ってやつ？

とにかく、最高の気分。


これくらいバズると、さすがに社内でも話題になる。

そもそも酢のメーカーなんだから、SNSでも酢の情報を追いかけてる社員が何人もいて当然だよね。

しかも、このアカウントが僕のものだっていうのは、みんな知ってる。

レシピ投稿を始めたころ、社内で「こんなこと始めたので見てくださいよ〜」って触れ回ったから。

「レシピ、見てるよ！」「最近バズってない？　すごいね〜！」なんて社内で声をかけられるようになった。

なんと言っても、あのタカハシさんの、僕を見る目が変わってきた……？　そんな気がするのが、うれしい。

気のせいじゃないはずだ。だって、さっき「よかったら、今度の金曜、飲みに行かない？」って誘われちゃったもんね。

やった、やった、やった、やった〜！


てな感じで、急に自分が人気者になった気がして、舞い上がっている今日このごろ──なんだけど、ちょっと冷たい視線を向けてくる人もけっこういるんだ。

「調子に乗るなよ」「ちゃんと仕事してるのかよ」とでも言いたげな……。

面と向かって何か言われることはないけど、すれ違いざま、そんな非難がましい視線を感じることがある。どうやら陰口も叩かれてるっぽい。

最初は気にしないようにしてた。

でも、もともと周囲の目が気になりがちな僕の性格が、ここでまた顔を出した。

今も一応、週1ペースで投稿してるけど、なんだか以前ほど楽しめない……。

「どうしよう。楽しめないんなら、もうやめようかな……」

つい弱気なことを言ってしまった。

「またも〜、キミってホント、ヘコみやすいよね。やめちゃうなんて、もったいなくね？　調子よかったじゃん？」

「うん……。でも、これは仕事じゃないし、もう潮時なのかなーって」

「やめたいんなら止めないけどさ〜。そうだ、いっかい自分で自分を励ましてみるってどうよ？」

「自分で自分を励ますって……。それが無理なんだよ。非難する人は気にしないようにしよう、自分は自分の道を歩めばいいんだって思おうとしたんだけど……」

「ふーーーん。じゃあ聞くけどさあ、そもそも、なんでキミはここまでがんばってきたの？　そこ考えてみ？」

そもそもなんでここまでがんばってきたのか。

そうだなあ。きっかけはネオ釈迦が現れたあの夜、改めて強く「このままでいいのかな？」って思ったことだよな。

本当は、ずっとわかってたんだ。

たった一度きりの自分の人生、どこかで本気出さなくちゃ後悔するぞって。

だから、なんでここまでがんばってきたのかっていえば、「自分のため」かな。

「僕ね、ずっと、なあなあで人生を歩んできたけど、たぶん心の中では、そのままじゃ嫌だったんだと思う。自分が燃えられる何かを求めてたっていうか……。もっとイケてる自分になりたくて、自分のためにがんばってきたんだよ」

「オッケ～。じゃあさ……、ここでヒュイゴー！」

シャカ♪シャカ♪　シャカ♪シャカ♪

「イケてる自分になるのって、本当に自分のためなの～？　なんでイケてる自分になりたかったの～？」

シャカ♪シャカ♪　シャカ♪シャカ♪

うーん？　そこまで考えたことはなかったな。

「自分のためにイケてる自分になりたかったんだと思うけど……？」

シャカ♪シャカ♪　シャカ♪シャカ♪

「へ～、ほんとにそうなの？　じゃ、キミは無人島でもイケてる自分になるためにが

んばるってことなの？　だって自分のためだったら、ほかの人がいようといまいと関係ないっしょ～？」

シャカ♪シャカ♪　シャカ♪シャカ♪

いやいや、さすがにそれはないでしょ。

無人島でいくらがんばったって、誰にも喜んでもらえないもん。

ん？　てことは……、あ！

ハッとしてネオ釈迦を見ると、案の定、ニンマリしている。そうか～！

「ね～！　自分のためじゃないっしょ？　イケてる自分になるためにがんばるのは、自分がイケてる感じになって人を喜ばせたいから――じゃね？」

ネオ釈迦の言うとおりだ。

たとえば、マネキン業務用の試食料理をがんばったのは、お客さんに酢を使ったおいしい料理を知ってもらって喜んでほしかったから。

酢の売り上げに貢献して、問屋の担当者さんや小売店のバイヤーさんに喜んでほしかったから。

そしてもちろん、営業成績を伸ばして、会社のみんなに喜んでほしかったから。


じゃあ、レシピ投稿はどうだ？

「見て！　お酢を使ったこんなレシピがあるんだよ〜」っていうのは僕の自己顕示欲かもしれない。

でも、それだけじゃない。

僕のレシピをきっかけに、僕の知らない人たちの間で「おいしいね」っていう会話がたくさん生まれたら素敵だな〜って思ったんだよね。

僕は、アカウントを見ている人たちに喜んでもらいたかったんだ。

そうか、自分が楽しくてがんばってたことって、周りの人たちを喜ばせるための手段だったのか〜。びっくりした。

完全に自己チューだと思ってた自分の奥底に、こんな「人のため」マインドが眠っていたなんて……！

ニンマリしていたネオ釈迦が口を開いた。

「どう？　バイブス上がった？　後光、出ちゃうんじゃね⁉」

うん、たしかに励まされた。

非難がましい目を向けてくる人がいても、喜んでくれる人がいるんだったら続けようって今なら思える。

「ネオ釈迦〜！　レシピ投稿、やっぱり続けることにする！」

「やっぱオレって、すごくね？　そもそもなんで自分はなんでがんばってるんだろうって考えてみると、自分で自分を整えて元気づけることができるってワケよ〜」

なるほどね。原点回帰すると、また勇気りんりん、がんばれるんだ。

ワーク13

「がんばってること」に立ち返ると、落ち込んだときでも、ふたたび前を向いて歩んでいけるようになる。今、がんばっていることを書き出してみよう。そもそもどうして、それをがんばろうと思ったんだろう?

釈迦の教え

自分の主は他人ではなく、
まさしく自分自身です。
自分で自分を整えるというのは、
自分自身を生かす最良の主を得る
ということなのです。

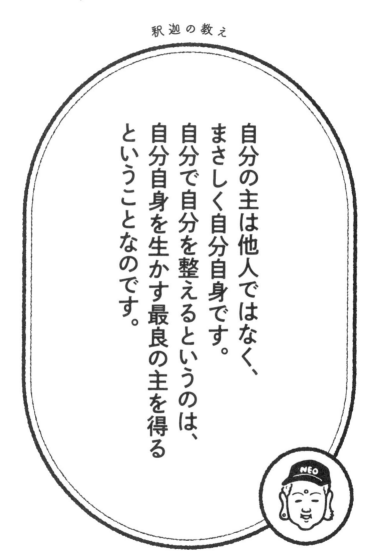

Chapter 14

すごいこと、
できる気がしてきた

また自分の道を見失いかけたけど、原点回帰で自分を整えられてよかった。無事、軌道修正できたおかげで仕事もSNSも順調そのもの。お酢レシピのフォロワー数、「ライク」数、コメント数も順調に伸びている。やっぱり続けてよかったな……！　ちなみに今は週2くらいの投稿ペースをキープしている。


そんなある日のこと。

SNSで1通のダイレクトメッセージが届いた。

コメント欄には毎回数えられないくらいのコメントが寄せられるけど、ダイレクトメッセージっていうのは珍しい。

「お酢を使ったレシピ、いつも楽しみに拝見しています。私はタケノリ社のヤマダと申します。弊社は、一般家庭向けのテーブルウェアを製造販売している食器メーカーでございます。さて今日は『お酢エキスパート会社員』様に1つご相談があり、ダイレクトメールをお送りしました」

こう書き出されていたメールの主旨は、SNSでレシピを投稿する際、このタケノリ社さんの食器に料理を盛り付けてくれないか、というものだった。

「もしご承諾いただけるようでしたら、些少ながら1投稿につき2000円をお支払い致します」と。

え、お金くれるの？　これってひょっとして……、インフルエンサー界隈ではよく聞く「企業とのタイアップ」ってやつ？

食器は複数種類、提供してくれるという。レンタルではなくタダでくれるらしい。

僕は、その食器を好きに使って料理を盛り付け、「食器：タケノリ社提供」などのクレジット表記をつけてSNSにアップすればいいだけ。

料理に合う食器がないときは、使わなくてもいいとのこと。

つまり、僕にとってはノーリスクだ。それで1投稿につき2000円もらえるっていうんだから、そうとうおいしい話じゃない？

となれば当然、頭のなかでそろばん弾くよねー。

ほぼ週2で投稿してるわけだから、毎回、タケノリ社さんの食器を使ったら、単純計算で1ヶ月あたり2000円×8回＝1万6000円、1年で19万2000万円！

わ～！　これはちょっとした副収入だ～。

初めてのことでちょっと不安もあったけど、この話、乗ってみた。

そういえば、タカハシさんから教えてもらって少し前に読んだビジネス書に、「セブン・ポケッツ」っていう話が書いてあった。

これは、今の時代、7つくらいのポケット――つまり収入源を持ったほうが安心だし楽しいよ、ということだ。

近年では日本の企業でも副業ＯＫのところが増えてきている。

うちの会社では去年から副業が解禁された。

「今の時代、あなたが満足できるくらい十分な給料を保証できるとは限らないから、日々の糧のベースは当社で得て、プラスアルファは自分で何とかしてください」

そんな会社側のメッセージが聞こえてくるようだ。

副業ＯＫになった当時、僕は不安でたまらなかった。

「もっとお金を稼ぎたければ、副業でも始めて自分で何とかしてください」だなんて、ハシゴを外された気がした。

自分には副業で稼げるような才覚も能力もないって思ってたから。

会社の給料だけで食っていかなくちゃいけないって思ってたから。

この日本社会の経済格差がさらに広がるとしたら、本業の仕事はパッとしない、副業もできない僕は間違いなく底辺になるんだろうな……って震えてたんだ。

それが、今ではSNSなんてものを舞台に副収入を得るようになっている。

人生、何があるかわからないもんだな～。

「いいね、いいね～。最近、めっちゃ調子よさそうじゃーん？」

シャカ♪シャカ♪　シャカ♪シャカ♪

ネオ釈迦……。本当に変なやつだけど、結局、こいつの言うとおりにしてきたから今があるんだよな。やっぱりすごいやつだよ。感謝しかない。

「ネオ釈迦～！　じつは何かの本に7つの財布をもったほうがいいって書いてあってさ。僕はまだ会社とタイアップのメーカー、2つの財布しかないけど、このぶんだと、まだ増やせる気がするよ。ここまで来られたのもキミのおかげ。ありがとう」

こう言うと、例によってネオ釈迦はフフフン、と得意気にふんぞり返った……のではなかった。なぜかちょっと思案顔だ。

「7つの財布ねえ。ま、いいんじゃね？」

あれえ、ずいぶん冷めてるな。どうしたんだろ？

1つ財布が増えて喜んでる僕を見て喜んでほしいのに。

「ネオ釈迦？　何か言いたいことあるんじゃないの？」

プイ、と珍しくそっぽを向いているネオ釈迦の顔を窺うと、やつは思い切ったようにクルリと振り向いて言った。

「うん、アリよりのアリ。キミは、収入源が増えてお金が増えてうれしいってか？でもオレ的には、収入源が増えることの意味をもっと考えてほしいワケよ〜」

収入源が増える意味……。お金が増えるってだけじゃなくて？

「あのさー、キミ、オレを誰だと思ってんの？　釈迦だよ、釈迦！　ネオな釈迦！　お金が増える～、わっしょーい！　だけで済むわけないっしょ？」

まあ、たしかにそうかもしれない。

でも、収入源が増えることの深い意味を探せってかー。ちょい面倒かも。

ネオ釈迦は眉間にシワを寄せてため息をついている。「やれやれ、まったく……」とでも言いたげに。

「前にも話したことなんだけどな～。もう忘れちゃった？」

前にも話したこと？　なんだろう。ぜんぜん思い当たらない。

「もー仏の顔も三度まで、だべ！　ついこのあいだ、イケてる自分になりたいのは自分のためじゃなくて、じつは周りの人を喜ばせたいためだったんだってわかったじゃん？　てことは収入源が増えると……、どうよ、どうよ？」

マネキン業務でがんばる。
すると、お客さんも問屋も小売店も会社の人たちも喜んでくれる。
レシピ投稿をがんばると、見ず知らずの人たちまで喜んでくれる。
これがちょっと前までの僕。で、タイアップで収入源が増えるってことは——。

「よっしゃ、そこまでくればもうわかるっしょ！　んじゃヒュイゴー！」

シャカ♪シャカ♪　シャカ♪シャカ♪

「受け取るお金が増えるってのは、自分のお金が増えるってだけじゃないんだYO！受け取るお金が増えるってのは、喜ぶ人が増えたってことなんだYO！」

シャカ♪シャカ♪　シャカ♪シャカ♪

ははあ、なるほど！　財布が増えれば増えるほど、僕は、より多くの人を喜ばせてるってことなんだ。

そうか、それがネオ釈迦の言う「収入源が増える意味」なんだ。

ここまで考えて、急に背筋が寒くなった。

だって、「収入源が増える＝僕のお金が増える」ってだけだと、また「自分、自分した我欲」の苦しみにハマってたかもしれないから……。うわ、あっぶねー。

でも、「収入源が増える＝僕のやることで喜ぶ人が増える」っていう視点があると、あったかい気持ちになるな〜。なんかこういうの、いいな〜。

ネオ釈迦は今度こそフフフン、と得意気にして、さらに続けた。

「でさー、もっともっと、もーっと、その視点を大きく広げてみると、どうよ？　キミが喜ばせるのは仕事関係の人たちだけじゃない、レシピを見てくれる人たちだけでもない、タイアップ企業の人たちだけでもない、みんなみんなみんな、みーんな引っくるめ

た世の中の人たち……ってことになるんじゃね?」

「おお~、そこまで壮大に考えちゃう?」

「キミは最初、僕なんか~(涙)ってガチでへコみながら、でも認められたい、業績を上げたい、周囲よりイケてたいってがんばってたじゃん? そういう小さな欲が、今まさに大きな欲に成長しようとしてるってワケ!」

小さな欲、大きな欲。あー! この話、聞いた! 前に聞いた!!

「だからさっき言ったじゃーん。前にも話したんだけどな~って。世の中を明るく照らしちゃう仕事、ぶっかましてこーぜ!!」

えーっと……世の中を照らす仕事? この僕が??

そう言われたら、なんか急に不安になってきた。

だって、僕はあくまでも僕であって、ぜんぜんすごい人なんかじゃない。

ああ〜、こんなことなら、もっといろいろがんばっておけばよかった。

急に後悔が押し寄せる。

タカハシさんにもガッカリされたらどうしよう……。

一緒に飲みに行ったらなかなかいい感じで、これから何か発展するかも的な流れなのに……。

そして将来が思いやられる。

僕、ホントに大丈夫か？　うわあ。

思わず頭を抱えてしまったところへ、ネオ釈迦のノーテンキな声が響く。

「おい、おいおーい、何パニクってんの？　落ち着けって！　大丈夫だってば！　今、幸せなら過去のすべても肯定できちゃうから〜。今、幸せなら、未来も幸せなものになっていっちゃうから〜。キミはマジでオーライ、大丈夫なんだって〜」

ちょっとだけ落ち着いてきた。

こういうときのネオ釈迦の言葉ってホント、すごく効くんだよな。

「そうか……。今、幸せを感じてチャレンジすれば成長できて、成功できるって言ってたもんね。じゃあ、大丈夫かな？」

「決まってんじゃーん。だってオレが今まで教えてきたべ？　今この瞬間、瞬間の幸せを積み重ねていけばいいってことよ〜」

ワーク14

自分がもうすぐ「2つめの財布」を得るとしたら、それはどんな財布だろう？　今すぐ答えられそうになくても「考えてみた」ということが、将来的に財布を増やす発想の源になるからトライしてみよう。

釈迦の教え

焦ったりふらついたりしている人は
学びが浅いものです。
精神の安定をもって優れた言葉を
理解したならば、それは目的の
成就につながるでしょう。

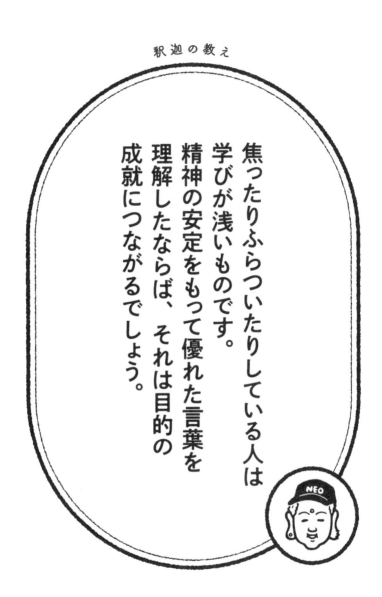

Chapter 15

静かに目を閉じ、深呼吸してみたら……

それは突然のことだった。

今日の午前中、営業部の定例会議が終わって自分の席に戻ろうとすると、部長に呼び止められた。これから一緒に社長室に行くという。

何の用件か、まったく見当がつかなかった。

部長の表情を読み取ろうとしても、いい話なのか悪い話なのかすら予想できない。


ひょっとして、SNSでの副業のことだろうか?

タイアップ企業は、最初に話をくれた食器メーカーに加えて家電メーカー、テーブル雑貨メーカー、食肉輸入業者と、今では4社に増えていた。

レギュラーのタイアップ以外に、ちらほら単発のコラボ企画もある。

SNSでの活動が目に余るって、お叱りを受けるんだろうか?

会社の仕事には差し支えないように気をつけてるし、SNSでバズれば自社製品の売れ行きアップにも結びつく。もちろん、ライバルの同業他社と組んだことはない。

会社にとって悪いところは何もないはずなんだけどな……。

不安な気持ちを抱えたまま、社長室に着く（そんなに大きな会社じゃないから、あっという間だ）。

コンコンコン――「どうぞ、入りなさい」

部長に続いておそるおそる社長室に入ると、大きな役員デスクの向こう側で社長がニコニコ笑っている。

よかった……、とりあえず悪い話じゃなさそうだ。

じゃあ、何の話だろうと身構えていると、なんとなんと。

今、うちの会社では「お酢のアンテナショップ」のオープンに全社を挙げて取り組んでいる。

自社製品をすべて取りそろえて販売するほか、特製お酢ドリンクと酢を使った料理を楽しめるイートインコーナーや、酢に関するミニ博物館が併設された、いわば「酢の総合エンタメ施設」だ。

これは僕にとっても胸躍る企画だ。

調味料の中では脇に追いやられがちな酢だけど、このアンテナショップが、もっと酢に親しむ人を増やすホームベースになったらいいな。

もちろん僕のＳＮＳアカウントでも、大々的に宣伝するつもり。

そんな肝いり企画であるアンテナショップの「総合プロデューサー」になる。

誰が？　僕が。え？　僕が？　そう、この僕が。

社長室に呼ばれた用件というのは、その打診だったんだ。辞令に近いものだったけど、大きな仕事だから一応、僕の意志を確認するために社長室に呼んだらしい。

通常なら部長クラスの人が統括し、ある程度、社歴も実績もある中堅社員が補佐につくところ。

だけど、今回は企画の性質上、思い切って若い社員を抜擢したい……って。

すごい。こんなチャンスが僕に訪れるなんて。

不安がよぎらなかったといえばウソになるけど、振り払った。

「ぜひ、やらせてください！」――二つ返事で引き受けた。

「君はここ数ヶ月で急激に営業成績を挙げているうえに、ＳＮＳでの酢の普及活動にも熱心らしいじゃないか。私も見せてもらったけど、ずいぶんたくさんの人が見ているんだねえ。感心したよ。ぜひ若い発想で、人がたくさん訪れるようなアンテナショップづくりを牽引してくれ。期待してるよ！」

正直、よく覚えてないけど、そんなことを言われて社長室を出れた気がする。

わーーーーー。

まじかーーーーーーーーー。

頭がポワンポワンしたまま午後の仕事を片付け、きっちり定時に上がった。

最近では珍しいことだ。たいていは20時くらいまで残業してたから。

でも、今日だけは早く帰りたかった。

何なら午後休を取ってでも家に飛んで帰りたかった。

なぜかって？　もちろん、一刻も早くネオ釈迦に報告したかったからだ。

僕、ものすごいチャンスを手にしたんだよって。

最寄り駅に着いた。今日はスーパーにもコンビニにも寄り道しない。

以前は忌々しい気持ちで下りていた階段を、軽い足取りで駆け下りる。今日はとくに。


ネオ釈迦のやつ、どんな顔するかな？

またフフフンって得意気に鼻をふくらませて、「やっぱオレってすごくね？　控えめに言って尊くね？」なんて言うんだろうな。

そんで、シャカ♪シャカ♪　ってリズムを刻みながら踊り出すに違いない。


家に着いた。鍵を回し、ドアを開け、靴を脱ぐ間すらもどかしく部屋に上がる。

「ネオ釈迦！　聞いて聞いて！　僕ね……！」


あれ？　姿が見当たらない。いつもはベッドに寝そべってるのに。

キッチンにもいないし、まさかと思って覗いた押し入れにもいない。

なんだよー、今日に限って。

ま、しばらくしたら現れるでしょ。

有り合わせの材料で夕食を作って食べ、風呂に入り、髪を乾かした。
ぼんやりとテレビのお笑い番組を見た。年に一度の大型特番だったみたいだけど、ほとんど頭に入らず、ぜんぜん笑えなかった。
冷蔵庫に一本だけ残っていたビールを飲んだ。

ネオ釈迦は現れない。

「カチリ」と、時計が0時を指す音が妙に大きく響いた。
そのとき、瞬間的に僕は悟った。

そうか、あいつ、もう現れないんだな。

これまでにも、数日間や半月くらい姿を見せないことはあった。
でも今日の不在はたぶん、そういうことじゃない。

僕はあぐらをかいて、静かに目を閉じた。
どうしてそうしようと思ったのか、わからない。でも、体が自然に動いた。

すーーーー、はーーーー。

深い呼吸を繰り返していると、次第にあいつの気配が感じられてきた。
そうだ、僕の頭にも心にも、あいつはいる。
ただ、目の前にいないだけ。

たぶん、これからも僕は何度もヘコんだり迷ったりパニクったりするだろう。
そんなときは、今みたいに静かに目を閉じ、深呼吸しよう。
大丈夫。きっと、やっていける。

「ありがとう。これからもよろしくね」

自分の中のネオ釈迦にそう伝えて、僕はゆっくり目を開いた。

NEO

ワーク15

本書で、もっとも印象に残ったところ、学びとなったところをメモしておこう。

釈迦の教え

花の香りは風に逆らって
漂うことはありません。
しかし徳のある者の香りは、
たとえ風があろうと逆らい、
そこかしこに漂い広がるものです。

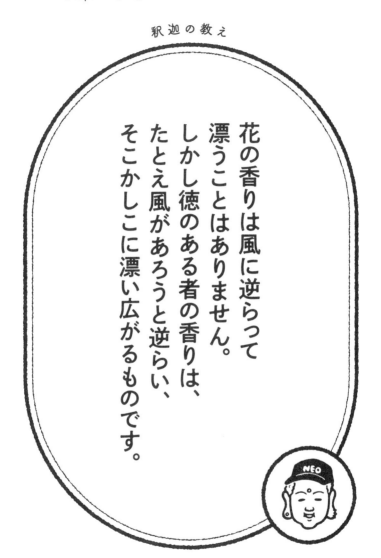

あとがき

シャカシャカ♪　シャカシャカ♪

ある日、突然、あなたの目の前にネオ釈迦が現れたら？

ギャル男みたいなチャラいネオ釈迦、きっと腰を抜かして驚くことでしょう。

そんな奇妙な設定で本書を書くことにしたのには、理由があります。


それは今から数年前のこと。僕は突然、仏教にドハマリしました。

手当たり次第にお釈迦様に関する本を読むうちに、仏教とは、よりよく生きるヒントの宝庫ではないかと気づいたのです。

「煩悩を克服しろ」「執着するな」「いっさいの欲を捨てて修行に励め」——たしかに禁欲的で戒律的な面の強い仏教ですが、よくよくお釈迦様が言ったとされる言葉を読んでいくと、現代に生きる僕たちへのエールとも受け取れるものがたくさんあります。

あとがき

「生まれなんかより、どう行動するかが大事」
「よい友と付き合え」
「自分を整え、よく学べ」
「自分の人生の主体は自分自身である」

こうした教えは、僕が普段、セミナーや本を通じてお伝えしていることとオーバーラップするようにも感じられました。お釈迦様なんていう大きな存在に対して、ちょっと畏れ多いよな、とも思いながら。

そこで、現代にも通じるお釈迦様の教えに僕なりの解釈を加えて、わかりやすく一冊にまとめるとしたら？

本家本元のお釈迦様だと偉大すぎるから、いっそのこと若い男、それもチャラい感じの新しい釈迦——「ネオ釈迦」を降臨させたらどうだろう？

こんなところから、本書の構想は始まりました。

「起きていること」が人生なのか？　だとしたら主導権は自分にはありません。

起きてることに「どんな意味を与え、どう対応するのか」が人生ならば、主導権は自分自身にあるのです。

徐々に主導権を取り戻し、変化していく「僕」。

その転機、転機に、ネオ釈迦の言葉がありました。


シャカシャカ♪　シャカシャカ♪

ネオ釈迦は、すでにあなたの前にも現れています。

本書を手に取ったということは、そういうことなのです。

すんなり受け取れた部分、よくわからなかった部分、あるいは反感を覚えた部分もあったかもしれません。

今後もぜひ、折りに触れて本書を開いてみてください。ネオ釈迦がきっと、そのときどきのあなたに向けて、明日を生きるヒントをくれるでしょう。


最後まで読んでいただき、本当にありがとうございました。

山﨑拓巳

参考文献

中村元訳『ブッダのことば　スッタニパータ』岩波文庫、１９８４年
中村元訳『ブッダの真理のことば　感興のことば』岩波文庫、１９７８年
ひろさちや著『釈迦物語』新潮文庫、２０１２年
山川宗玄著『くり返し読みたい　ブッダの言葉』リベラル社、２０１７年

山崎拓巳
（やまざき　たくみ）
1965 年三重県生まれ。広島大学教育学部中退。20 歳で起業し、22 歳で「有限会社たく」を設立。著書 40 冊以上、累計 150 万部のベストセラー作家。主な著書に『やる気のスイッチ !』『人生のプロジェクト』『気くばりのツボ』『見えないチカラを味方につけるコツ』(サンクチュアリ出版)、『さりげなく人を動かす スゴイ！話し方』『お金のポケットが増える スゴイ！稼ぎ方』(かんき出版) などがあり、アメリカ、香港、台湾、韓国、中国ほか、海外でも広く翻訳出版。また「凄いことはアッサリ起きる」- 夢 - 実現プロデューサーとして各地で講演会などを開催。そのほか、映画出演、作詞家活動、飲食店経営、国内外で絵画展を開催するアーティストとしても活動し、多岐にわたる事業を同時展開している。

サエナイ僕が自分史上サイコーになれたネオ釈迦の教え

2021 年 4 月 20 日　第 1 版　第 1 刷発行

著　者　山崎拓巳
発行所　WAVE 出版
〒 102-0074　東京都千代田区九段南 3-9-12
TEL 03-3261-3713　FAX 03-3261-3823
振替 00100-7-366376
E-mail: info@wave-publishers.co.jp
https://www.wave-publishers.co.jp

印刷・製本　萩原印刷

NDC159　239p　19cm　ISBN978-4-86621-347-7